誰も討伐しようと思わないくらい、
もっと私が強くなればいいってことかな？
《ダークリッチ》
ユーライ

「一万の軍隊か……。実際目にすると壮観だなぁ」
南の草原を進む万の兵士たち。
一人一人の力はユーライからすると取るに足らない相手かもしれないが、
数が揃うと脅威と感じられる。
《元聖騎士》
クレア
《無眼族の魔法使い》
リピア

「あー……人が死んでいくー……」

ユーライは霊視を発動させることで、兵隊の生死を判別している。

スケルトンと魔物の軍勢が活躍してくれるのはありがたいが、
続々と兵士が死んでいくのは、見ていて気分の良いものではなかった。

「なんで攻めてくるのかなぁ……。放っておいてくれれば、私は大人しくしてるのに……」

苦い思いを抱きながらも、ユーライは攻撃を止めない。死ぬのは嫌だから。

嫌な予感がした。グリモワの町を壊滅させた魔法、
あるいはそれを超える何かを使う気なのだと、エマは察した。
「待て！　何をしようとしている!?」
「……うん？」
下界を見下ろして
ークリッチが、緩慢な動作で振り返る。
その目が黒
る。視線を合わせるだけで、体中を虫が這うような怖気が走った。

不死の魔女は万の命を犠牲にしてもありきたりな願いを叶えたい。

Haruichi
春一
イラスト
ituca

本文・口絵イラスト：ｉｔｕｃａ
デザイン：たにごめ　かぶと（ムシカゴグラフィクス）

contents

冒険者《ぼうけんしゃ》少女の無惨《むざん》な死体を発見したとき、神谷遊雷《かみやゆうらい》は前世の記憶《きおく》を取り戻《もど》した。

（こんな思い出し方しなくてもいいのに……。最期《さいご》のあれは、本当にろくでもない記憶だ……）

遊雷はかつて日本で生まれ育ち、そして死んだ。

死んだのは十五歳《さい》のときで、まだ高校一年生だった。夏休みに遊び半分で心霊《しんれい》スポットを訪《おとず》れた時、運悪く不審《ふしん》な男と鉢合《はちあ》わせして、その男に殺されたのだ。

その男が何者であったか、遊雷は知らない。ただ、その男の側《そば》に少女が倒《たお》れていたことは覚えている。

その子の姿が、目の前で倒れている少女と重なった。それがきっと、記憶を取り戻すきっかけになった。

「……転生か。まさか俺《おれ》がこんな経験をするとはなぁ。しっかし……俺、魔物《まもの》だな」

生まれ変わるなら人間の方が良かった。人間であれば、前世でできなかったことをやり直せる。

「今の俺は……リトル・リッチか。体が骨じゃないだけマシかな。普通《ふつう》に肉はついてるし、容姿も人間っぽい。肌《はだ》が病的に白いのは不気味かもだけど」

自分の体を改めて確認《かくにん》しつつ、遊雷は内側に意識を向ける。すると、自分のステータスを確認できた。

名前：神谷遊雷《かみやゆうらい》
種族：リトルリッチ
性別：女

年齢《ねんれい》：二ヶ月
レベル：一
戦闘力《せんとうりょく》：八千五百
魔力量《まりょくりょう》：一万三千八百
スキル：暗黒魔法　レベル一、闇《やみ》魔法耐性《たいせい》、聡明《そうめい》
称号《しょうごう》：暗黒の魔女

どうやら生後二ヶ月らしいが、体は少なくとも十歳児《さいじ》くらいには見える。赤ん坊《ぼう》からやり直すわけではなかったことに、遊雷は安堵《あんど》。

「つーか、俺、女？　ふぅん……？　そういや、髪《かみ》は長いな。色は黒のままだけど」

記憶を取り戻すまでのことは、なんとなくしか覚えていない。明確な自我が存在せず、フラフラと無目的にさまよっていた。

自分が男か女かという意識も特になく、そもそも排泄《はいせつ》などもしておらず、己《おのれ》の性別を確認することもなかった。

遊雷は、真っ黒なローブの上から下半身を確認。今まであって当然だったものがなくなっていることに、違和《いわ》感を覚えた。

「本当についてないな……。つーことは、俺、もう脱童貞《だつどうてい》の機会はないわけ？　あー……そこだけはちょっと心残りかも……」

遊雷は深く溜息《ためいき》。

「……まぁいい。そこは考えてもしょうがない。戦闘力も基準がわからんからなんとも言えん。改めて……ここは、ダンジョンか何か？」

遊雷がいるのは洞窟《どうくつ》の内部のような場所。単なる洞窟かもしれないが、色々な魔物が徘徊《はいかい》しているのを考えると、ダンジョンのようにも思える。

「つまり、俺は日本で死んで、異世界のダンジョン内に、リトル・リッチとして生まれ変わった。そういうことだな？　了解《りょうかい》。で、俺は何をすればいい？」

別に神様なんぞには出会ってはおらず、何かの使命を与《あた》えられたわけではない。

「たまたま異世界に生まれただけなら、自由にやらせてもらうかね。何をするかは、もうちょっと状況《じょうきょう》が掴《つか》めてから考えよう。面白《おもしろ》おかしく生きていければそれでいいが……とりあえず、この暗黒魔法って何だ？」

意識を向けると、暗黒魔法の詳細《しょうさい》がわかる。

暗黒魔法　レベル一：霊視《れいし》、魂摘出《たましいてきしゅつ》、魂食《たまく》い、傀儡《かいらい》、魔改造、苦痛付与《ペイン》、精神汚染《おせん》

「……不穏《ふおん》すぎる。これ、絶対ダークサイドの魔法だろ。暗黒の魔女だしなぁ……」

それぞれの詳細に意識を向けると、概《おおむ》ねどういうものかはわかる。

霊視：魂や死者の情報を少しだけ覗《のぞ》き見る。
魂摘出：生者から魂を摘出する。

魂食《たまく》い：摘出した魂を食らう。
傀儡《かいらい》：任意の相手を思い通りに動かす。死体ならば容易《ようい》に操《あやつ》り人形にできる。
魔改造：人間、魔物問わず、肉体を任意に改造する。
苦痛付与《ペイン》：耐《た》え難《がた》い激痛を与える。
精神汚染：強烈《きょうれつ》な恐怖《きょうふ》を刻みつけ精神を蝕《むしば》む。

予想通り、どう考えてもダークサイドの魔法だった。

なお、暗黒魔法以外、闇魔法耐性はその名の通りで、聡明は思考力などを上げるものらしい。頭が良くなっている実感はないが、主に魔法的な部分で効果があるのかもしれない。

「……これは、あれだな。俺、もはや人類の敵だな。まぁ、こっちの世界で魔物がどういう位置づけなのかは知らんけどさ。その辺はどうにか調べるとして……」

遊雷は、少女の死体の側に寄る。頭の半分は陥没《かんぼつ》してしまっているが、残りの半分を見るに、まだ十五歳くらいの可愛《かわい》らしい少女。剣士《けんし》の類なのか、腰《こし》には鞘《さや》に入ったロングソードを帯びている。妙《みょう》にきらびやかで、高級品に見えた。

死体でなかったら、この少女の金糸のような長髪《ちょうはつ》も、サファイアのような瞳《ひとみ》も、とても美しく感じただろう。今は、この少女を形作る全てがどこか薄気味《うすきみ》悪い。

「……霊視すれば何か見えるか？　霊視、発動」

名前：エレノア・リバルト

種族：人族
性別：女
年齢：十五歳
死後：五時間
魂：なし

死後間もなければ、霊視を使って魂を見ることもできたはず。しかし、五時間経過していると、既《すで》に魂もどこかに行ってしまっている。

「……もし魂がまだそこにあったとしたら、俺に何かできたのかね？　そのうちアンデッド作製とかはできるようになるかもしれんが、今はないな……」

遊雷は、エレノアの遺体をどうするか考える。放っておけば、ダンジョン内の死体はダンジョンに取り込《こ》まれて消えてしまう。

「……人のいるところまで送り届けてやるか。その後のことは知らん。使えそうな魔法は……傀儡《かいらい》、かな」

傀儡を発動。

エレノアの体がピクリと反応し、遊雷の意思に従って動き始める。

半分になった血塗《ちまみ》れの頭部を揺《ゆ》らし、ぎこちない動作で立ち上がろうとする姿は、まさしくホラー以外の何物でもない。

「……ストップ。順番を間違《まちが》えた。魔改造が先だ」

魔改造を発動。

魔改造というからには、人間を不気味な化け物に変質させるような使い方が想定されるのかもしれない。しかし、単に破損した肉体を外見だけ元通りにすることもできる。ただし、傷を癒《い》やす使い方は難しそうだ。無理やり肉体をいじるので、傷を消せても生体機能に悪影響《あくえいきょう》を与える可能性がある。

また、生きている者をいじくるのは大変らしいが、死体をいじくるのは造作もない。

遊雷は、欠けている頭の半分を元に戻し、生前の綺麗《きれい》な顔に復元する。

「……うん。綺麗になった。これなら家族と対面しても大丈夫《だいじょうぶ》かな」

遊雷は一つ頷《うなず》いて、改めて傀儡を発動。ぎこちない動きにはやはりホラーの香《かお》りがするものの、さきほどよりは随分《ずいぶん》マシになった。

「……魔法を使うって結構難しいな。そもそも、生まれてから二ヶ月、魔法をちゃんと使った記憶もない……。詠唱《えいしょう》とかも必要ないし、何となくで使えてるだけよしとしよう」

遊雷はしばし、エレノアを操る練習をする。普通に歩かせるだけでもガックガクに体が揺れて、良く言っても壊《こわ》れたロボットを見ているかのようだった。

「……生前のエレノアに申し訳ない。まぁ、このままダンジョンに取り込まれるよりはマシだろ？ちょっと我慢《がまん》な」

二十分ほどして、ようやく操り方に慣れてきた。

「……魔力は二百くらい減ってるな。外に出るくらいまではもちそうだ」

遊雷はざっと計算して、エレノアと共に歩き出す。

（暗黒魔法か……。こんなものが使えるなら、この先、きっとろくでもないことがたくさんあるんだろう。まぁ、そのときはそのときだな）


ダンジョンは広いうえに、階層が分かれている。

遊雷は今いる階層のことしか知らず、二カ所にある階段の場所をぼんやりと把握《はあく》しているだけだった。

上に行くものと下に行くもので、遊雷はどちらが地上に近づく階段なのかまでは知らない。直感で、上に向かう階段を目指すことにした。

到着《とうちゃく》まで、体感で二時間ほどかかった。

その間、遊雷はダンジョン内で色々な魔物とすれ違った。棍棒《こんぼう》を持った黒いオーク、剣を持った黒いゴブリン、魔法使い風の黒いコボルト、人間大の黒猫《くろねこ》……。エレノアを殺したのはおそらくオークだろう。

また、魔物同士は敵ではないようで、遊雷が魔物に襲《おそ》われることはなかった。エレノアも既に遺体であるからか、同様に魔物から無視された。自分から攻撃《こうげき》したらどうなるかは不明だが、遊雷は今のところ試《ため》そうと思わない。

「ん……？　階段の手前に明らかに変な魔法陣《じん》があるな。今まで気づかなかった……というか、認識できてなかった……？　これ、なんだろう……？」

階段のある広めの空間で、遊雷は少々不審に思う。

「……危険な感じはしないかな。まずはエレノアを……」

エレノアを操作し、魔法陣の上に立たせる。少なくとも誰《だれ》にでも発動する危険なトラップではないようで、エレノアの体に異変は起きなかった。

「……階段の下にいきなりこんなわかりやすいトラップは仕掛《しか》けないよな？　なんとなく、これは転移系の気がする。地上と行き来できるとか……」

遊雷は自分がどうしてそう感じたのかはわからない。ただの直感なのか、魔法陣を見て何かをひらめく体質になったのか……。

おそるおそる魔法陣の上に乗ってみる。

『地上に向かいますか？』

「お、やっぱり転移系か。っていうか、日本語で話してらっしゃる？　いや、これは言語を解さないで意味を伝えてるのかな？　流石《さすが》ファンタジー」

ともあれ、遊雷は地上に向かうことにする。

地上へ、と念じたところ、魔法陣が淡《あわ》く光る。次の瞬間《しゅんかん》、遊雷はエレノアと共に別のどこかにいた。

まだ洞窟の内部のように見えるが、上に続く階段はない。代わりに、階段があった辺りに、金属製の重々しい扉《とびら》があった。

「扉の向こうが外かな？　光も漏《も》れてる」

遊雷は、エレノアを操作し、扉を開けさせる。

夕焼けのオレンジが洞窟内を明るく照らした。

「うわ、眩《まぶ》し……」

ダンジョン内は、謎《なぞ》の明かりによって明るさが保たれていた。やや暗めの空間だったので、改めて見る日の光は遊雷の目に刺激《しげき》が強すぎた。

「……つーか、日光が毒とかじゃなくてよかったわ。俺、ダークサイドの魔物っぽいもんな……。光属性の魔法とかには弱そう……。気をつけよっと」

遊雷はエレノアと共に外へ。

「うわ、寒っ。冬かな？　それとも、結構な北国？」

雪は降っていないが、気温は十度前後に感じられた。眩しい日の光も、熱源としては心許《こころもと》ない。

「そんで……ここは森か？　薄気味悪いところだなぁ……」

ダンジョンの入り口は、岩壁《がんぺき》に埋《う》め込まれるような形で存在している。その周辺は鬱蒼《うっそう》とした森で、薄く靄《もや》がかかっていた。

「……ここ、絶対闇系のろくでもないダンジョンだろ。エレノア、よくこんなところに来たなぁ……。よほどいいお宝が眠《ねむ》ってるのか？」

遊雷は、自身が魔物に襲われないという特性を考えて、後でダンジョン内を探索《たんさく》してみようと決める。

「まずは人里へ、だな。一応道はある……みたいだから、そのまま進めばいいか？」

獣道《けものみち》よりは幾分《いくぶん》かマシになっている道を進む。

歩いていると、薄気味悪い雰囲気《ふんいき》そのままに、幽霊《ゆうれい》のような魔物をちらほら見かけた。しかし、どうやら魔物仲間とでも認識されているようで、襲ってはこない。

「全部の魔物がこうなら、どこにでも自由にいけるよなー。けど、この辺の奴《やつ》は、闇属性の同族感があるから襲ってこないだけな気もする……。色々調べてみないとな」

ゆったりした歩調で二時間ほど森の中を歩く。空はもう真っ暗で、森の不気味さは格段に増した。人間なら視界を確保することも難しいだろうが、遊雷の目は昼間と同じくらいに周りを視認できた。やはり、闇に馴染《なじ》みやすい体らしい。

また、遊雷としては不思議なことに、随分と歩いているのに疲労《ひろう》感はない。その上、喉《のど》が渇《かわ》いたりお腹《なか》が空《す》いたりする感覚もない。人間とは体の作りが違うのだろう。

「お、森を抜《ぬ》ける」

結局誰ともすれ違うことはなく、森の切れ目に到着。

森の先は開けた草原になっており、遠くに町が一つ確認できた。

「おー、人里だ。城塞《じょうさい》都市ってやつ？　周りに壁《かべ》がある。かっこいいなー」

少年心をくすぐられて、遊雷の心は少し浮《う》き立つ。しかし、自身が魔物であることを考えると、人前に姿を現すのは良くないだろうとも思う。

「……あとは、エレノアを一人で歩かせればいいか。魔法の有効範囲《はんい》も気になる」

エレノアを行かせる前に、遊雷はエレノアが腰に帯びている剣に視線をやる。

「……人里まで送り届けてやったんだし、運賃くらい貰《もら》ってもいいよな？」

遊雷は、エレノアから剣をもらうことにする。鞘から抜いてみると、赤みがかった剣身が現れた。

「……これ、魔剣だな。属性は炎《ほのお》。結構いいものっぽい。エレノアってかなりの実力者か？　でも、だとしたらダンジョンで死ぬこともないか……。まぁ、考えてもわからん。エレノア、じゃあな」

遊雷はエレノアを歩かせる。町までは一キロくらいだろうか？　その半分程度まで歩かせたところで、町を囲む壁の中から、慌《あわ》ただしく兵士らしき者たちが出てきた。

「見張りが見つけてくれたかな？　でも、普通の冒険者が町に帰ってきただけで、わざわざあんな大人数が出てくる……？」

不思議に思いつつ、遊雷はエレノアの傀儡を解く。あとは勝手に回収してくれるだろう、という判断。

エレノアが倒れたことで、兵士たちがさらに急いでエレノアの元に駆《か》け寄る。

誰かがエレノアを抱《だ》き抱《かか》え、悲鳴のような絶叫《ぜっきょう》。静かな夜だからか、魔物になって耳が良くなったからか、遊雷はそれを微《かす》かに聞き取ることができた。

「……んん？　あいつら、姫様《ひめさま》とか言ってね？　日本語じゃないのに意味がわかるのも変な話だけど……便利だからいいとして。エレノアってやっぱり高貴な人だった？」

顔立ちは確かに美しかった。剣もかなり高級に見えた。ただ、身なりに特別なものは感じなかった。

「お忍《しの》びで冒険者でもやってたんかね？　貴族の暮らしが窮屈《きゅうくつ》だから逃《に》げ出した、とか。そうだとしたら、残念だったな。せっかく自由になったのに、死んじまうなんて」

遊雷はエレノアの事情が気になったものの、詳細を訊《き》ける状況ではない。

見つからないうちにこの場を去ろう……と思ったところで。

「げ、もう見つかった⁉」

遊雷に向けて、火球が飛んできている。

「つーか、何でいきなり攻撃してくるんだよ！　せっかく連れてきてやったのに！」

遊雷は急ぎ森の中に逃げこむ。

「このまま逃げ切れればいいけど……っ」

◇◆◇◆◇

リバルト王国第二王女、エレノア・リバルトの近衛隊《このえたい》隊長であるギランダは、エレノアの亡骸《なきがら》を抱えて涙《なみだ》を流す。

「姫様……私がもっと早く、あなたを連れて帰っていれば……っ。申し訳ありません……」

ギランダは今四十歳前だが、エレノアが幼少の頃《ころ》から彼女《かのじょ》を側で見守っていた。当時はまだ副隊長だったギランダをエレノアは気に入り、よく話しかけてきた。

エレノアが剣を習いたいと言い出したとき、周囲の反対を押《お》し切って剣を教えたのもギランダ。エレノアには魔法の才能もあり、そこに剣技が合わさることで、蝶《ちょう》よ花よと育てられるような王女にはない強さを身に付けた。

ギランダは、そのことを誇《ほこ》りに思っていた。

しかし、冒険心の強いエレノアは、やがて王族としての暮らしに退屈《たいくつ》するようになってしまう。

その結果、つい二ヶ月前、エレノアは王宮を抜け出した。私は自由に生きる、という置き手紙を残して。

「退屈であったとしても、生きてさえいてくれればよかった……っ」

ギランダは、エレノアを自分の娘《むすめ》のように可愛がっていた。実際に自分の娘が生まれてからも、エレノアへの愛情が冷めることはなかった。

エレノアが脱走《だっそう》したとき、ギランダはそれもいいかもしれないと考えた。エレノアはもっと自由に生きていく方が幸せなのだろう、と。

エレノアがいなくなったとき、すぐに捜索《そうさく》を開始して、発見までそう時間はかからなかった。しかし、エレノアが生き生きとしている姿を見て、ギランダはしばらく彼女を見守ることにした。

仲間たちも、しばらく様子を見よう、ということで納得《なっとく》してくれていた。

その結果が、これだ。

「ギランダさん。嘆《なげ》くのも後悔《こうかい》するのも後です。森に不審な魔物がいます」

ルミウスがギランダに話しかける。

ルミウスは近衛隊の一人で、ギランダに次ぐ実力者。灰色の髪と鋭《するど》い目つきが特徴《とくちょう》的だ。年齢は三十五になる。

「不審な魔物？」

「ええ。エレノア様が自分で歩いて戻ってきたという話でしたが、その体はどう見ても死後間もないものじゃありません。おそらく、エレノア様は何者かに操られていたのでしょう。目的は不明ですが、あの魔物が何かをしたのは間違いありません」

「そいつがエレノア様を殺し、遺体をもてあそんだかもしれない……と？」

「可能性はあります。俺の遠見スキルで確認したところ、エレノア様の剣も持っています」

ギランダの心中に、沸々《ふつふつ》と怒《いか》りがこみ上げてくる。大切な姫様を殺しただけではなく、死者を冒《ぼう》涜《とく》するとは。リバルト王国の宝剣、雅炎《がえん》の剣《つるぎ》を奪《うば》ったことも許せない。

「捕《と》らえろ。言葉を話せるなら話を聞く。それができなければ……殺す」

「承知」

ルミウスが指示を出し、不審な魔物に向けて魔法を放つ。

ギランダにはまだ敵の姿を確認できなかったが、ルミウスがそこにいると言うのなら、間違いない。

「許さんぞ、汚《けが》らわしい闇の魔物めっ」

◇◆◇◆◇

火球は遊雷の近くに着弾《ちゃくだん》したが、被害《ひがい》はなかった。闇雲《やみくも》な攻撃とはいかないまでも、正確な位置はわかっていないようにも感じられた。

「くそっ。こっちは親切で連れてきてやったのに！　これだから人間って奴は！」

グチを吐《は》きながら、遊雷は必死に駆ける。

しかし、どうやら今の体は身体能力があまり高くないらしい。疲《つか》れることはないのだが、走る速度は控《ひか》えめだ。もっとも、それでも子供としては速い方かもしれないが。

五分もしないうちに、遊雷の前に甲冑《かっちゅう》姿の男が現れた。

「うっそ！　速いな！」

「……ほう、言葉を話すか。それは良かった。話を聞かせてもらおうか」

（……こいつ、全然人の話を聞く雰囲気じゃない。俺がエレノアを殺したと勘違《かんちが》いしてないか？　絶対そうだろ……っ）

遊雷はどうにか逃げようとするが、既に五人の兵士に囲まれている。この場を抜け出すことは難しそうだった。

それならばと、遊雷は対話を試みる。

「えー、お兄さんや。ちょっと冷静に話し合おう」

「……なんだ？」

「そっちはもしかしたら、あの子を俺が殺したとでも思ってるのかもしれない」

「違うのか？」

「違う。俺はただ、あの子を運んできただけだ」

「では、何故《なぜ》逃げた？」

「そっちが攻撃してきたからだろ。誰だって逃げるさ」

「……違うな。エレノア様を殺した貴様は、我らの報復を恐《おそ》れて逃げた。それだけのことだ」

「おいおい、ちょっと待て。冷静に考えてみろよ。俺があの子を殺したとして、どうしてここまで連れてきたんだ？　意味がわからないだろ」

「魔物の思考は、人間には理解できんものだ」

（ちっ。こいつ、俺の話を聞くつもりなんて全くない！　犯人は俺だと決めつけて、何を言っても冷静に考える気はない！　やばいぞ！）

男の目が険しくなる。腰に帯びていた剣も抜いた。

「だいたい、その宝剣を奪っている時点で貴様の有罪は確定だ」

「あ？　宝剣？」

運賃として頂いた剣を、遊雷は抱えている。高級品とは思ったが、宝剣とまで呼ばれているとは思っていなかった。

「ちょ、待て！　大事な物だって言うなら返す！　別にどうしても欲《ほ》しい物じゃないし！」

「もはや問答は無用だな。まぁ、案ずるな。すぐには殺さん」

男が踏《ふ》み込んで、剣を振《ふ》るう。

遊雷の右腕《みぎうで》が切り落とされた。

「うあああああああああああああああああっ」

遊雷は左手で傷口を押さえつつ、痛みに呻《うめ》く。剣も落としたが、もはやどうでもいい。

（くっそ！　結局攻撃して来やがった！　そっちがその気なら……っ。でも、俺の魔法、通用するのか？）

「エレノア様の苦しみを、貴様も味わうがいい」

（知るかよ！　俺は何もしてねぇっつうの！　勘違い野郎《やろう》！　推定有罪なんて人間のやることじゃねぇぞ！　今の俺に出来る抵抗《ていこう》は……っ）

「……苦痛付与《ペイン》！」

発動すると、男は苦鳴を漏らしながら剣を落とす。

（効いているか？　何度でもやってやる……っ）

男に向かって、再度苦痛付与《ペイン》を発動。男はその場に膝《ひざ》をつくが、他の兵士が遊雷を襲う。

一瞬のうちに左腕と両足が刈《か》り取られ、さらに目も潰《つぶ》された。

「あああああああああああああ！　うぐっ」

苦痛に叫《さけ》んでいたら、今度は喉を潰された。もはや喚《わめ》くこともできない。

（死ぬ！　殺される！　記憶を取り戻したばっかりだっていうのに、なんて仕打ちだ！　クソが！）

苦痛付与《ペイン》で抵抗しようと思ったが、これは相手を視認している必要があるらしい。上手《うま》く発動しなかった。

体から血が抜けていくのを感じる。そのまま死ぬのだと遊雷は思ったが、直後、傷口が炎で焼かれる。激痛が走るが、血は止まった。

（痛い痛い痛い痛い痛い痛い痛い痛い痛い痛い痛い痛い痛い！　なんだこれ！　俺が何をしたっていうんだ！　ふざけんな！）

エレノアなど放置しておけばよかったと、遊雷は心から思う。

しかし、後悔してももう遅《おそ》い。

周囲の状況がわからない中、遊雷は兵士たちからの延々《えんえん》と続く暴行だけ、感じていた。体中が痛み、頭がおかしくなりそうだ。

（……くそ。最悪だ。二度目の人生がこれなんて……素直《すなお》に死んでおけばよかった……）

そう思ったのを最後に、遊雷の意識は途切《とぎ》れた。


目を覚ました遊雷は、地下牢《ちかろう》のような場所で酷《ひど》い拷問《ごうもん》を受けた。

何が起きたのか話せと命じられ、遊雷は素直に全てを話したのだが、保身のために嘘《うそ》をついているだのなんだのと否定された。そして、拷問は続いた。

もはや事情を聞くためではなく、大切な姫様を失った怒りをぶつけるため、利用されているだけだった。

拷問を続けるために回復魔法をかけられる……などという地獄《じごく》のような時間も、大いに遊雷の精神を削《けず》った。

(……こんなことなら、さっさと死にたい。早く殺せよ……クズが)

救いのない状況に、何度そう思ったかわからない。

(自死用のスキルとかないかな……ん？)

ぼんやりした頭で、自分のスキルを確認する。

すると、闇落ち、というスキルを新しく獲得《かくとく》していた。

(……なんだこれ？　効果は……発動中、暗黒魔法の威力《いりょく》を飛躍《ひやく》的に引き上げる、そして、特別な魔法を使えるようになる、か。副作用……精神を病《や》む。はは、病んだら今の状況をむしろ楽しめたりしないかね？)

拷問は続いている。宙づりにされた状態で、腹から内臓《ないぞう》を引きずり出されるという意味のわからないものだが、何度もされているので、少し慣れた感がある。

なお、目は潰されたままだが、切断された手足は今のところ復活している。全ての指が潰され、痛みを伝えることしかしてくれないが。

(……まぁいいや。考えるのも面倒臭《めんどうくさ》い……。闇落ち、発動)

途端《とたん》に、遊雷は体が燃えるように熱くなるのを感じ取る。同時に、先ほどまでの無気力を吹《ふ》き飛ばす、どす黒い怒りが湧《わ》いてくる。

「な、なんだ⁉　急に魔力が……⁉」

「おい、殺せ！　今すぐ殺せ！　何かおかしい！　危険だ！」

周囲が慌ただしくなる。

相手が何かをしてくる前に、遊雷は別の魔法を発動。

当初は使えなかった、特別な魔法だ。

「虚《うろ》」

「うわ！　体が動かない！」

「なんだこのまとわりついてくる闇は！」

「うあああああああ！　足が、足が食われたああああああああああ！」

「この闇に触《ふ》れるな！　食われるぞ！」

「先にあの魔物を殺せ！　やめさせろ！」

「無理です！　魔力の放出が激しすぎて、近づけません！」

「雅炎の剣を使え！　あの剣なら……うあああああああ！」

遊雷は目を潰されているが故《ゆえ》、何が起きているのか見ることは出来ない。しかし、視覚以外の何かで、周囲の状況がなんとなくわかった。

闇の靄《もや》のようなものが生じ、牢屋《ろうや》の中にいた四人の兵士を食っている。

体を少しずつ蝕まれていく兵士たちが、必死で助けを求めて叫ぶ。しかし、当然、遊雷は攻撃を止《や》めない。

「死ね、死ね、死ね、死ね、死ね、死ね、死ね、死ね、死ね、死ね、死ね……っ。お前たち、全員死んでしまえ……っ」

靄が広がっていく。地下牢らしき場所だけではなく、靄は地上にも及《およ》ぶ。

靄はさらに広がり、急速に地上を包み込んでいく。

町の人間が異変に気づき、逃げ惑《まど》うのも感じ取れた。

今回の件とは無関係な人間がたくさんいることも、遊雷は認識していた。しかし、どす黒い感情に突《つ》き動かされるままに、遊雷は虚《うろ》を広げ続けた。

一時間、二時間、三時間と、靄は世界を侵食《しんしょく》し続ける。

数人を食べる程度ならすぐに終わるのだが、町中の人間を食べるとなると時間がかかる。

少しずつ体を蝕まれていく人間たちの絶望を、遊雷はぼんやりと感じ取った。

……そして、丸一日が過ぎた。

「……全員食べきったか。逃げ出した者もいるかな？　まぁ、いい。兵士たちは全員殺した」

町の人口は、おそらく二万人程度。そのうち数十人程度は逃《のが》れたかもしれないが、あえて捕《つか》まえようとまでは思わなかった。

「……疲れた。もういい。休みたい」

丸一日魔法を行使して、遊雷は極度の疲労を感じていた。魔力も空っぽで、もはや呼吸をするのも辛《つら》い。

「もう目が覚めることもないかもな……」

それでもいい。

遊雷は全てがどうでもよくなって、意識を手放した。自分の体が、黒い繭《まゆ》のようなものに包まれるのを感じながら。

◇◆◇◆◇

リバルト王国内北部にある聖都レイフィア。

セイリーン教の教会にて、エメラルダは一人で祈《いの》りを捧《ささ》げていた。

エメラルダは国でただ一人の聖女であり、非常に強力な聖属性の力を有している。

聖女としてのスキルは生まれ持ってのもので、そのせいで幼少期から親元から引き離《はな》され、教会の管理下で暮らしている。十七歳になった今でも、個人としての自由はほとんどない。それを不満に思う心は、今はどこかに置き忘れてしまった。

そんなエメラルダは、ふと強烈な寒気に襲われて身震《みぶる》いする。

「何……？　何が起きているの……？」

何か良からぬことが起きていることは直感的にわかった。しかし、それが具体的になんなのかはわからない。

エメラルダの体は震え、冷や汗《あせ》が止まらない。

ピシッ。

教会に飾《かざ》られた女神《めがみ》の像に大きなヒビが入った。状態保存魔法がかけられ、自然に壊れることはないはずなのに。

『……災《わざわ》いが起きる。危険な魔物が……魔王が目覚めてしまった……。北の地はまもなく滅《ほろ》びるでしょう……』

「今のは……天啓《てんけい》……？」

エメラルダは天啓を受けるスキルを持っている。神様のような何かの声を聞く力で、今まで一回だけ天啓を受けたことがある。

その一回目の天啓は、祝福の子供が生まれた、というもの。とても強い力を持つ子供で、まだ幼いが、聖なる戦士として教会に育てられている。

「あれが天啓だというのなら……世界に危機が迫《せま》っている……？」

エメラルダは身震いする。

悪寒《おかん》が落ち着くまでしばらく待っていると、教会の扉が勢いよく開け放たれる。

「エメラルダ様！」

「……エマ。どうしたの？　そんなに慌てて」

エマは聖騎士《せいきし》の一人で、エメラルダにとっては数少ない友人。年齢は、エメラルダの一つ上の十八歳。赤髪をショートカットにした凛々《りり》しくも美しい少女で、聖騎士の甲冑がよく似合う。

公式の場では聖女の方が立場は上なのだが、プライベートでは立場に関係なく接している。

「……暗闇のダンジョンの近く、グリモワの町で異変が起きました」

「異変？　どういうこと？」

「詳細はわかりません。ただ、黒い靄が町を襲っているという知らせが入り、その後、連絡《れんらく》が途絶えました。通信魔法で各所に連絡を取ろうとしても、誰も応答しません」

「……そう」

災いが起きている。

天啓の言葉が正しいならば、危険な魔物が目覚めた。

「……私は現地に向かいますが、エメラルダ様、顔色が悪いようですね。どうされました？」

「実は、先ほど天啓を聞いたの」

「天啓を？　どういった内容でしょうか？」

「危険な魔物が……魔王が目覚めた、と。詳細はわからないけれど、世界の危機なのだと思う」

「魔王……？　そんなお伽噺《とぎばなし》の存在が……？　わかりました。とにかく、早急に調査する必要がありますね」

「ええ……」

「では、私は行って参ります。しばらく帰れないかもしれませんが、必ず帰ります」

「ねぇ、わたしも行ってはダメかしら？　わたしにも聖属性の力があるのだから、きっと役に立てる」

エマは柔《やわ》らかな笑《え》みを浮かべつつ、首を横に振った。

「エメラルダ様は、聖都の守護をお願いします。その魔物が、いつここを襲うかもわかりません」

「……そう。そうね」

エマの本心は、エメラルダを危険から遠ざけたいというものだろう。エメラルダはそれを理解している。

「……わかった。ちなみに、クレアも一緒《いっしょ》にいくの？」

「ええ、あいつも一緒です」

クレアはエマと同じく、エメラルダの友人の一人。同性で年も近いので、他の者より親しい。

「二人とも、無事でいて」

「ええ。わかっています」

「……いってらっしゃい。神のご加護があらんことを……」

「はい。行って参ります」

エマが去っていく。

エメラルダは嫌《いや》な予感を覚えていたが、エマたちならばきっと大丈夫だろうと、信じることにした。

◇◆◇◆◇

どれくらい眠っていたか、遊雷にはわからない。

「……まだ生きてたか。別に、死んでもよかったのに」

遊雷は深い溜息をつく。

そして、ふと自分の目が見えていることに気づく。目も回復しているし、はみ出ていた内臓もちゃんと腹に納まっている。

「回復してる……？　なんでだ？　この体、それなりに回復力があるってことか？　つーか、この状態でよく眠れたもんだ」

遊雷はまだ宙づりにされたまま。縄《なわ》で縛《しば》られた両腕で体を支える状態で、普通なら非常に苦しい。それなのに、体に何か変化でも起きたのか、あまり痛くもない。

「地上に降りたいな……。何か使えそうな魔法は……お？　腕力《わんりょく》だけで切れた」

普通の子供並みの腕力だったはずが、軽めに力を入れるとすんなり縄が切れた。どうやら腕力が上がっている。

遊雷は落下し、地上に足をつける。

「あー、やっぱり地上はいいな。にしても、闇落ち、あれはやばいな。無関係の人間を万単位で殺すなんて……。どうかしてるよ。もうなるべく使いたくないもんだね」

闇落ちはもう解けている。しかし、影響は残っているのか、無差別大量殺戮《さつりく》に対する罪悪感はあまりない。他人の足を間違えて踏んづけてしまった、くらいの感覚。

「……別に人間の敵になるつもりなんてなかったのに、立派にダークサイドやってるじゃん。あーあ、お前たちのせいだからな」

遊雷は、転がっている甲冑を蹴《け》り飛ばす。

虚《うろ》は、動物、植物問わず生き物だけを食い散らかす魔法らしい。肉体以外はこの場に残っているし、建物などにも被害はない。

なお、食われた人間は、遊雷の中に取り込まれ、糧《かて》となっている。大規模に魂と肉体を食った感じだろうか。

「あ、髪の色も変わってね？　元々黒だったのに、白くなってら。拷問のストレスかな？」

一切灯《いっさいあか》りのない部屋なのだが、遊雷にはそれでも視界が確保できている。そして、完全にとはいかないが色も判別できて、髪の色が変わっているのがわかった。

特に髪の色にこだわりはないので、遊雷としては些細《ささい》な変化。

他にも、改めて自分の体を確認してみると。

「ん？　少し成長してる……？　胸も微妙《びみょう》に膨《ふく》らんでるような……？」

転生してから鏡を見たことがないので、正確にはわからない。十歳児くらいの体だったのが、二、三年分くらい成長しているように思えた。身長が伸《の》び、身体には女性的な膨らみも感じられる。

「へぇ、ほぉ、これが膨らみかけ……自分の体だけど、このサイズ感はなかなか可愛い……いや、それより、いつまで素《す》っ裸《ぱだか》でいるんだって話。服を着よう」

拷問の間、素っ裸にされていた。このクソロリコン野郎ども、などと憤《いきどお》っていたのが、随分昔のことのようだ。

遊雷は自分が着られそうな服を探す。兵士が着ていた長袖《ながそで》の服を拝借し、それを着る。袖は長いが、下半身も大事な部分が隠《かく》れる裾丈《すそたけ》だったので、一旦《いったん》よしとする。地上に出てちゃんとしたものを探せばいい。

「見た目が成長してるってことは、ステータスも変わってるかな……？」

名前：フィランツェル（神谷遊雷《かみやゆうらい》）
種族：ダークリッチ
性別：女

年齢：三ヶ月
レベル：十三
戦闘力：八万二千七百
魔力量：九十二万五千
スキル：暗黒魔法　レベル五、闇魔法耐性、聡明、死なず
称号：暗黒の魔女、魔王

「……あん？　色々成長してるけど……名前まで変わってるぞ？　なんだこれ？　フィランツェル……？　んー、わけわからん。しかも、知らんうちに一ヶ月も経《た》ってるっぽい？　いや、元々の年齢が二ヶ月と二十日とかだったかもだし、正確にどれだけ経過したかはわからないな。まぁいい。暗黒の魔女は前からあったけど、効果は暗黒魔法の威力が上がるとか、消費魔力が少なくて済むとか、魔法を覚えやすくなるとかだったな。

魔王ってなんだ？　俺、魔王になったの？」

意識すると、その詳細が浮かぶ。

魔王：世界を統《す》べる素質を持つ者。破壊《はかい》の力と他者を従える力が増す。

「ざっくりしてるな……。実際のところは追々わかってくるかな……？」

具体的な部分はわからないので、今は放置。

「暗黒魔法、使えるものは増えてるか……？」

暗黒魔法　レベル五：霊視、魂摘出、魂食《たまく》い、傀儡、魔改造、苦痛付与《ペイン》、精神汚染、精神操作、吸収、アンデッド作製、闇落ち、闇落とし、闇の刃《やいば》、隠蔽《いんぺい》、認識阻害《そがい》、呪《のろ》い、闇の支配者、従者強化、不死者の軍勢

「おぅ……。ますます人類の敵感が強まったな……。俺が人間だったら、こんな魔法使える奴は生かしておけねぇ……」

遊雷はまた深い溜息をつく。

「いやさ？　俺は大人しく慎《つつ》ましく暮らしていくつもりだったんだよ？　体が女なら美少女ハーレムを築くのも違うだろうし、勇者様プレイで尊敬を集めるとかも望んでなかったよ？

それなのにさぁ、勘違いしたバカ共が俺を追いつめるから、こんなことになったんだよ？　俺のせいじゃないからな？」

誰に言い訳しているのかはわからない。ともあれ、遊雷はいい加減、地下牢のような部屋から出ることにする。

「あ、その前に。あの宝剣、いただいちゃおうか」

部屋の片隅《かたすみ》に落ちていた宝剣を拾う。

その近くには小綺麗なベッドがあり、剣の持ち主であった少女の遺体が横たわっている。死んでいるので虚に食われなかったらしい。部屋が冷え切っているせいか、今のところは腐《くさ》ってもいない。

弔《とむら》うのか、何かに利用するのか、後々決めればいい。今は剣のことを遊雷は考える。

「これ持ってるとまたなんか言われそうだな……。一応、布で包んで隠しとくか。使い勝手は悪いけど、そもそも剣なんてろくに使えないから構わん」

その辺に落ちていた服で剣を包みつつ、別の服を利用して背中に固定した。

そして、遊雷は地上に続く階段を上り、天井《てんじょう》の扉を開けて上の階へ。

暗い部屋に出て、さらに外側に続く扉を抜ける。通路になっており、地上はまだ見えない。

「えっと……虚を使ったときに何となく全体の構造は理解してたはず。ここは城の裏手にある離れみたいな建物で……こっちに行けば城の表の方に行けるんだっけ……？」

いくつか分かれ道があったものの、遊雷は記憶を頼《たよ》りにすんなり進む。

「俺、こんなに記憶力よかったか？　これも聡明スキルの恩恵《おんけい》？」

十分ほどで、ようやく遊雷は城の正門から外に出た。時刻は昼前くらいなのか、晴れ渡《わた》る空に太陽が高く昇《のぼ》っている。

「相変わらず太陽が眩しいなぁ……。俺、やっぱり夜の眷属《けんぞく》になっちまったか？　弱体化する気配はないけど、ちょっと不快だ」

遊雷は少しぐったりしながら、誰もいない町を歩く。全体像としては、中央の城から東西南北に大通りが伸びていて、城壁《じょうへき》の近くでは東西に抜ける川も流れている。

一番の繁華街《はんかがい》だった場所は、町の南部。遊雷はそこに向かった。

「……誰もいない町って、薄気味悪いもんだな。寂《さび》しいねぇ」

焦《あせ》る理由もなく、遊雷はゆっくりと辺りを散策する。

日本ではなかなか見ることのない煉瓦《れんが》づくりの家が建ち並び、人がいた頃の名残《なごり》が散乱している。市場もあり、食品を取り扱《あつか》っている露店《ろてん》もあったのだが、腐敗臭《ふはいしゅう》に満ちているわけでもない。なお、肉類は虚《うろ》の被害を免《まぬが》れているが、果物や野菜などの植物はほとんどが消えている。果実の状態や土から出しただけの状態だと、まだ生きているという判定のようだ。

「あの子もそうだったけど、この気温のおかげで腐らずに済んでるんかな。相変わらず寒いもんなぁ。氷点下近いんじゃない？　魔物の体じゃなかったら、こんな格好《かっこう》で出歩けないよ」

寒くはあるのだが、体の芯《しん》まで冷える感覚はない。病気にはならなそうだ。

遊雷は一軒《けん》ずつ見ていき、服の店を見つける。

「どれがいっかなー？　せっかくこっちでは女の子になってるんだし、可愛い服でも着てみるかー」

女性用の服を着ることに、若干《じゃっかん》の抵抗を遊雷は感じた。しかし、その抵抗はもはや意味のないものだと思い、店内の服を色々と試着してみる。

そして、最終的に濃紺《のうこん》の長袖ワンピースを選んだ。下着もあったので、女性用を身に着けている。

「うーん、背徳感は否《いな》めんが、そのうち慣れるだろ。俺、もう女だし。あ、一人称も俺じゃなくて私にしとくか。形から入るって大事だよな」

遊雷は他も巡《めぐ》り、魔法具が置かれた店を発見。

その中で、まずはサイズの合う黒のローブを羽織る。宝剣はその上から背負う。魔法使いらしい三角帽子《さんかくぼうし》も見つけたので、それも頂戴《ちょうだい》した。効果はわからないが、おそらく防御力《ぼうぎょりょく》はそれなりに高いのだろう。

「魔法使いらしい格好とこの宝剣、いまいち合ってない気が……。まぁいい。あと、杖《つえ》も持っておこう」

杖は二メートル大の大きいものと、三十センチくらいの小さいものがある。

持ち運びの便利さを考えて、小さい方にしておいた。先端《せんたん》には青い宝石がついている。

「……鑑定《かんてい》スキルとかあればいいのに。自分のステータス以外はさっぱりわからん。この杖もいいものか悪いものかわからん」

遊雷は色々と使い勝手を試してみたい気もしたが、止めた。直感的に、この店にあるどんな杖も、自分からすれば大差ないと感じ取った。

「あとは……地図とかどこかに置いてないかな？　図書館もあればいい。この世界の文字、何故か読みとれるみたいだし」

遊雷が魔法具店から出ようとすると、ふと外から物音が聞こえた。

（誰かいるのか？　生き残り……？）

耳を澄《す》ますと、微かに声が聞き取れる。

「……あの店に、何かいます」

「間違いないか？」

「はい。強大な魔物の気配を察知しました」

「この町を壊滅《かいめつ》させた元凶《げんきょう》か？」

「それはまだ、なんとも。しかし、ずっと気配だけは感じていた何かが動き始めたのは確かです」

「そうか。この町を拠点《きょてん》に調査を始めて十日……。ようやく掴んだ手がかり、調べねばなるまい」

二人は不穏な雰囲気で会話していた。

（ふむ……。誰かはわからないが、友好的な雰囲気じゃないな。はぁ……また前回みたいにならないといいけど）

遊雷は、警戒《けいかい》を強めながら店のドアを開ける。いきなり襲われることも考え、闇の刃を周囲に展開しておいた。

この魔法は、三日月形の黒い刃を出現させる。数に上限はないのだが、自在に操れる量はせいぜい二十。今はその半数の刃で身を守る。

十メートルほど間を空けて、白銀の鎧《よろい》を着た騎士が五人いた。顔は冑《かぶと》で隠れているが、比較的《ひかくてき》細身で小柄《こがら》なのが一人いる。隊長格らしき者と話すその声からして、どうやら女性のようだ。

「出てきたぞっ」

「気をつけてください。あれは……やばいです」

「ああ……実際に見れば、俺にもわかる」

「最低でも二等級。一等級にも匹敵《ひってき》するかもしれません」

（やたらと警戒されてるな……。二等級とか一等級ってどれくらいだ？　ともあれ、まずは友好的な雰囲気で行こう）

「えー、皆《みな》さん初めまして。警戒されているようですが、私には皆さんと戦う意思はありません。どうか落ち着いてください」

「……しゃべる魔物か」

「知能は高そうです」

「しかし……惑わされるな。知能の高い魔物はよく人間を騙《だま》す。言葉を鵜呑《うの》みにしてはいけない」

「はい」

騎士連中はひそひそと話しているが、その声は遊雷に筒抜《つつぬ》けだ。

（これ、やっぱり聴覚《ちょうかく》も強化されてるな。便利でいい）

「あの、本当に争うつもりはないんです。警戒しないでください」

「……お前は何者だ？」

隊長格が重々しい口調で尋《たず》ねてきた。

（名字は一旦なしでいいか？　貴族みたいに思われても困るかも。今は名前だけ……）

「私はダークリッチの遊雷《ゆうらい》といいます」

「ダ、ダークリッチ……!?　リッチが一万以上の人間を殺すと進化するという、あのダークリッチか!?　もはや伝説でしか聞いたことがないぞ!?」

（え、ダークリッチってそんな大層な魔物なの？　一万人殺し……。普通に考えると異常だ……）

「あ、違います違います。今のはほんの冗談《じょうだん》で、ただのリトルリッチです。安心してください」

隊長格が小柄な騎士の方を向く。その騎士は首を横に振った。

「……嘘ですね。あれは正真正銘《しょうめい》、ダークリッチです。これだけの魔力を有していながら、リトルリッチなどありえません」

「そうだろうな」

（魔力量ってわかるもんなの？　私、こいつらの魔力とか全然感じ取れないんだけど。鑑定能力か何か？）

　そもそも自分の魔力を感じ取ることすらできていない。根本的に魔力というものを理解していないから、何も感じ取れないのかもしれない。

「あー……た、たとえダークリッチだとしても、争うつもりはありませんから。安心してください。武器も下ろしていただけません？」

　応《こた》えるのは、隊長格。

「そう言うお前も、その黒い刃を解除したらどうだ？」

「まぁ、そっちから武器を下ろしてくれたら、私も魔法を解きますよ」

「であれば、こちらも警戒を解くわけにはいかんな」

「そうですか。残念です」

「……わかりきったことを訊くようだが、改めて尋ねよう。この町の人間を消し去ったのは、お前か？」

（うーん、正直に答えていいもんかな？　違いますって言っても無駄《むだ》そう……）

「そうだとしたら、どうされます？」

「……無辜《むこ》の民《たみ》を殺《あや》めた罪、その命で償《つぐな》ってもらおう」

「……ですよね。まぁ、それが人として当然でしょう」

（私が人間の側だったなら、きっとそうする）

　遊雷は深く溜息。この先ずっと、町を壊滅させた悪《あ》しき魔物として扱われるだろう。それが酷く面倒《めんどう》だった。

戦闘不可避《せんとうふかひ》。その気配をひしひしと感じていると、小柄な騎士が遊雷に問う。

「お前は、何故この町の民を殺した？」

「……事故です。私が殺したかったのは五人だけだったのですが、力の調節が上手くいかず、町を丸ごと滅ぼしてしまいました」

「事故……？　お前は、ただの事故で万を超《こ》える人の命を奪ったのか……⁉」

「殺したくて殺したわけじゃありません。色々あって力が暴走してしまったんです。っていうか、先に手を出してきたのは向こうなんですよ？」

「……私怨《しえん》のある者を殺すまでは、理解できる。許すかどうかは別として。しかし、それに加えて万の人を殺めるだと……？　しかも、それだけの民を殺めておきながら、お前はどうしてそんなに平気な顔をしているんだ……？」

（……闇落ちの影響、かな？　もしくは、酷い拷問のせいで人格ぶっ壊れたのかも。どちらにせよ、私が好きでこうなったわけじゃない。こう言っても、理解してくれなそう……。気持ちはわからないでもない……）

「……平気ではないですよ。大変申し訳なく思っています。ごめんなさい」

遊雷は頭を下げる。しかし、これは逆効果だった。

「謝《あやま》って済む問題か！　お前は人の命をなんだと思っている⁉　この町にも、たくさんの笑顔があったはずなのに！」

「……そう言われましても。じゃあ、私が死ねば済む話なんですか？　私が死んだところで、誰も戻ってはきませんよ？」

「ふ、ふざけるなあああああああああああ！」

小柄な騎士が飛び出してくる。速い。通常の人類ではあり得ない速度だ。

「うわ、ちょっと⁉」

遊雷は、とっさに闇の刃を三本使って迎撃《げいげき》しようとする。騎士はそれを剣で切り裂《さ》いた。

（げ、闇の刃って意外と弱い？　それか、こいつがめっちゃ強い？）

騎士は容赦《ようしゃ》なく遊雷を襲う。剣の一振りで、遊雷の右腕が綺麗に切り落とされた。

（痛いなぁ！　また斬《き》られた！）

散々拷問されてきたおかげか、腕を切り落とされた程度では遊雷は怯《ひる》みもしない。ただ、超速《ちょうそく》再生でもあればいいのにとは思った。残念ながら、そんな都合のいい性質はないらしい。出血は早めに止まるので、それだけでもありがたく思うべきだろう。

遊雷は距離《きょり》を取りつつ、相手に苦痛付与《ペイン》を発動。

「がはっ」

騎士がその場に膝をつく。さらに、どうやら血を吐いたらしい。

（あれ？　苦痛付与《ペイン》は肉体じゃなくて精神を攻撃する技《わざ》のはずなのに……。精神攻撃が肉体にも影響を及ぼした……？）

事情はわからない。ただ、騎士の足止めは成功。

「アンチマジックの鎧を貫通《かんつう》してダメージを与えただと⁉」

「やはりあのダークリッチ、ただの魔物ではない！」

「もはや話し合いの余地はない！　殺せ！」

「焦るな！　敵は強いが、勝てない相手ではない！　すぐに増援《ぞうえん》も来る！」

（ああ、もう、完全に戦闘モードじゃんか……。戦いたくなかったのに……）

遊雷は闇の刃を騎士たちに向けて放つ。しかし、全て鎧に弾《はじ》かれた。

（あれがアンチマジックか。厄介《やっかい》。でも、苦痛付与《ペイン》は効いた。あの鎧、精神攻撃に対しての防御力は高くない。……もしくは、闇の刃より苦痛付与《ペイン》の方が強力？）

最初に向かってきた騎士に苦痛付与《ペイン》を発動。騎士は血を吐きながらも剣を振ってきた。ただ、勢いも鋭さもないので、遊雷にも回避《かいひ》できた。

同じ要領で、次々に襲ってくる騎士たちに苦痛付与《ペイン》を使い続ける。魔法で遠隔《えんかく》攻撃してくる者もいたが、それは闇の刃で破壊。魔法攻撃を防ぐことができた。

苦痛付与《ペイン》で相手にダメージは与えられる。しかし、残念ながら倒すことは難しいらしい。

（苦痛付与《ペイン》って、もしかして拷問用の魔法なんじゃね？　死なないギリギリまで激痛を味わわせる魔法……。歪《ゆが》んだ魔法だな……。虚《うろ》は闇落ち状態じゃないと使えないから、他の手を考えないと……それなら……）

「精神汚染」

発動すると、遊雷を中心に闇が広がる。五人の騎士たちをすっぽり覆《おお》い尽《つ》くしてしまった。

そして。

遊雷を狙《ねら》っていた騎士たちが、途端に動きを止める。

「あああああああああああああああ！」

「うわああああああああああああああ！」

「やめろおおおおおおおおおおお！」

「いやああああああああああああ！」

「助けてええええええええええええ！」

頭を抱えて絶叫し始めた。彼《かれ》らが何を感じているのか、遊雷はわからない。強烈な恐怖を刻みつけ精神を蝕む魔法……とだけしか、知らない。

「……これ、結構使えるかも。少なくとも肉体的には傷つけずに、戦う意思を削れる」

遊雷は、しばし騎士たちを放置し、落ちていた服を左腕に巻いて止血。

「普通の人間よりは回復が早いのかな？　でも、今すぐ腕が再生するわけじゃないか。どっかで回復薬みたいなのをかっぱらってくるしかないな……。そういうの、あるよね？　あ、敵が増えた」

この騎士たちは一体何人いるのか、数十の増援がやってきた。

「精神汚染は範囲攻撃っぽいよな。殺さない程度に痛めつけるのにはうってつけだ」

遊雷は、集まってきた騎士たちを精神汚染で攻撃。

男女の悲鳴が響《ひび》きわたる。

「……あー、うるさい。拷問は趣味《しゅみ》じゃないなぁ。でも、私の魔法じゃこれで止めるしかないよなー、たぶん」

軽く耳を塞《ふさ》ぎつつ、五分ほど待機。

そろそろ完全に戦意を削れただろうと、遊雷は魔法を解除した。

騎士たちはぐったりと倒れたまま動かない。

「よーし、制圧完了。誰も死んでない……よな？　死んでても知らんけど」

遊雷は落ちていた左腕を拾って、魔法薬が置いてある店を探しに行こうとする。

そこで、騎士の一人がヨロヨロと立ち上がった。最初に立ち向かってきた、女性の騎士だ。

「お、まだ立てるのか？」

「お、お前……っ。まさか、今の魔法を、この町の人に……っ」

「使ってないって。私は拷問なんて趣味じゃないんだ。余計な苦痛はなかったはずだよ」

騎士は無言で剣を手にし、遊雷を斬ろうとする。しかし、最初の勢いは見る影《かげ》もなく、動きは酷く緩慢《かんまん》だった。

戦闘ド素人《しろうと》の遊雷でも、騎士の懐《ふところ》に入り、その腕を弾くことができた。乾いた音を立てて剣が転がる
「立ち上がれただけでも立派だな。他の皆はまだ倒れてるのに」

「お前は……許さない……っ」

「私、別にあんたに何かした覚えもないんだけど」

「私に何もしていなくても……っ。多くの人を……っ」

「はいはい。それは事故だって言ってるだろ？　うるさいなぁ。……でも、その胆力《たんりょく》は気に入った。左腕を切り落としてくれたお礼もしたいし、少し実験しよう」

「……実験、だと？」

「傀儡《かいらい》」

「ぐっ、がっ⁉」

「ふむふむ。死体を動かすよりは難しいけど、弱ってる人間を操作するのは難しくないかな」

騎士を遊雷の思い通りに動かせる。歩かせることも、変なポーズを取らせることも可能。

「や、止めろっ」

「やーだね。ちょっとついておいで」

遊雷は騎士を伴《ともな》い、魔法薬を置いている店を探す。

騎士は何かと喚いていたが、傀儡《かいらい》魔法から抜け出すことはできなかった。


魔法薬の店はすぐに見つかった。

遊雷は騎士に腕を支えさせつつ回復薬を飲み、腕を繋《つな》げた。魔物でも人間用の回復薬が効くのはありがたい話。拷問にも利用された性質なので、恨《うら》みもあるけれど。

「お手伝いどうも」

騎士は無言。騎士なりの、せめてもの抵抗か。

「あんた、名前は？」

無言。

「……とりあえず、顔くらい見せてもらおうかね」

騎士を操り、冑を取らせる。

真紅《しんく》のショートヘアが美しい、十七、八歳くらいの少女だった。戦闘中に血を吐いたせいで口元は真っ赤だが、肌の白い凛々しい人である。

赤い瞳が、容赦なく遊雷を睨《にら》んでいる。

「そんなに怒《おこ》らないでくれよ。私は確かにこの町の人を事故で殺しちゃったけど、あんたの仲間は殺さなかっただろ？　無闇に人を殺すわけじゃないんだって」

「……だとしても、お前は罪を償うべきだ」

「かもな」

（いじめっ子への復讐《ふくしゅう》で家に火をつけて、そのせいで近隣《きんりん》住人がたくさん死んだら、事故だから許してくれるよね？とは言えないか。うーん、私、やらかしちゃってるなぁ。けど、やっぱり一番悪いのはあのクソ兵士たちだと思う。私の罪なんて知らん。少なくとも、私だけが悪いみたいな雰囲気なのは納得できん）

　遊雷は店内を物色しつつ、赤髪の騎士に問う。

「逆に訊くけどさ、私にどうしてほしいわけ？　私が死んで済む話じゃないだろ？　それは復讐にはなっても罪の償いにはならない」

「……どうすればいいのかは、私にもわからない。ただ、お前が死ぬことは、償いの一つとなるだろう」

「あ、そ。私は死ぬつもりないから、他の案が思いついたら教えて」

「代案などない……っ」

「脳筋かよ。万の人を殺したなら、償いとして十倍の人間を救え、そもそも一生を人を救うために費やせ、とか言えないの？」

「それは……しかし、お前が生きていることは、世界にとって害悪だ」

「うわー、生粋《きっすい》のいじめっ子みたいなこと言ってやがる。精神弱い奴だったらそれだけで引きこもりになっちゃうじゃん。ひっどいなぁ」

「……聖女様は、天啓で魔王が目覚めたと聞いた。世界の危機が迫っている、とも。私は、お前を殺さなければならん」

（天啓……？　神様の声を聞く力でもあるのかな？）

「それ、話が変わってない？　私がしたことを償う云々《うんぬん》じゃなくて、天啓に従って私を殺すって話だろ」

「……似たようなものだ。お前を殺す理由が、二つあるというだけ」

「あんたの言ってることに納得はしないけど……要するに、私はこの先、世界中から命を狙われる可能性があるってことか。天啓ってやつのせいで、私は危険な魔物と認知されている……。それなら、私も戦わないといけない」

（でも、これって逆に天啓のせいで世界が危険になるんじゃないか？　自分の身に危険が迫っていなければ、私は平穏《へいおん》にひっそりと暮らしていた。狙われるなら私は戦うし、そのせいで被害が拡大する……）

遊雷は首をひねりつつ、棚《たな》の表記を見て回復薬や毒消しなどの小瓶《こびん》を鞄《かばん》に入れていく。鞄はショルダーバッグ型で、その辺で拾ったものだ。

「お前がここで死ねば、ひとまずの問題は解決する」

「残念。私は死ぬつもりなんてない。あんたもしつこいな……。面倒だから、精神操作で心をいじっちゃうか」

「せ、精神操作……？」

「そう。精神操作。死ね死ねってうるさいあんたの心をいじって、私を崇拝《すうはい》する従順な下僕《げぼく》に変えられる」

「や、止めろ！　私はお前の下僕になんかにならない！」

「そうやって抵抗する人を屈服《くっぷく》させるのも、また一興かもしれないな」

くくく、と遊雷は薄《うっす》ら笑う。

「……お前の下僕になるくらいなら、私は死ぬ」

「あ、そ。あんたが死んだら、その魂は私が食べる」

「魂を、食べる……？」

「私はそういうこともできる。そうなれば、あんたは死んでからもずっと私と共にあり続ける」

「止めろ……っ。死者の魂を冒涜するなど……っ」

「止めろ止めろって、そればっかりだな。わがままな奴だ」

遊雷は一通り店内を物色したので、もう用はないと店を後にする。

「私、もっとこの国のこととか教えてほしいんだけど、話す気ある？」

「お前などに話すことはない」

「あ、そ。じゃあ、他の人に訊く」

騎士たちと戦った場所に戻ると、何故か騎士の一人が剣を振り回して周囲の人を攻撃していた
（……何これ？　どういう状況？）

「ああああああああああくるなぁあああああああああああああ！」

その騎士は明らかに錯乱《さくらん》していた。周りの騎士たちはふらつきながら辛《かろ》うじてその剣を避《よ》けてい

るが……一つ、中身の入っていそうな冑と、首から上のない鎧が転がっていた。

「ヴィンさん！　落ち着いてください！」

赤髪の少女騎士が叫ぶ。ヴィンにはその声が全く届いていないようで、相変わらずわけのわからない雄叫《おたけ》びをあげている。

（……精神汚染で心を壊してしまったらしいな。私が思っていたより強烈な威力だった？）

「おい、魔物！　どうにかしろ！　お前がやったんだろ⁉」

「……止めることは、できなくはないかな。あんたにしてるのと同じことをすればいい」

「だったらそれを！　早く！」

「お願いします助けてくださいって言えたら、協力してやる」

「なっ……」

遊雷としては、襲われたから反撃しただけ。錯乱した騎士に対して、何の負い目もありはしない。それでも助けを求めるのなら、筋を通してほしいものだ。

「お前は……っ」

「どうする？　プライドを捨てて私に助けを求める？　それとも、プライドを守って仲間を見捨てる？」

赤髪の騎士は、親の仇《かたき》でも見るかのように遊雷を睨む。

（私が魔物だっていう偏見《へんけん》を捨てて考えれば、私は存外まともなことを言っていると思うんだけどな？）

赤髪の騎士がためらっている間にも、錯乱騎士は他の騎士を攻撃し続ける。この騎士たち、盾《たて》は持っていないのだが、着ている鎧の防御力よりも剣の攻撃力の方が高いらしい。何人かが斬られ、血を流している。

「……お、お願いします。助けてください……」

「お、案外早かったね。じゃあ」

傀儡魔法を使い、錯乱している騎士の動きを停止させる。必死に魔法の拘束《こうそく》を逃れようとするのだが、遊雷の力の方が圧倒的に強い。

「あああああああああああああ！　放せええええええええええ！」

「もう声も出すな。黙《だま》ってろ」

体だけではなく口も操り、黙らせる。ようやく静かになった。

場も落ち着きを取り戻したが、騎士たちは遊雷の方を見て、足を震わせながら後ずさる。

「もう止めてくれ……っ」

「もう嫌だ……っ」

「家に帰りたい……っ」

（……こいつら、完全に心が折れてるな。この先、騎士として生きることもできないかもしれない。

ま、私の知ったこっちゃないか）

少なくとも、もう自分に攻撃してくる気配はなさそうなので、遊雷はほっと一息吐《つ》いた。

暴れていたヴィンという騎士は、冑を脱《ぬ》がされた後、他の騎士の魔法によって眠らされた。夢を見ないほど深い眠りについたようで、うなされている様子はない。

落ち着いたところで、首を飛ばされた騎士に視線が集まる。よく見ると他の人より少し小柄で、中身は女性かもしれなかった。

「クレア……」

赤髪の少女騎士が、心痛の面持《おもも》ちで名前を呟《つぶや》いた。

「これ、私が殺したんじゃないからな？」

「……お前が殺したようなものだ」

「はぁ……。そこは譲《ゆず》らないわけか」

（こいつ、全部私のせいにする……。原因の一端《いったん》はあるとしても、責められるいわれはないっての）

遊雷は、やれやれと肩《かた》をすくめつつ、ふと思いつく。

（……あ、これ、もしかして新鮮《しんせん》な死体じゃないか？　霊視、発動）

名前：クレア
種族：人族
性別：女
年齢：十八
死後：十分
魂：あり
状態：高潔。信仰《しんこう》に篤《あつ》い。戦士としての汚《けが》れを背負っている。

（魂、あり。そんで、確かにまだ死体の側に何かいるな。高潔うんぬんってのは、信心深いけど、騎士として人を殺すこともあったとか、そんな感じかな）

クレアの遺体からは細い糸が伸びていて、その糸の先に一人の少女がプカプカと浮いている。半透明《はんとうめい》だが、空色の髪をボブくらいにした可愛らしい子だ。素っ裸なのは、彼女が魂だからだろう。

（ほほぉ、なかなか良いものをお持ちで……。体も引き締《し》まってるなぁ……。とか、私、体は女なのにいつまで男子臭《くさ》いことやってんだか。それより、これはアンデッド作製のチャンス！）

「ちょっとごめんよー。その子、貸してねー」

「おい、お前！　何をするつもりだ⁉　クレアに近づくな！」

遊雷に文句を言うのは赤髪の騎士だけで、他の者は遊雷が近づくと即座《そくざ》に逃げていく。

「大丈夫大丈夫。悪いようにはしないからさ？」

（たぶんな）

遊雷は中身の入った冑を拾い、中身を取り出す。虚《うつ》ろな表情のまま停止した少女の顔は哀《あわ》れだった。

（死体からアンデッドを作製する場合には……体のパーツを集めて、魂を体の中に押し込む、と。あと、死後三十分以内じゃないとダメなわけね。ふむふむ。こんな感じかな？）

思い浮かぶ通りに、アンデッド作製の手順をこなす。

「……アンデッド、作製」

遊雷の体内から、膨大《ぼうだい》な魔力が抜けていく。

それは全てクレアの体に注ぎ込まれていき、クレアの体を改変させていく。

「おい！　何をしているんだ⁉　アンデッド作製だと⁉　我ら聖騎士をアンデッドにするというのか⁉　ふざけるな！　アンデッドになるくらいなら、潔《いさぎよ》く死んだ方がマシだ！」

「それはあんたの場合だろー？　この子がどう思うかは、本人に訊いてみないとわからないさ」

遊雷、及びクレアの周りには、禍々《まがまが》しい黒紫《くろむらさき》の光が溢《あふ》れている。

ある意味、これは死者蘇生《そせい》の大魔法なのだが、どう見ても邪悪《じゃあく》な雰囲気しかなかった。

（まさか、いかにも化け物みたいなゾンビができるわけじゃないよな？　もう少し頑張《がんば》ってくれよ、暗黒魔法！）

三分ほどで光が収まる。アンデッド作製、完了だ。遊雷の魔力も、半分ほどが持っていかれた。

「……さて、結果はどうかな？　見た目は少し変わったけど、化け物って感じじゃないな」

白かった肌はさらに青白くなり、空色の髪は深い青色になった。

生気のない見た目。しかし、多少肌や髪の色が変わっただけで、決して救いがたいほど醜悪《しゅうあく》になったわけではない。

やがて、クレアが目を覚ます。瞳は黒かった。

「あれ……？　あたし、首を斬られて……？」

「おはよう。気分はどうだ？」

クレアは遊雷を認識すると、ビクリと体を震わせた。そのまま、恐怖に駆られて地面を這《は》いつつ遊雷から距離を取る。

「止めて！　もう嫌！　あなたには手を出さないから許して！」

「安心しなよ。私は向かってくる敵には容赦しないけど、こっちから襲うほど凶暴《きょうぼう》じゃないんだ」

遊雷はクレアを落ち着けようとするが、彼女は涙目で体を震わせるばかり。

（……精神汚染はトラウマ製造魔法だなぁ。皆の様子を見るに、まだ戦意を失ってないあの赤髪は相当に心が強いみたいだ）

「ま、とにかく、アンデッド作製は成功した。私としてはもうあんたに用もないし、好きにすればいい」

「……アンデッド、作製……？」

クレアが首に手を当てる。切断面は綺麗に回復しているので、それだけでは自分がアンデッドであるとはわからない。

「え？　あたし……ヴィンに首を斬られて……死んだ……？　でも、生きてる……？　アンデッド作製……？」

クレアが周りの騎士たちを見回す。冑で表情が見えないながらも、騎士たちがクレアに恐れを抱いているのはなんとなく感じ取れた。

クレアが赤髪の騎士と目を合わせる。

「エ、エマ……？　あたし、アンデッドにされた、の？　そんなの、嘘……だよね？」

「クレア……」

赤髪少女はエマというらしい。エマが即答《そくとう》しなかったことで、クレアは全てを察した。

「嘘……。あたしが、アンデッドに……？　聖騎士がアンデッドなんて……ありえない……」

（あらら、絶望しちゃってる。大人しく死なせておいた方が良かったか？）

へたり込んで脱力するクレアに、遊雷は膝をついて視線を合わせる。

「生き返らせない方が良かった？　死にたいなら殺してあげるけど、どうする？」

「嫌だ……死にたくない……」

（迷いなく答えたな。そりゃ、死にたくはないか。まだ十八歳だもの）

「じゃ、頑張って生きてね」

「でも、でも！　あたし、どうすればいいの⁉　アンデッドなんかにされたら、あたし、もう聖騎士は続けられないし、人の中でも生きていけない！」

「人里から離れて生きれば？　それか、私と一緒に来る？」

「あなたと一緒に……？」

「私も一人くらい仲間が欲しかったんだ。色々教えてほしくて。一緒に来るなら歓迎《かんげい》するよ？」

「あたしは……っ」

「ダメだっ」

割って入ってきたのは、隊長格らしき男。

「聖騎士がアンデッドとなって生き延びるなど、あってはならん！　クレア……。非常に心苦しいが……お前はここで死んでくれ」

隊長が剣を構える。まだ精神的なダメージは残っているようで、頼りない印象はある。

「クレア、どうする？　私の仲間になるなら助けるし、仲間にならないなら見殺しにする」

「……嫌。死にたくない」

「それは知ってる。で、私と来る？　来ない？」

クレアは迷う。隊長はゆっくりとクレアに近づいていく。

隊長が剣を振り上げたとき、ようやくクレアは言った。

「……あなたについて行く。だから、助けて」

「了解」

隊長は弱っていたので、遊雷が軽く突き飛ばすだけで吹っ飛んでいった。

脅威《きょうい》が去り、クレアはまた脱力してうなだれる。

（……仲間にしちゃったけど、この子、大丈夫かな？　ま、どうしても死にたいって言い出したら殺してあげればいいか）

「この戦いも終了ってことでいいかな？　あんたの名前はエマでいいんだよね？　エマは、まだ私と戦いたい？」

傀儡魔法で動けないエマに問いかける。

「……お前は、いずれ必ず打ち倒す」

「それ、今はもう戦わないってことでいいな？　じゃ、傀儡も解除してあげる。ほい」

解除しても、エマが襲ってくる気配はない。

「エマの気が変わらないうちに、とっととずらかるかね。クレア、行くよ」

遊雷はクレアの腕を引いてその場を離れる。

追いかけてくる者は一人もいなかった。

◇◆◇◆◇

ダークリッチとの戦いに敗れた後、聖都に帰り着いたエマは、エメラルダと二人きりで礼拝堂の長椅子《ながいす》に座《すわ》っていた。

「……というのが、今回の討伐《とうばつ》の顚末《てんまつ》です。災厄《さいやく》の魔物は強く、私は何もできませんでした……」

あの魔物との戦いから、既に十日以上が過ぎている。教皇や国王への報告は隊長が済ませていて、エマたち騎士団員は数日の休息を与えられた。

魔物の精神汚染により、戦士としての復帰も危ぶまれた騎士団員たちだったが、エメラルダの浄《じょう》化《か》魔法で少しずつ回復に向かっている。

ただ、通常であればエメラルダの魔法は瞬時に人を癒《い》やすはず。それなのに、何日も時間をかけなければならないのだから、あの魔物の力は凄《すさ》まじい。

「……わたしがついていれば、もう少し、できることがあったかもしれない」

エメラルダが口惜《くちお》しそうに呟く。

あの魔物は闇の力を有していたので、エメラルダの聖属性魔法は効果的だっただろう。

(でも……おそらく、エメラルダ様の力をもってしても、一人ではあの魔物を抑《おさ》えきれない。魔力量が圧倒的に違う。対抗するなら、世界各地にいる五人の聖女を集め、力を合わせるべき……)

「……エメラルダ様の手を煩《わずら》わせる必要がないよう、私がもっと強くなります」

「エマ、これ以上自分の体をいじめるつもり？　あなたの体が保《も》たない……」

「大丈夫です。まだ余裕《よゆう》はあります」

「余裕がなくなるほど自分を追いつめるなんて、まともな訓練ではないと言っているの。ねえ、エマ……もっと自分を大事にしてちょうだい」

「大事にしていますよ。そのおかげで、今もこうして元気に生きています」

「もう……。エマはわたしの言うことなんて聞いちゃくれない……」

エメラルダが眉《まゆ》を寄せながら溜息。エマは軽く微笑《ほほえ》みかける。

「大丈夫です。自分のことですから、休むべきときはきちんと休みます」

「本当にそうしてね？　あなたがいなくなってしまうなんて、わたしは嫌だからね？」

「ええ、わかっていますよ」

「……クレアのように、いなくなってしまっては、ダメ」

エメラルダの表情が大きく陰《かげ》る。エメラルダはクレアとも親しくしていたので、かなりの喪失感《そうしつ》に襲われているはず。

「……私としても、友を失ったことはとても辛いです……。私の力不足で……」

「あ、その、ごめんなさい。エマを責めているわけじゃないの！　相手はわたしに天啓が下るほどの強敵だもの。今すぐどうこうできなくても仕方ない」

「……それは、わかっています」

なお、クレアは、公式には魔物に無理やりアンデッドにされ、連れて行かれたことになっている。『アンデッドにされた聖騎士が、死を恐れて魔物につき従うようになった』というのでは、外聞が悪いからだ。聖騎士団としての外聞も問題だが、クレアの家族さえ、裏切り者のそしりを受けるかもしれない。

真実はあの場にいた聖騎士団員だけの秘密で、エメラルダにも本当のことは言えない。

「わたし……聖女として失格なのかもしれないけれど、クレアが生きていてくれて嬉《うれ》しい。たとえ、アンデッドにされたとしても」

「……聖女としては、確かに失格の発言です。私以外には言ってはなりませんよ」

「わかってる。エマだから話したの」

「それなら安心です」

「……ねぇ、エマは、どう思う？　その魔物に加え、今はクレアまで討伐対象にされてしまった……。エマは、クレアにアンデッドであっても生きていてほしい？」

エマはその問いに即答できない。

あの日以来、エマは何度も自問自答を繰《く》り返している。

聖騎士としては、クレアは人として死ぬべきだったと考える。

しかし、クレアの友としては、アンデッドであっても生きながらえてほしいと思う気持ちは確かにある。

「……アンデッドにされたのがクレアではなく、私の知らない誰かであったなら、私はきっとその者を容赦なく討伐するでしょう」

「エマにしては珍《めずら》しく、遠回しな言い方ね。つまり、クレアの場合は話が別ってこと？」

「……かもしれません。討伐すべきだとも考えますが……私は、クレアと再び笑いあえる日が来てほしいとも、願ってしまいます」

「……そうね。わたしたちは聖女と聖騎士。クレアは邪悪なアンデッド。それでも……いつかまた、笑いあえる日が来てほしい」

エメラルダが両手を組み、祈りを捧げる。

それに倣《なら》って、エマも祈りを捧げた。

(……全ての元凶はあの暗黒の魔物。奴は必ず、私がしとめてみせる……っ。神よ、どうか私に、その力を与えてください……っ)

クレアを仲間にして、十日が過ぎた。

聖騎士《せいきし》団の連中はとっくに退散しているのだが、遊雷《ゆうらい》とクレアはまだグリモワにいる。特に行く当てがないという理由も大きいが、グリモワの町を散策したり、この世界について調べたりしていたら、時間はすぐに過ぎていった。

調べ物をするのには、領主の城にあった蔵書が役に立った。

ひとまず、蔵書からわかったこととして。

今いるセレンシア大陸は主に五つの大国が支配している。西のノギア帝国《ていこく》、南のギーラント獣王《じゅうおう》国、東のラージェ皇国、中央のシャイラン聖王国、そして遊雷たちがいる北のリバルト王国だ。

西のノギア帝国が比較的《ひかくてき》危険な国らしく、積極的に他国を侵略《しんりゃく》しようと狙《ねら》っている。国同士の小《こ》競《ぜ》り合いはちょいちょい起こっているのだが、五つの大国は戦力が拮抗《きっこう》しているため、ノギア帝国の侵略は上手《うま》くいっていない。

また、世界にはエルフやドワーフ、その他の異種族がたくさんいる。各種族は入り交じって暮らしているのだが、一部の種族は差別の対象になることもある。亜人《あじん》族と呼ばれる、人間とも魔物《まもの》ともつかない外見の連中は、世界的に差別されやすいらしい。

そして、遊雷も含《ふく》め、世界には魔物が存在している。基本的には人間並みの知性など持たない怪《かい》物《ぶつ》なのだが、一部、人間以上の知性を持つものもいる。今のところ、遊雷もその一人。

知性のある魔物と人は、ときに親交を結ぶことがある。しかし、それはごく一部の稀《まれ》な例であって、やはり魔物は人間の敵。知性のある魔物の大半は残虐《ざんぎゃく》非道で、狡猾《こうかつ》な方法で人間を襲《おそ》うことも多い。人語を解する魔物は要注意、というのがこの世界の常識だ。

魔物の中でも、アンデッド系は特に嫌《きら》われているらしい。

実害がある問題として、アンデッドの多くは生者を襲う。遊雷にはそういう衝動《しょうどう》はないのだが、一般的《いっぱん》にはそういうものらしい。さらに、アンデッドに殺された者はアンデッドとなることがあり、そうなると別の生者を襲う。前世で言うゾンビのような存在をイメージするといいかもしれない。

他にも、寿命《じゅみょう》がない、首を斬《き》る程度では死なない、死んでも生き返ることがある……等々も嫌われる理由。生命の理《ことわり》から外れた害悪であり、存在してはいけないと認識《にんしき》されているわけだ。

リッチ、ヴァンパイア、レイス、ゾンビ、マミー、ウィルオーウィスプ……そういったものたちは、この世界の人間とは相容《あいい》れない。

やっぱりろくでもないことになりそうだ、と遊雷は思い、憂鬱《ゆううつ》になった。

それと、世界に魔法が存在しているのはすでにわかっていたことだが、魔物は光属性と聖属性の魔法に弱い。アンデッド系は、他の魔物より特に聖属性が弱点になるらしい。

光属性と聖属性は似たような性質があるものの、聖属性は光属性よりも魔物退治に特化した力を持つ。逆に、聖属性は魔物以外に対して効果が薄《うす》い。人間同士の戦闘《せんとう》には向いていないようだ。

なお、先日戦った聖騎士は、必ずしも聖属性の魔法を使えるわけではない。単に信仰に篤《あつ》く、戦闘力が高いというだけ。聖属性を扱《あつか》える人間は稀少《きしょう》で、世界に三十人もいない。世界にいる五人の聖女はその三十人に含まれ、主に守護や回復の力に優《すぐ》れているそうだ。

最後、暗黒属性については、蔵書の中ではわからなかった。闇《やみ》魔法の上位互換《ごかん》という認識を遊雷は持っているが、単純にそうではないかもしれない。

「……いずれ、聖属性持ちとも戦うことになりそうだな。アンデッドは特に嫌われるみたいだし。生き残りたかったら、この町に滞在《たいざい》するよりも隠《かく》れられる場所を探すべきかな。でも、どこに隠れても追われそうな気も……。いっそ堂々とこの町に住んで、どんな敵が来ても返り討《う》ちにできるだけの力を身に付けるべきか……」

遊雷は独り言を口にしながら領主の城を歩き、二階にある一室の前で足を止める。

「……とりあえず、そろそろクレアをどうにかしようかね」

アンデッドになったことがよほどショックだったらしいクレアは、この十日間、ずっと一つの部屋に籠《こ》もりきり。

アンデッドは食事を摂《と》らなくても死なない。生き続けるには魔力が必要ではあるものの、体内の不思議な臓器が勝手に魔力を生成するので、じっとしているだけなら魔力は十分に溜《た》まっていく。

「えー……こほん。クレア、入るよ」

マナーとしてノックをしつつ、遊雷は声をかける。返事はない。

毎日ちょこちょこ様子を見に来ているが、返事があったことはない。

また、勝手に入って怒《おこ》られたこともないので、遊雷はゆっくりとドアを開ける。

「クレア、まだ生きてる？」

おそらくは領主の娘《むすめ》などの高貴な人が使っていただろう一室。女の子ならお姫様《ひめさま》気分で盛り上がりそうなところ、クレアは部屋の隅《すみ》っこで膝《ひざ》を抱《かか》えて俯《うつむ》いている。自分がアンデッドになってしまったことを、まだ受け入れられていないらしい。

城に連れてきてから、ずっとこのままだ。聖騎士の鎧《よろい》は脱《ぬ》いでいるが、首元に血の跡《あと》が残る衣服を着替《きが》えてもいない。

「……死んではいないみたいだな。つーか、死ねないだけか？」

一度、クレアは自死を試みたことがある。しかし、アンデッドの体は普通《ふつう》の刃物《はもの》で傷つけても短時間で治ってしまうので、クレアは死ぬことができなかった。

せっかく自分の喉《のど》を突《つ》き刺《さ》す覚悟《かくご》を決めたのに、痛い思いをしただけで終わってしまったのだ。

遊雷はクレアの隣《となり》に行き、腰《こし》を下ろす。

「たまには外に出てみない？　ほど良く曇《くも》ってて過ごしやすいよ？」

遊雷もクレアも、眩《まぶ》しすぎる太陽は苦手。少し曇っている方が心地《ここち》好い。

遊雷はクレアの返事を待つも、相変わらずクレアは沈黙《ちんもく》を保つ。

（……仲間にしたとはいえ、クレアを無理に元気づける必要もないんだよなー。

それでも……まだ消え去ってはいない男の子の部分が、女の子を放っておけないと主張してやがる……。

大量殺人に罪悪感もないのに、女の子一人を放っておけないって、我ながら矛盾《むじゅん》してるかな……）

「クレア」

もう一度呼びかける。返事はない。

（……女の子と全くしゃべったことがないほどドゥーティー力は高くないけど、恋人《こいびと》みたいな距離《きょり》感で親しくなったことはない……。本気で落《お》ち込んでる女の子に対して、どう接すればいいかさっぱりわからん。私、今は女の子のはずなのに）

うーん……と遊雷は考えこむ。

（女の子同士なら……手を握《にぎ》るとか、抱《だ》きしめるとかが有効……？　男同士だとやらないことだから勝手がわからんけど、試《ため》してみるか……)

遊雷はクレアの手にそっと両手を添《そ》える。

その手は、アンデッドらしいひんやりしたものだった。

(アンデッドらしいっていうか、単に部屋が冷え切っているから、手も冷えてるのかな。私もアンデッドの一種なのに、体温はそれなりにあるもんな)

遊雷は両手でクレアの手を包み込む。少しでも温もりが伝わるように、と。

(……自分が男のままだったら、恋人でもない女の子の手に触《ふ》れるなんてできなかったな)

遊雷としては、初めてまともに触れる女の子。妙《みよう》にドキドキしてしまう。

「……クレア。私に触《さわ》られるのが嫌《いや》なら、なにかしら反応してみせて。すぐに離《はな》れるから」

クレアからの反応はない。触れれば多少の反応が返ってくると遊雷は期待したが、無駄《むだ》だったかもしれない。

「んー……拒絶《きよぜつ》はしてないってことでいいのかな? まぁ、これでも多少は進歩だ。最初は私の顔を見るだけで半狂乱《はんきようらん》だったたし。私が案外危険じゃないってことは、わかってくれたってことだよな?」

クレアは沈黙を保つ。

「……なぁ、クレア。もし、本気で死にたいって思うなら、私はクレアを殺してあげるよ。どうする?」

返事はない。まるで屍《しかばね》のようだ。

「むーん……やっぱりどうすればいいかわからん! 何か話してくれないとどうにもできん!」

遊雷はクレアから手を離し、立ち上がる。

「クレア、反応なさすぎー！　アンデッドのくせに死体より死体やってんじゃねー！　もう怒ったぞー？」

遊雷は無反応のクレアを無理やり抱き抱えて、ベッドに放り投げる。

クレアはされるがままで、かすかに視線が動いただけだった。

遊雷はクレアの隣で横になり、クレアを抱き枕《まくら》とする。

（むーん……せっかく女の子を抱きしめているというのに、体は冷え冷えだし、別にいい匂《にお》いとかもしない……。クレア、この十日間、風呂《ふろ》に入ってない上に体を拭《ふ》くとかもしてないもんなー……。アンデッドは人間ほど汚《よご》れないのがせめてもの救い……）

遊雷は密《ひそ》かに溜息《ためいき》。

「私はこのまましばらく寝《ね》る。嫌だったら勝手に離れな」

遊雷は目を閉じて、あとは無言で過ごす。

別に眠《ねむ》いわけではない。クレアの側《そば》にいる時間を作る言い訳が、他に思いつかなかっただけだ。

（……聖騎士団を追い払《はら》う力があるのに、女の子一人救えない。偏《かたよ》りすぎだよ、私の力）

遊雷は少々もどかしさを感じながら、クレアの体を温め続けた。

◇◆◇◆◇

体がアンデッドになると、心も少しずつ人間ではなくなっていくらしい。クレアはそう感じている。

（……あたし、もうアンデッドになったばっかりの頃《ころ》みたいに、今の自分が嫌じゃないかもしれない）

神様のために戦う崇高《すうこう》なる聖騎士。それを誇《ほこ》りとして生きてきたから、アンデッドになってしまったとき、クレアにはそれが耐《た》え難《がた》かった。

自死も試みるほどには、耐え難かった。

その抵抗《ていこう》感が、今は感じられない。

（……アンデッド化の影響《えいきょう》なのか、他にも原因があるのか。ユーライに対する忌避《きひ》感も、恐怖《きょうふ》も、すっかり薄れてしまった。触れられても平気なくらい……）

ユーライの体は温かかった。冬の空気に冷え切ったクレアの体は、その体温で少しずつ温《ぬく》もりを取り戻《もど》している。

（……おかしな魔物。万の人を平気で殺すくせに、あたしのことを気にかけて、そして、なにやら変に悩《なや》んで……。魔物らしくない）

人語を解するほどに知性のある魔物でも、その性格は残虐非道であることが一般的。少なくとも、人前に姿を現す者たちはそう。人間を思いやるなんてことはしない。

（思いやるフリをしている……わけではない気がする。そんなことをしても、ユーライになんのメリットもない……。むしろ……落ち込んだフリをしているのは、あたしの方）

当初の絶望は、既《すで》になくなってしまっている。気力を取り戻したわけではないものの、普通の生活を送るくらいはできるはずなのだ。

それでも、今はまだ落ち込んだフリをしていたいと、クレアは思う。

（すぐに立ち直ってしまったら……人間だった頃の自分になんの価値もなかったみたいな気がして、悔《くや》しいから）

クレアは、人間だった十八年間を思い描《えが》く。

苦労もたくさんあったけれど、キラキラと眩しい、素敵《すてき》な日々だったはず。

かけがえのない大切なものが、たくさんあったはずなのだ。

（あの日々と地続きのあたしは、もういない。あるはずだった未来は、もう来ない。……それでもいいかって、あたしは思ってしまっている。過去を捨てて……大切な家族も友達《ともだち》も捨てて、アンデッドとして生きるのも悪くないって、思ってしまっている）

クレアはひっそりと溜息をつく。

（……あたしの隣には、ユーライがいる。もう、それでいいのかもしれない。自分は過去を平気で捨てる非情な奴《やつ》だって認めてしまえば、きっと楽になる）

クレアは、抱きついてくるユーライの頭をそっと撫《な》でる。

年齢不詳《ねんれいふしょう》。外見は十二歳《さい》くらいで、精神年齢はよくわからない。

暗闇のダンジョンで生まれ、最近外に出てきたばかりだとは聞いている。ユーライが勝手に話していた。その後、どうして一つの町を壊滅《かいめつ》させるに至ったかも聞いた。あれは事故だと主張する理由も、理解した。人間側にも非はあった。

それでもなお、わからないことが多い、不思議な魔物。

恐《おそ》ろしい一面もあるくせに、根はまだまだ幼い子供のよう。

決して、強いだけの存在ではない。

（ユーライはあたしを心配しているようだけど、あたしの方が、ユーライを心配してしまう。誰《だれ》かが側にいないといけないような気がしてしまう……）

無反応の相手を前に、ユーライは困り果てた様子だった。

それが、忘れかけていた聖騎士としての気持ちを思い出させる。

困っている人を助けたいとか。不安を抱えている人を救いたいとか。

アンデッドになってもなお残っているその気持ちを、クレアは捨て去りたくないとも感じた。

クレアは、ユーライの白く繊細《せんさい》な髪《かみ》を指先でいじる。少しだけ、庇護《ひご》欲もくすぐられる。

「……心を許したわけじゃない。だけど、拒絶もしない。あなたがあたしにとってなんなのか、まだ答えは見えないから……」

ぼそりと呟《つぶや》いて、クレアは姿勢を変えてユーライをそっと抱きしめる。

小さくて、だけど温かいその体は、クレアの心を少しずつ解《ほぐ》していった。

◇◆◇◆◇

（……女の子に抱きつかれておる）

遊雷は眠っていたわけではなく、単に目を閉じていただけなので、クレアの動きはしっかり感じ取っていた。

頭を撫でられても髪をいじられても無反応を通したのだが、抱きつかれてしまうと、全く無反応

でもいられない。一瞬《いっしゅん》体を強《こわ》ばらせてしまった。クレアにそれを気にした様子はない。

（私が起きてることは承知の上か。それでも抱きしめてくる、と。ふむ……。こういうことをされると、自分が女になったって感じがするなぁ。私が男だったら、クレアも抱きついてこない。……こんな風に、平気で胸を押《お》し当ててこない）

その柔《やわ》らかさに、遊雷は密かに鼓動《こどう》を速める。体が男であれば他の反応もあっただろうが、今はない。

ただ心地好く感じるだけである。

（……ともあれ、こうして多少反応してくれたってことは、私のしたことは間違《まちが》いじゃなかったってことかな？　焦《あせ》る必要はないし、ゆっくり打ち解けていければいい……）

お互《たが》いの息づかいだけが聞こえるような時間を過ごす。

そして、三十分だか、一時間だかが過ぎて。

気づいたら遊雷は本当に眠っていた。

それから、遊雷が目を覚ましたときには、隣にクレアの姿はなかった。

「……クレア？」

少しぼんやりしながら、遊雷はクレアの姿を捜《さが》す。

クローゼットの前にいたクレアは、濃紺《のうこん》で飾《かざ》り気の少ないドレスを着ていた。また、首もとには白銀のネックレス。

どういう心境の変化があったのか、無気力のまま俯くのはやめたらしい。

「……クレア、よく似合うよ」

髪は青く、服も濃紺。冷え冷えとした印象にはなるものの、洋風の雪女のようでもあり、とても綺麗《きれい》なのは間違いなかった。

「……ありがとう」

「お、ようやくしゃべった。ちょっとは元気になった？」

「……わからない」

「そ。なぁ、一緒《いっしょ》にダンジョン探索《たんさく》でも行ってみない？　宝探ししたり、魔物を倒《たお》してみたり。たまには外に出るのもいいだろ？」

「……それは、命令？」

「ん？　んー……じゃあ、命令で」

（命令だってことに、何か意味があるのか？　わからんけど、まぁ今はいいか）

「なら、仕方ない」

「よし、行こう」

遊雷はベッドから下りてクレアに近づき、その手を引く。

クレアは抵抗《ていこう》することなく、大人しくついてきた。

「あ、でも、その格好《かっこう》でいい？　行き先、ダンジョンだけど」

「……大丈夫《だいじょうぶ》。だと思う」

「ならいいや。ま、魔物は基本的に襲ってこないし、襲ってくる奴がいたとしても、私が相手をすればいい。どうにでもなるだろ」

（なんでクレアが復活したのかはわからないけど、とにかく一歩前進！　これから、もっと元気に

なってくれればいいな）
クレアの顔に笑顔《えがお》はない。しかし、暗い顔もしてない。
今はそのことに満足して、遊雷はクレアの手をぎゅっと握った。

（……クレア、大人しいなー。そういう性格ってわけじゃなく、単に私と仲良くおしゃべりする気分じゃないって雰囲気《ふんいき》）

軽く準備を整えて、遊雷はクレアと共に町を出た。それから暗闇のダンジョンの地下一階に潜《もぐ》ったのだが、道中で遊雷がクレアに話しかけても、「へぇ」とか「そう」とかばかり言っている。質問すれば色々と答えてはくれるものの、雑談にはあまり反応しない。

クレアが復活したのはいいが、残念ながら打ち解けられたわけではないらしい。

（添い寝しただけじゃ仲も進展しないか。当然っちゃ当然だ。女の子と仲良くなりたくて仕方ないドゥーティー男子じゃあるまいし、じっくり行こう）

クレアのことはさておき、暗闇のダンジョンの魔物は、遊雷にもクレアにも関心を示さなかった。遭遇《そうぐう》しても、まるで同じ魔物仲間を見かけたかのように素通りしていく。

「なぁ、クレア。普通なら、魔物は人間を襲うっていう認識で合ってる？」

「合ってる」

「じゃあ、私たちが襲われないのは、私もクレアも、魔物の仲間だと思われてるから？」

「だと思う」

「私たちが魔物を攻撃《こうげき》したら、連中は私たちを襲ってくるかな？」

「さぁ……」

「試してみていい？」

「好きにすればいい」

「わかった」

遊雷は、たまたま見かけた黒いゴブリンに向けて苦痛付与《ペイン》を放つ。

「ぐぎゃ⁉」

黒いゴブリンが血を吐《は》いて倒れた。死んではいないようだが、もはや立ち上がる気力はない。

「……うーん、この魔法、やっぱり殺しはしないみたいだけど、威力《いりょく》が高すぎたな……」

瀕死《ひんし》の状態でピクピクしているのが哀《あわ》れなので、遊雷は闇の刃《やいば》でその首を切り落とした。魔物は黒い霧《きり》になって消滅《しょうめつ》し、赤黒い小石が残った。

「あ、魔物って死んだら消えるんだ……」

遊雷としては、ダンジョン内で魔物を殺すのは初めて。地球では考えられない現象を不思議に思う。

「……全ての魔物が霧になって消えるわけではない。地上の魔物は死んでも消えず、素材などを残す。

ダンジョン内の魔物は黒い霧になって消えて、後には魔石が残る。魔石は加工すると魔法具作製などに利用できる。

ただ、この階層で得られる魔石にはあまり価値がない」

「へぇ、そうなんだ。クレア、教えてくれてありがと」

「別に……」

クレアの素っ気ない態度と口調に、遊雷は苦笑《くしょう》するばかり。

（ツンデレかな？　素っ気ないけど、実は優《やさ》しいとか？）

「ちなみにさー、クレアって自分のステータスってわかる？　戦闘力とか魔力量とか」

「わかる」

「おお、良かった。私だけ見えてるわけじゃなかった。クレアのステータス、教えてくれない？」

クレアが、ここで少し迷うそぶりを見せる。ステータスは簡単に人に教えるものではないらしい、と遊雷は察する。

「……それが、命令なら」

（命令したいわけではないんだけど……クレアなりの線引きがあるのかな。他人のステータスも知っておきたいし、仕方ない）

「……じゃあ、命令ってことで」

「わかった。なら、教える」

クレアが開示してくれたところによると。

名前：クレア
種族：アンデッドヒューマン
性別：女

年齢：十八歳
レベル：四十七
戦闘力：三万二百
魔力量：三万五千
スキル：剣術《けんじゅつ》　レベル六、身体強化　レベル五、炎魔法《ほのお》（闇）　レベル六、風魔法（闇）　レベル四、闇魔法　レベル一
称号《しょうごう》：魔女の従者、反逆者

「なんとなく察するけど、属性魔法の後に闇ってついてるのとか、闇魔法を身に付けたのとかって、アンデッド化の後？」

「そう」

「だよな。詳細《しょうさい》はまた後にするとして……クレアって、人間の中ではどれくらいの強さ？」

「あたしは二等級」

「等級はいくつある？」

「一等級から七等級。一等級が一番強い」

「一等級と二等級の戦闘力の目安は？」

「二等級は戦闘力三万から十万。一等級は十万超《ご》え」

「二等級、結構幅《はば》があるんだな」

「幅があるというより、一等級が別格なだけ。十万を超えるには大きな壁《かべ》を越《こ》える必要があるとさ

れていて、一等級の人間なんて世界に二十人くらいしかいない。そして、だいたいの二等級の戦闘力は三万から五万の範囲《はんい》。五万から十万は、準一等級と呼ばれることもある」

「へぇ……」

（その基準で言うと、戦闘力八万台の私は準一等級か……）

「私、戦闘力八万なんだけど、これって高い？」

「……高い。一対一の戦いで、人類であなたに勝てる者はごくわずか」

「あと、魔力量は九十万くらいなんだけど、これって多い？」

クレアが目を見開く。

「……多い。人類に到達《とうたつ》できる範囲を大きく逸脱《いつだつ》している」

「そっか。私、戦闘力と魔力量がかなり離れてるんだけど、これって普通？」

「普通じゃない。そこまでかけ離れているのは珍《めずら》しい」

「そもそも、戦闘力ってどんな基準？」

「詳《くわ》しいことはわからない。ただ、攻撃における最大威力が大きく影響しているとは言われてる」

「それなら、防御力《ぼうぎょりょく》がやたら高くて、攻撃力《こうげきりょく》が低い場合は、戦闘力が低めに出るってこと？」

「そう」

「なるほど……」

「あなたの場合、攻撃の最大威力はまだギリギリ常識の範囲だけど、魔法関連の持久力が人類を大きく超えている、という具合になると思う」

「長期戦で有利？」

「そう。あるいは、一人で多数の相手をするのに適している」

「そっかー」

（状況《じょうきょう》はなんとなくわかった。けど、まだ実感は湧《わ》かないな。実戦経験を積む必要がありそう。色々まだ訊《き》きたいことはあるけど……）

「そういえば、私、いつの間にか遊雷とは別に名前がついてるんだけど、あれは何だろう？　クレア、知ってる？」

フィランツェル、という謎《なぞ》ネーム。何かしら意味があって名前がついたのだろうが、今まで読んだ本の中に、これに関する記載《きさい》はなかった。

「元々の名前以外に、ユーライには新しい名前がついたの？」

「うん。そう」

クレアが再び目を見開く。

「魔物に改めて個体名がつくのは……世界の敵、あるいは、神の敵となった証《あかし》。魔王の称号と共に、名前が付与《ふよ》されると言われている」

「……なるほど」

神様にロックオンされてる感じだろうか。それは迷惑《めいわく》な話である。

「そもそも、神様ってどういう存在？　実在するの？」

「実在は、していると思う。ただ、神と交信できるのは、特殊《とくしゅ》なスキルを持つ者だけ。あたし含め大多数はその声を聞いたことがない。

時に地上の者たちを導いてくれるのが神。でも、地上に現れて何かをしてくれることはない。何を考えているのか、実のところよくわからない」

「そっか……。よくわかんない奴に、私は敵認定されちゃったわけか。あーあ、面倒《めんどう》なことになりそうだ」

話し合いながら歩いていると、再び黒いゴブリン三体に遭遇。

遊雷は闇の刃で一匹《ぴき》をさくっと殺す。すると、ゴブリンたちは遊雷を敵と認識し、襲ってきた。

その二体の首も闇の刃《やいば》で切り落とす。

魔石が三つ、地面に残った。

「この魔石、食べたらどうなる？」

「人間が食べるとお腹《なか》を壊《こわ》す」

「魔物が食べると？」

「わからない」

（こういうの、魔物なら食べても大丈夫ってのが定番かな？）

「食べてみるか」

「……ご自由にどうぞ」

「私が倒れたら背負って連れて帰って」

「それが命令なら」

「ん。命令ってことで」

遊雷は魔石を食べてみる。

味は少し辛《から》いのだが、不味《まず》くはないし不快でもない。

噛《か》み砕《くだ》いて飲み下すと、体が少しだけ温まる感覚があった。

「……お腹は壊しそうにないけど、何かメリットがあるのかもわからないな。もっと強い魔物の魔石を食べれば何か変わるかも」

「そう……」

「私が大丈夫だったら、クレアも食べてみたら？　今ならたぶんいけるよ」

「……美味《おい》しいの？」

「ちょっと辛い」

「……あたしはいらないかな」

「辛いの苦手？」

「まぁ、うん」

「甘《あま》いものは好き？」

「まぁ、うん」

「そっか。じゃあ、明日にでも一緒に城下町に行って、そういうものを探してみようか。砂糖とか調味料系は残ってるんじゃないかな」

「……それが命令なら」

「命令ってことで」

「わかった」

クレアの表情がほんの僅《わず》かに緩《ゆる》んだように見えたが、遊雷の気のせいかもしれない。引き続き、二人でダンジョン探索を続ける。

実に緊張感《きんちょう》がなかったが、魔物は襲ってこないので、のんびり構えることができた。

ある程度地下一階を回ってみたのち、特に関心を抱《いだ》くものはないとわかり、一旦《いったん》入り口に戻る。

そこから、転移の魔法陣《じん》に乗って、地下六階へ。

なお、この魔法陣は、自分が行ったことのある階へ自由に行けるものであるらしい。本来、各階層のボスを倒すことで行ける階が増えるものなのだが、遊雷は地下六階生まれなので、地下二階から地下五階までは飛ばせる。

地下六階に下りたら、二人でまたしばしダンジョン内を徘徊《はいかい》。

（私、ここで生まれたんだよな……。そして、エレノアの遺体を見つけた……）

遊雷が当時のことを思い出しながら歩いていると、どこかから悲鳴が聞こえてきた。


悲鳴が聞こえてきた方へ、遊雷は走る。

数十秒の後、棍棒《こんぼう》を持つ黒いオーク五体を発見。そのオークたちは壁際《かべぎわ》に三人の少女たちを追いつめているのだが……。

（ん……？　あいつら、人間じゃないのか？　もしかして魔物？）

その三人は、人間とも魔物ともつかない、不思議な風貌《ふうぼう》をしている。

体は人間に近いものの、肌《はだ》は青みがかった灰色。三人の内二人は装飾《そうしょく》の入った黒い布で目元を覆《おお》っているのだが、一人だけ半ば目元を曝《さら》している。何かの拍子で布がずれたようで、その下には目がなかった。口はあるのだが、そこから覗《のぞ》く犬歯は尖《とが》っていて、獣《けもの》のようでもある。髪は黒く、さらに頭に黒い角が一本ずつ生えている。

不思議な三人は、剣士、槍《やり》使い、魔法使いらしい。それぞれの武器を構えて、オーク五体に応戦しようとしている。

ただ、怯《おび》えているようで、手足がカタカタと震《ふる》えていた。

（人間とも魔物とも言えない見た目の種族……。もしかして、亜人って奴か？　この世界では差別の対象っていう……）

遊雷が考えている間にも、オークたちが棍棒を振《ふ》り上げる。剣士と槍使いの少女が応戦するのだが、オークの一撃で武器が弾《はじ》き飛ばされた。

（正体は不明だけど、助けた方が良さそうだ）

遊雷は両者の間に割り込み、オーク五体と対峙《たいじ》。

オークはやや戸惑《とまど》った様子になりつつも、遊雷に向けて棍棒を振るった。

「傀儡《かいらい》」

遊雷の魔法で、オーク五体が動きを止める。

遊雷はさらに、オークを操《あやつ》って同士討ちをさせる。四体は動けない状態にして、一体だけを操ってその四体の頭を順に潰《つぶ》していった。

最後に残った一体は、自分の首を絞《し》めさせてみた。操る対象の意識がなくても傀儡の力は有効なので、最後の一体はやがて窒息死《ちっそくし》。やろうと思えば自分の首をねじ切ることだってできただろう。

（自分でやっといてなんだけど、傀儡魔法ってなかなかえげつないな……。人間相手に使ったら完《かん》璧《ぺき》に悪役だ……。それはさておき）

「えっと、大丈夫？　怪我《けが》はない？」

遊雷が振り返ると、三人の少女たちはオークを前にしたときよりも怯えている様子。三人で体を寄せ合い、ガタガタと震えている。呼吸さえまともにできていない。

「……あれ？　一応、助けに入ったつもりだったんだけどな……」

「事実として助けてはいても、強力な闇魔法を目の前で使われたら、怯えるのも当然」

ついてきていたクレアに指摘《してき》されて、遊雷は頬《ほお》を掻《か》く。

「闇魔法っていうか暗黒魔法だけど……これって、恐ろしいもの？」

「暗黒魔法……？　初めて聞く魔法。でも、とにかくあなたの魔法は、通常の生き物にとって恐ろしいもの」

「そうなんだ……。私、まるで悪の権化《ごんげ》みたい」

「みたいというか……そのものというか……」

「え？　客観的にはそこまでの存在なの……？」

遊雷は少々ショックを受けつつ、怯える三人から距離を取る。

「だ、大丈夫だよ？　私、無闇に人を襲うことなんてないからさ？」

怯えさせないよう、遊雷は笑顔を心がけているのだが、少女たちはもはや卒倒《そっとう》寸前のように見えた。

「彼女《かのじょ》たちにあまり話しかけない方がいい。闇魔法の話を抜《ぬ》きにしても、あなたは魔力量が多すぎるから、話しかけるだけで相手の精神を蝕《むしば》む。特に、聖騎士などとは違って、あまり力を持たない者に対しては」

クレアの淡々《たんたん》とした説明に、遊雷は残念な気持ちになる。

「……ごめんよ、君たち。そんなつもりじゃなかったんだ……」

遊雷は溜息をつきつつ、少女たちからなるべく距離を取る。

「クレア。私は何もしない方がいいみたいだから、クレアがなんか上手いことやってあげて」

「……それは命令？」

「命令ってことで」

「命令なら、仕方ない」

クレアは三人に近づき、淡々とした口調で話しかける。

「初めまして。あたしはアンデッドのクレア。あっちの少女型の化け物は、ダークリッチのユーライ」

（今、ナチュラルに化け物って言ったな……。そんなに化け物なのか、私って……）

遊雷がしょんぼりしているのに構わず、クレアは続ける。

「あなたたちを襲うつもりはない。だからひとまず安心していい。それで……あなたたちは無眼族《むがん》の亜人で合ってる？」

「そ、そうだけど……。あ、あんたたち、一体何……？　あちしたちをどうしようっての⁉」

受け答えをしているのは、剣士の少女。リーダーなのだろうか。

「どうもしない。少なくともあたしには歪《ゆが》んだ差別意識もない。なんなら、転移陣まで連れて行ってもいい。ユーライは、あなたたちが無事でいることを望んでいるようだから」

「ア、アンデッドがなんであちしたちの味方をするわけ⁉　アンデッドは生者を襲うんじゃないの⁉」

「それが普通なのは知っている。けれど、あたしはそういうアンデッドではない。体はアンデッドになってしまったけど、人間だった頃の意識を保っている。生者を無差別に襲うつもりはないし、困っているようなら助けたいと思う」

「……本当に？　確かに敵意はないようだけど……」

「今すぐ信じなくてもいい。ただ、あなたたちを殺したいなら既に殺している。そうではないのだから、そこまで怯える必要はないと思ってほしい」

「……そう、そうね。殺すつもりならとっくに殺してる……そもそも助けもしない……」

「わかってくれればいい」

少女たちがやや落ち着きを取り戻す。

「それで、脱出《だっしゅつ》の手助けはいる？　見たところ、あなたたちにはまだこの階層は早いように思う」

「うん……。助けてくれるならありがたい。地下五階と六階、敵の強さがだいぶ違ってて……。ブラックオーク一体なら余裕《よゆう》だけど、五体も同時に出てきたら手に負えない……」

「ダンジョンにおいて、地下六階からと地下十一階からは難易度が大きく変わる。人族では常識だけど、無眼族はあまり知らない話？」

「話は聞いてた……。でも、ここまでとは思ってなかった……」

「次からは、せめて地下五階を単独で攻略できる強さを身に付けてから、地下六階に来るといい」

「……うん。そうする」

（……地下五階と地下六階で難易度が変わるのか。エレノアが死んでたのもそのせいか）

もしかしたら地下六階で戦う力もあったのかもしれないが、油断して魔物に殺されたのかもしれない。

「じゃあ、転移陣に向かおうか」

「うん……」

話はまとまったと思ったのだが。

剣士の後ろにいる魔法使いの少女が、震える声で尋《たず》ねてくる。

「ま、待って！　あんたたちにあちしらを襲う意思がないのはわかった。けど……あのダークリッチから、グリモワの町が壊滅したときと同じ魔力を感じる……。あれはもしかして……あんたたちの仕業《しわざ》なの……？」

魔法使い少女の問いに、クレアが答える。

「そう。町を壊滅させたのは、あの化け物」

無眼族三人の顔に怯えが走る。

「町一つを、たった一人で壊滅させたの……？」

「そう。と言っても、あたしはその現場を見たわけではない」

「な、なんでそんなことができるの……？　あの町には二万人以上の人がいた……。それを全て消し去るなんて、正気の沙汰《さた》じゃない……」

ここは自分の口から言うべきかと、遊雷は口を開く。

「そりゃ、私だって正気だったら二万人も殺せんって。あれは事故。魔法の暴走。町の壊滅なんて全く想定してなかったからできたことだよ」

遊雷が言葉を発しただけで、三人がガタガタ震え出す。

「ユーライは黙《だま》ってて」

「はい……」

遊雷はしょんぼりしてしまう。

（私、このままずっとクレア以外に話しかけられないのかな？　魔力操作とかの訓練をすれば多少はマシになる……？）

「ユーライがしたことは罪深いことだとは思う。たとえ事故だったとしても、万を超える人間の命を奪《うば》うなんて酷《ひど》すぎる。ただ、ユーライは無闇に他人を傷つける存在ではないと、信じてもいい。……たぶん」

（たぶんって言うな。信用ないなぁ……。実績がある分、仕方ないことなのか……）

「少なくとも、悲鳴を聞いて、ユーライがすぐに助けに行ったのも事実。実はあたしもこれには驚《おどろ》いたのだけれど……とにかく、ユーライは無闇に人を襲わない」

「……そ、そうだね。あちしら、助けられたんだもんね……。その……た、助けてくれて、ありがとう……」

「ありがとう……」

「ありがとう……」

三人がおそるおそる頭を下げる。

いいよいいよ、気にしないで。

遊雷は軽く応えたかったが、またきっと怯えさせてしまうだろうと、無言で微笑《ほほえ》んだ。

「それじゃあ、転移陣まで行こうか」

クレアの先導で転移陣に向かう。

途中《とちゅう》で何度か魔物が現れ、それはクレアが瞬殺した。風魔法（闇）を使ったのだが、冷たい風の刃が魔物を引き裂《さ》いた。

その風は無眼族の三人にはどこか不快だったらしく、クレアが魔法を使う度《たび》に身を縮こまらせていた。それを見て、クレアは少し寂《さび》しそうな顔をしていた。

転移陣に到着《とうちゃく》し、そのまま五人で地上に出る。外はもう夕暮れ時で、日が沈《しず》みかけていた。

解散の雰囲気になり、遊雷は最後に一つだけ三人に言った。

「もし何か困ったことがあれば、グリモワにおいで。私、しばらくはあそこにいるつもりだから」

三人の少女は、ブルブル震えながら頷《うなず》いた。

三人の少女が森のどこかへ去っていき、遊雷とクレアは帰路につく。

「あの三人、森の奥《おく》に行ったけど、どこに住んでるんだろう？」

「わからない。ただ、亜人族はあの独特な外見で差別されることが多いから、各地でひっそりと隠れ住んでいるらしい。グリモワの近くにも集落があるのだと思う」

「なるほど……。そもそもの話、あいつら、なんでダンジョンに来たんだろ？　亜人が差別されがちなら、他の奴が来るかもしれないダンジョンには来ないほうがいいんじゃないか？」

「さぁ。グリモワが壊滅して人がいなくなったからかもしれないし、危険を避《さ》ける気持ちよりダンジョンへの興味が勝《まさ》ったからかもしれない。亜人はそれぞれの里や集落を持っているけれど、ずっとそこに引きこもっていることに不満を持つことも多いとは聞く」

「そうか。そういうこともあるよな。また会えるかな?」

「おそらく」

「そっか。ならさ、私が話しかけても大丈夫になる方法ってない? 魔力を抑《おさ》えるとか」

「……あなたほどの魔力だと、魔力操作だけで対処するのは難しいと思う。町や城を探せば、魔力を抑える魔法具くらいはあるはず」

「本当? なら、それ探そう。クレアも一緒に探してよ」

「それは、め」

「命令で」

「……わかった」

(命令と言わないとダメなの、何のルールなんだろ? それでクレアが何かを納得《なっとく》できるなら、いいんだけどさ)

　夕暮れの光が優しく二人を包み込んでいる。朝日を見ると若干《じゃっかん》憂鬱になるようになった遊雷だが、夕暮れどきの光は今でも素直《すなお》に綺麗だと感じる。

「……ごめんな、クレア」

「……何が?」

「クレアをアンデッドにしちゃったこと」

「どうして謝《あやま》る?」

「私が悪意を持ってクレアをアンデッドにしたわけではないんだけどさ。でも、なんだかんだ、私がいたからクレアはアンデッドになった。一応、謝っておこうかなって」

「あなたが全て悪いわけではない。状況が悪かった。少なくとも、あたしは生きている。だから、もういい」

「そっか」

「それより、あたしはあなたがあの三人を助けたことに驚いた。本当に、あなたはただの悪ではないみたい」

「そんなんじゃないって言ってるだろ？　私はむしろ平和を愛してるよ」

「……それは少し疑問。平和を愛する者は、傀儡化したブラックオークに同士討ちをさせたり、自害させたりしない」

「そ、それは、相手が知性のない魔物だから！　人間とかを相手にそんな酷いことしないよ！」

「そういうことにしておく」

「本当だってば！」

遊雷が訴《うった》えても、クレアはまだ疑わしそうにしている。

信用を得るのはなかなかに難しいことなのだと、遊雷は実感。

「平穏《へいおん》な日々が続いてくれれば、私だって無害でいられるんだよ」

「……残念だけど、おそらく、平穏な日々はそう長く続かない」

「どうして？」

「魔王として認知されているだけじゃなく、あなたは客観的に見て危険すぎる。あなたを討伐《とうばつ》するため、各地で準備が整えられているはず。準備が終われば……また、あなたにとっての敵がやってくる」

「そっか。私、どうしたらいい？　逃《に》げるべき？」

「逃げても無駄だと思う。どこへ行っても、あなたを狙う者は現れる」

「うえ……。じゃあ、敵がいなくなるまで戦えって？」

「……もっともっと強くなればいい。あなたと戦ってもデメリットしかないとわかれば、人間も手出しをしなくなる」

「力でねじ伏《ふ》せる、か。結局そうなっちゃうのかー……。つーか、そんなこと言っていいの？　クレアとしては、私が討伐される方がいいんじゃない？」

「あたしはもう人間の世界では生きられない。普通に過ごせるのは、あなたの隣でだけ。あたしは、あたしの居場所を守りたい。あなたが討伐されては困る」

「そっか」

（ずっと塞《ふさ》ぎ込んでたけど、前向きになってるみたいだ。ちゃんと生きようとしてる。添い寝ってそんなに効果高い？　まぁ、そうじゃないとは思うけど……。とにかく、クレアが復活してよかった）

遊雷はクレアの手を握ってみる。その手は随分《ずいぶん》と温かくなっているように感じられた。


遊雷とクレアがダンジョンに行った日から、五日が過ぎた。

魔力を抑える件については、遊雷はそもそも隠蔽《いんぺい》魔法を持っており、魔力を隠すことができた。そういえばこんな魔法使えた、と気づいたとき、遊雷はクレアの冷めた視線を味わう羽目になったが、それはさておき。おかげで遊雷は誰とでも気軽に話せるようになった。

ただ、クレア曰《いわ》く、遊雷が弱い魔物に見えてしまうため、何も知らない者には舐《な》められる可能性があるとのこと。それが問題になるかは未知数なので、しばらくは様子見。

なお、遊雷の見た目は人間と大きく違わないのだが、白すぎる肌や闇属性の雰囲気で、魔物であることはなんとなく察せられるらしい。

ダンジョン探索も続けていて、地下九階までは見て回った。目的は、ダンジョン内で見つかるアイテム探しと、戦い方の訓練。特に、遊雷は戦い方に関してド素人《しろうと》なので、強力な魔法によるごり押しではなく、基礎《きそ》的な戦い方から学んでいるところ。

地下九階までで出現する魔物は、遊雷にとっては雑魚《ざこ》の部類。しかし、魔法を制限して戦うと、決して楽勝とはいかなかった。

遊雷はクレアに習って剣も扱っているのだが、「あなたは剣よりも魔法で戦った方がいい」と言われている。剣術スキルもないので、あまり剣には向いていないのかもしれない。

なお、剣術スキルがなくとも剣は扱える。ただし、成長速度は控《ひか》えめだし、剣術スキル持ちのような特殊な力は発揮できない。斬撃《ざんげき》を飛ばしたり、武器破壊《はかい》効果を付与したり、二重攻撃にしたりはできないわけだ。剣を扱っているうちに剣術スキルを習得することもあるそうなので、遊雷は少しだけ期待している。

ちなみに、クレアの場合は剣術スキルによって特殊な力を発揮することはないものの、単に剣士としての腕《うで》が上がっているらしい。一つ一つの動作が洗練されたり、敵の動作を予測しやすくなったりすることは、特殊な力を発揮するより有用な面があると、クレアは言っている。

クレアの態度は相変わらずで、特別親しくもなれないし、かといって距離を置かれるわけでもない。

クレアと親しくなるため、というわけでもないのだが、遊雷はクレアにエレノアが所有していた剣を譲《ゆず》っている。可能なら遊雷が使いたいところだったのだが、剣術が拙《つたな》すぎて宝の持ち腐《ぐさ》れ状態だったので、きちんと扱えるクレアに譲ったのだ。

クレアは生前のエレノアを知っていたし、その剣が雅炎《がえん》の剣《つるぎ》という宝剣だということも知っていたので、恐縮《きようしゆく》した様子だった。それでも、誰も使い手がいないよりはいいだろうと、自分が使うことを決めた。

また、クレアとの交流の中で、城に設置されていた魔法具の使い方がわかった。暖房《だんぼう》代わりの魔法具もあり、室内では暖かく過ごせるようになった。お風呂の湯を沸かす魔法具もあって、体を洗うこともできた。ユーライは一度クレアと一緒にお風呂に入ったが、疚《やま》しい気持ちからではなく、可能ならもう少し打ち解けたいという気持ちからである。ということにしている。

ついでに、これは以前からわかっていたことだが、この世界には時計の魔法具も存在している。遊雷にも馴染《なじ》みのある、半日を十二時間とする仕様の物だ。正確性には少々疑問があるけれど、おおよその時刻がわかるだけでもありがたいことだった。一日の行動の目安にはできる。

そんな日々を過ごし、今日もまた朝からダンジョン探索に出かけようとしたところで、遊雷は町に不審者《ふしんしや》が入り込んでいるのを発見した。

「あの風体は盗賊《とうぞく》かな？　グリモワの町が急に無人になったって噂《うわさ》も、そろそろ各地に広まってるはず。そりゃ、盗賊も湧くかー」

遊雷とクレアがいるのは、相変わらず町の中心部にある城。周囲より高い場所にあるため、二階の窓からは町が一望できた。

「……あいつら、雇《やと》えないかな？　城内とか町の管理をしてくれる人が欲《ほ》しい」

町はまだ、遊雷が壊滅させたままの状態で放置されている。つまりは、衣服などが町にも家の中にも散らばっていて、全く掃除《そうじ》されていない。たった二人だけの生活なので、管理が全く行き届かないのだ。グリモワを拠点《きょてん》にし続けるかは不明だが、綺麗にはしたいと思っていた。

「クレア、盗賊って清掃員《せいそういん》として雇えるかな？」

遊雷は隣のクレアに尋ねた。

「難しいと思う。盗賊はとても身勝手で、真っ当な仕事をできる連中ではない」

「そっか……。清掃させたいなら、無理やりさせるしかないか……」

遊雷には、この世界の盗賊のしっかりしたイメージがない。なんとなく危険な存在、というくらい。

「うーん、とりあえず一回話をしてみようかな。どんな連中なのか気になる」

「盗賊はろくなものじゃない。無駄だと思う」

「まぁまぁ、話してみたら案外いい奴かもしれないだろ？　私はちょっと行ってくるけど、クレアも来る？」

「……それは、命令？」

「命令ではないよ」

「なら、行かない。あいつらを捕《つか》まえるというのなら行くけれど、雇うのは反対」

「……クレア、盗賊は嫌い？」

「嫌い」

クレアが明確な嫌悪感《けんお》を滲《にじ》ませる。

（この世界の盗賊、よほど酷い連中なんだな……。地球で言うと、平気で人を殺す犯罪者ってイメージか……？）

「わかった。じゃあ、クレアは少し待ってて。探索に出発するのは一時間後くらいで」

「……わかった」

遊雷は、窓からそのまま地上に降りる。ダークリッチになり、身体能力も体の丈夫さも圧倒的に向上しているので、これで全く問題はない。

遊雷は身体能力を活《い》かしつつ、建物の屋根の上を進む。

南区の元繁華街《はんかがい》に到着し、屋根の上から盗賊たちを見下ろす。

盗賊たちはまだ遊雷に気づかない。常時利用している隠蔽魔法は魔力だけでなく存在感も薄めているので、気づきにくいようだ。

盗賊たちの数は十二で、一人だけ女性。

（お、しかもあの女の人だけ獣人だ。狼《おおかみ》かな？　頭に獣耳《けものみみ》で、尻尾《しっぽ》もある）

年齢は二十代半ばに見えて、ロングの黒髪はややごわついている印象。動きやすそうな軽装で、寒いのに何故《なぜ》かヘソ出し。お胸も良いものをお持ちなので、なかなかにセクシーな格好だ。腰には二本の剣。顔立ちは整っているものの、盗賊らしい険しさもあって、目つきは悪い。雰囲気から察するに、盗賊のリーダー格だ。

「ボス、本当に大丈夫ですかい？　急に住人がいなくなっちまった町なんて、薄気味悪いですよ」

「ああ？　何をビビってんだ？　誰もいねぇんだから欲しいもん盗《と》り放題だろ？」

「しかし……町が急に黒い靄《もや》に包まれて、住人全員が消えちまったって話ですよ？　その原因になったやばい魔物がまだこの町に住み着いてるって噂も……」

「そんなもんただの噂だろ？　誰もいねぇじゃんか」

「そうですが……聖都の聖騎士団でさえ討伐に失敗したとか……他の連中も、その魔物を恐れて近づかないとか……」

「うだうだうるせぇな！　おれの言うことが聞けねぇなら、この場でおれがお前を殺してやろうか⁉」

「ひぃ、す、すみません……」

「お前は黙って金目のもの集めてこい！　最後には城にも行くが、町中にも貴重なもんがあるかもしれねぇ！」

「わ、わかりましたっ」

（横暴なリーダー……とも言い難《がた》いか。盗賊なんて荒《あら》くれ者集団だろうし、威圧と暴力で従わせるのも有効なんだろう。うーん、もし私がこの町に定住することになったら、ああいうリーダーシップのある人材も欲しいかな。私にはない力だ）

色々と考えつつ、少し話をしてみようと思い、遊雷は地上に降りる。

目の前に姿を現すと、盗賊たちも流石《さすが》に遊雷に気づいた。

遊雷は友好的な笑みを浮《う》かべて話しかける。

「やぁ、おは」

遊雷が言い切る前に、獣人女性の右手がぶれる。直後、遊雷の胸に深々と赤い剣が刺さった。

「がふっ」

遊雷は血を吐いて地面に膝をつく。

(痛いな、おい！　話も聞かずになんでいきなり攻撃してくるんだよ⁉)

死なずスキルの影響なのか、単にアンデッドの体が丈夫なのか、剣で刺された程度で遊雷は死なない。心臓部が急所というわけでもないらしい。

それでも、刺されればもちろん痛いし苦しい。

「……ボス、なんですかね、この雑魚」

「わからん。しかし、姿を現すまでおれでさえ存在に気づかなかった。雑魚に見えるが、単なる雑魚でもなさそうだ」

「弱すぎて気配が感じ取れなかっただけじゃないですか？」

「……本当の雑魚なら、足音でも気づくさ。おれみたいに隠密《おんみつ》系のスキルでも持ってるのか……。よくわからんが、あっさりやられたな。なんだ、こいつ？」

遊雷は血を吐きながら、突き刺さった剣を引き抜こうとする。引き抜けば、傷は数時間のうちに自然に癒《い》えていく。回復薬を飲めばすぐだ。

「ちっ。まだ動いてやがる。しぶといな」

ボス獣人がもう一本の剣を抜く。その黒い剣が遊雷の首を切り落とす直前、遊雷は闇の刃で剣を弾《はじ》いた。

「な⁉」

ボス獣人が驚愕《きようがく》の表情。そして、すぐに警戒《けいかい》を見せる。

「お前ら、下がれ！　こいつはただの雑魚じゃねぇ！」

（痛い……痛い……痛い……。胸を貫《つらぬ》かれるなんて、あのときをまた思い出してしまうじゃないか……。あのクソ兵士ども……。殺しただけじゃ物足りない……）

遊雷の頭に、ドス黒い感情が流れ込んでくる。

もう思い出したくもないのに、胸の痛みが強制的にあのときをフラッシュバックさせる。

「大人しく死んどけ！」

ボス獣人が接近し、遊雷の胸に刺さったままの剣を掴《つか》もうとする。

遊雷はその手を避けて、後方に跳《と》ぶ。

（殺してやる殺してやる殺してやる殺してやる殺してやる殺してやる殺してやる殺してやる殺してやる殺してやる殺してやる殺してやる殺してやる殺してやる殺してやる殺してやる殺してやる殺してやる）

暗い感情が渦巻《うずま》く。ともすればこの場の全員を瞬殺してしまいそうになるが、わずかに残った理性でそれを思いとどまる。

（殺すな……殺してやる……こいつらは……殺してやる……あのクソ兵士じゃない……無闇に……殺してやる……殺さないって……殺してやる……クレアにも言った……殺してやる……収まれ……殺してやる……収まれ……っ）

闇に落ちそうになるのを、遊雷は必死でこらえる。

荒く呼吸をしながら、まずは剣を引き抜く。ボス獣人が襲ってこようとするが、それは傀儡魔法で防いだ。

「な、なんだ⁉　体が動かない⁉」

剣を引き抜いたら、遊雷はいつも腰のポーチに入れている回復薬を飲んで傷を癒やす。

痛みが引いていき、少しずつ思考もクリアになっていく。

（鎮《しず》まれ……鎮まれ……私は、ただの危険な魔物じゃない……）

完全に傷が癒えたら、ドス黒い感情はどこかへ消えた。

しかし、残念ながら完全に元通りとは言えない。破壊衝動はわずかに残っていて、発散しなければより酷いことになると想像できた。

「あー……最悪。これ、闇落ちを使った影響かなぁ……。キレやすくなってるかも。それとも、単にトラウマを刺激《しげき》されたから……？　たぶん、闇落ちのせいだろうなぁ……。厄介《やっかい》な魔法を使っちゃったなぁ……」

遊雷は隠蔽魔法を解除し、攻撃に意識を切り替《か》える。

「ボ、ボス！　こいつ、一体なんなんですか⁉　魔力が……魔力がやばいです！」

「こんな化け物、見たことないですよ⁉」

「ボス！　早く退治してください！」

盗賊たちの声が、遊雷には酷く煩《わずら》わしく感じられた。

「……悪いけど、ちょっと憂《う》さ晴らしに付き合ってもらうよ。殺しはしないつもりだから安心しな」

遊雷は盗賊たちに殺意を抱いてしまうが、それは無視する。

「お前ら全員、苦しめ。苦痛付与《ペイン》」

盗賊たちが一斉《いっせい》に血を吐いて倒れる。

「……お前たち、まだ死んでないよな？　これは殺す魔法じゃないし……。ああ、でも、まだ足りないな……。精神汚染《おせん》もやっとくか」

辺りが闇に包まれる。

そして。

「あああああああああああああああ！」

「ぎゃあああああああああああああ！」

「来るなああああああああああああ！」

「いあああああああああああああああ！」

盗賊たちが泣き叫《さけ》ぶ。それぞれもう大人のはずなのだが、まるで幼児になったかのようだ。

「苦しそうだな……。いいね、その声……っ。何が見えてるんだろうなぁ？」

以前、精神汚染の間に何が起きているのか、クレアに尋ねたことがある。

人によって中身は違うようだが、クレアは無数の虫型の魔物にじわじわと体を貪《むさぼ》られる幻覚《げんかく》を見ていたらしい。痛みも感触《かんしょく》も完璧に再現されていて、それはそれは酷いトラウマになったそうだ。

「……聖騎士の皆《みんな》は元気かな？　無事に職務に復帰できてる？　元気になったらまたおいで。もう一度いいものを見せてあげるよ」

数分間、遊雷は盗賊たちの絶叫《ぜっきょう》を聞きながらケラケラと笑う。

「ユーライ。もう止《や》めて」

「……ん？」

いつの間にか、クレアが遊雷の隣に立っていた。その悲痛を堪《こら》える顔を見たら、遊雷の気持ちがさっと冷めた。

「あ……うん、もう十分だよな」

精神汚染を解除。全員、白目を剥《む》いて倒れている。ピクピクと動いているから、死んではいない。

「……私、やりすぎた？」

「あたしには、そう見える」

「だよな……」

遊雷は深い溜息をつく。

やりすぎてしまったと反省はしたが、どうやら罪悪感は抱いていない。

それはそれで恐ろしいことだと、遊雷は自分が少し怖《こわ》くなった。

◇◆◇◆◇

（おれたちは……この町に来てはいけなかった……）

狼の獣人ギルカは、霞《かすみ》がかかったような思考の中で、グリモワの町にやってきたことを後悔《こうかい》した。

（ちくしょう……。人が消えた町ならなんでも手に入るだなんて、期待したおれがバカだった……）

盗賊としての自由きままな生活は楽しかった。しかし、他人から奪う生活にはいつか終わりが来て、ろくでもない死に方をするのだろうとは、ぼんやりと考えていた。

ただ、こんなにも理不尽《りふじん》で圧倒的な力を持つ化け物に蹂躙《じゅうりん》されるとは思っていなかった。

（こんな化け物、表の世界にいちゃダメだろ……。ダンジョンの奥底《おくそこ》で大人しくしてろよ……っ）

自分はそれなりに強いという自負があった。冒険者《ぼうけんしゃ》で言えば二等級の力を持っている。一等級の連中はまた突出《とっしゅつ》した力を持つが、二等級もあれば国でも名の通る実力者として認められる。

（……こいつは一等級の力を持つ。いや、それ以上かもしれねぇ……。そもそもあの魔法は何だ……？　精神を直接攻撃するにしても、破壊力がありすぎるだろ……）

精神攻撃をしてくる魔物はいる。暗闇のダンジョンでは少なくない。

しかし、通常の精神攻撃は、あそこまで強力ではない。耐性《たいせい》のある魔法具を持っている者や心の強い者には、あまり有効ではない。

ギルカも、万一に備えて精神攻撃に対抗する腕輪型の魔法具を身に着けている。それが、全く効果を発揮しなかった。

（……体が動かねぇ。それどころか感覚もねぇ。精神と体の繋《つな》がりがぶった斬られたみてぇな感じだ……）

凶悪《きょうあく》な精神攻撃から解放され、意識は正常に戻りつつある。それなのに、どう頑張《がんば》っても体が動いてくれない。自分が呼吸をしているのかもわからない。

ただ、どこか遠くの出来事のように、音だけは聞こえていた。

この化け物には、どうやら仲間がいるらしい。二人でなにやら今後のことを話し合っている。

「いかに盗賊とはいえ、余計な苦しみを与《あた》える必要はない。殺すならさっさと首を落とせばいい。ユーライにできないなら、あたしがやる」

「いやいや、殺すつもりはないんだって。攻撃されてムッとしちゃったけど、町の清掃とかしてほしいとは思ってるんだよ」

「盗賊は他人の言うことなど聞かない。殺す方がいい」

「……私も勢い余ってやりすぎたけど、クレアも過激なことを言うもんだな」

「盗賊はこの世界に存在すべきではない」

「こんなところには聖騎士の精神が残ってるなぁ……。相手のことを知らずに一方的に殺すのもどうかと思うし、まずは話を聞いてみよう」

「……あなたがそうすると言うのなら、あたしは従う」

「ありがと。ちょっとそこのボスさん、意識はある？」

少女の姿をした化け物に話しかけられて、ギルカは魂《たましい》が凍《こお》り付くのを感じる。

ただ普通に話しかけられているだけのはずなのに、その圧迫《あっぱく》感がすさまじい。最初、ただの雑魚だと勘違《かんちが》いしたのが嘘《うそ》のようだった。

「うーん、動かないか……？　聖騎士は割とすぐに復活してたけど、あれは耐性があったとかかな……？　私の魔法は効きづらそうだし」

（……それ、なんか聖騎士に負けたみたいでムカつくな。でも、まだ体が動かねぇ。ちくしょう）

「軽めにショックを与えたら目を覚ますかな？」

（おい、何をする気だ。やめろ）

「苦痛付与《ペイン》」

「ぎゃああああああああああああああああああ！」

全身を引き裂かれるような激痛。両手両足がもがれ、腸を引きずり出され、バラバラにされて。さらに業火《ごうか》で焼かれているかのよう。

苦しい。痛い。苦しい。痛い。苦しい。痛い。苦しい。痛い。苦しい。痛い。苦しい。痛い。苦しい。痛い。苦しい。痛い。苦しい。痛い。苦しい。痛い。苦しい。痛い。苦しい。痛い。苦しい。痛い。苦しい。痛い。苦しい。痛い。苦しい。痛い。苦しい。痛い。苦しい。痛い。

思考が真っ白になる。

「……もう、止めて。もう、やだぁ……っ」

ようやく体が動いたギルカは、幼女のように泣いた。

◇◆◇◆◇

「お、意識が戻ったみたいだ。良かった、死んでなくて」

血を吐きながら泣きむせぶボス獣人を見て、遊雷はほっとする。

「……余計な苦しみを与える必要はないと言ったのに、どうしてまたあの魔法を？」

クレアにたしなめられて、遊雷ははっとする。

「あ……。なんで自然に苦痛付与《ペイン》なんて使ったんだろ……。普通に起こせばいいだけなのに……」

遊雷は自分の行動に不安を覚える。無闇に他人を傷つけない、を信条としているはずなのに、今のは明らかにそれに反していた。

（胸を刺された影響で一時的に挙動がおかしくなってるだけならいいけど……これが続くのは困

る……。心まで完全に魔物になるのは嫌だ……)

遊雷はクレアの左手を両手で握る。

「私、無闇に他人を傷つけたくないいって、思ってるはずなんだ。でも……私、自分で自分をコントロールしづらくなってるのかもしれない。この盗賊たちを殺しそうになったのも確かだし……。私、自分が少し怖いかも……」

不意に、クレアが遊雷を抱きしめた。

クレアの柔らかさと温もり、そして微《かす》かな花の香《かお》りが、遊雷の心を慰《なぐさ》める。

「自分を怖いと思えるのなら、まだ大丈夫。あなたは無慈悲《むじひ》な怪物ではない」

「うん……。ありがとう。けど……もし私がおかしなことをしようとしたら、止めてほしい」

「……わかった」

しばし、遊雷はクレアの腕の中で心を落ち着ける。

「よし、もう大丈夫！　クレア、ありがとう！」

「どういたしまして。あと、あたし以外に接するときは、隠蔽魔法を忘れずに」

「あ、そうだった。魔力を隠蔽っと」

魔法をかけた後、遊雷はボス獣人に向き直る。

「あのさ、私の仲間になってくれない？　色々してほしいことがあって」

「……なる。なんでもする。もう許して……」

「あっさりだな……。クレア、言うこと聞いてくれるみたいだよ？　盗賊ってこんなもん？」

「……あなたの魔法がそれほど凶悪だというだけ。心を完全に折ってる……」

「暗黒魔法、悪人の更正《こうせい》に便利だったりして？　まぁ、とにかく、これから宜《よろ》しく」

遊雷はボス獣人の右手を持ち上げ、握手《あくしゅ》する。ボス獣人はただ頷くだけだ。

（……大丈夫かな？　風格のあるリーダーってのも魅力《みりょく》だったんだけど、ここまで弱ってると心配だ……。そのうち回復してくれるよな？）

「あんた、名前は？」

「……ギルカ」

その名前に、クレアが反応。

「ギルカ？　あのギルカ？」

「クレアの知ってる人？」

「名前くらいなら。この国では有名な盗賊団、黒幻狼《こくげんろう》のリーダー」

「へぇ、そうだったんだ。なら、実力は確かかな」

「おそらく」

「そっかそっか。ギルカ、他の連中は上手く取りまとめておいてくれ。私に従うつもりはないって言うなら、適当に町の外に放り出してくれても構わない」

「ユーライ、待って。構わなくない。そのときはあたしが殺す。盗賊は野放しで生かしておけない」

「……クレアがこう言ってるんで、これからは全員、私の仲間だな。しっかり働いてくれ」

「……はい」

「回復薬を持ってるだけ渡《わた》すから、適当に回復しておいて。元気になったら、まずは町の清掃を宜しく。無茶しない程度に頑張ってくれ」

「……わかりました」

「たまに様子を見に来るから、ちゃんと働いてくれよー」

「はい……」

遊雷はギルカに回復薬を飲ませ、残りの人の分はギルカに渡す。

「今日も寒いから風邪《かぜ》とか引かないようにな。それじゃ」

遊雷はクレアと共にその場を後にする。

仲間が増えたので、これからは町も綺麗になっていくだろう。しかし、二万人規模が住んでいた町を綺麗にするにはまだまだ人数が足りない。

(千人規模で町に来てくれるとありがたいけど……流石に難しいか……。無眼族の住処《すみか》は近いはずだし、来てくれないかな……？　そのうち集落を探してみようか？)

そう思案しながら、遊雷はクレアと共にまずは城に向かう。

穴開きの服を着替えた後、二人で暗闇のダンジョンに向かった。


暗闇のダンジョン地下十階のボスを倒し、遊雷は両手の剣を鞘《さや》に収めて微笑む。

「クレア、どう？　私、魔法を使わずにここのスケルトンロードも倒せたよ。剣術スキルはまだ手に入らないけど、私って剣の才能もあるんじゃない？」

「……才能はあるのかもしれない。でも、やっぱりあなたは剣よりも魔法で戦う方が向いてる」

(それ、やっぱり才能がないってことじゃないの？　剣術スキルがないとやっぱりダメかなぁ……。

まぁ、私ってリッチだもんなぁ……。剣を使うリッチなんて変ではある……）

「うーん、剣には憧《あこが》れるんだけどなぁ……。クレア、かっこいいし……」

「剣を使えること自体は悪くない。闇魔法を無効化してくる相手はいる。ただ、あなたの場合、二本の剣だけで戦うのはもったいない。同時に数十の刃を扱う頭脳があるのなら、そうした方がいいに決まっている」

「ん……？　どういうこと？」

「普通の人間は、剣を一本扱うだけで精一杯《せいいっぱい》。二本の剣を使うことはさらに難しい。それが人の頭脳の限界」

「限界……」

「あたしが見たところ、あなたには剣の才能もある。スキルの補正なしで、既に剣術スキルを持つ者に匹敵《ひってき》する。だけど、数十の刃を扱う頭脳があるのに、それを使わないのはもったいない」

「……なるほど。私には腕が何十本もあるのと同じで、それを自在に使うことができるのに、二本の腕しか使ってないのはもったいないってことね」

「そう。あなたは普通の人間とは違う。自分に合った戦い方を身に付けるべきだと思う」

「そっか……」

「二本の剣で戦うことも、基礎としては悪くない。でも、最終的には全く別のスタイルで戦うことになると思っていい」

「ん。アドバイス、ありがと」

「どういたしまして」

「それじゃあ、地下十一階も行ってみる？」

「……構わない。でも、注意して。地下十一階からは、敵がかなり強くなる。あたしが単独で攻略できるのは地下十一階まで」

「……敵が全部クレアよりちょい下レベルってことか。危険だなぁ……」

「魔法を使えば、あなたなら楽に倒せる相手」

「魔法はいざというときの切り札かな。まずは下りてみよう」

ボス部屋に出現した階段を下り、二人で地下十一階へ。

「わ、雰囲気が一気に変わった。ダンジョン内なのに空がある……」

地下十階までの洞窟《どうくつ》のような内装から一転、外の世界のように開けた空間になっている。空……というより夜空が見え、さらに草原が広がっている。魔物の姿もちらほら。

「ダンジョンは地下十一階から別世界になる。空は見えるけれど、ちゃんと天井《てんじょう》があって、空に向けて魔法を放つと途中で何かに当たる」

「へぇ……不思議……」

遊雷が感心しながら空を眺《なが》めていると、クレアが鋭《するど》い声で言う。

「この階層では、あたしたちでも敵とみなされるみたい。魔物が近づいてる。ブラックバジリスクが二体。……まぁ、あなたにとってさほど脅威《きょうい》でもないかもしれないけれど」

「普通の人間には脅威？」

「目を見ただけで、魔法封《ふう》じと暗闇と硬直《こうちょく》の呪《のろ》いがかかる」

「……私だと？」

「あなたには強力な闇魔法耐性がある。問題ない」

「了解《りょうかい》。クレアは？」

「あたしは目を閉じて戦う。魔力の気配で周囲の状況はわかる」

「……へぇ。とんでもないことを平然とやるもんだね」

「無眼族がやっているのと同じこと。もちろん、無眼族ほど正確に全てを知覚できるわけではないけれど」

　宣言通り、クレアは目を閉じて剣を構える。

　遊雷は今まで通りにブラックバジリスクと対峙。

　相手は、体長五メートルを超える、蛇《へび》とトカゲを組み合わせたような魔物。足は八本あり、鱗《うろこ》は黒い。真っ赤な目には確かに強い魔力が宿っているようだが、遊雷にはただ目つきが悪いだけと感じられる。

「一人一体で行こう、クレア」

「わかった」

　向かって右のブラックバジリスクに遊雷は狙いを定める。

　持ち前の身体能力を活かして接近し、前足に向けて両手の剣を振るう。硬《かた》い鱗に傷をつけることに成功したが、全くダメージになっていない。

「かったいなぁ！　やっぱり剣だけじゃ厳しいか⁉」

　遊雷が使っているのは、町の武器防具店で見つけた魔剣。属性は付与されていないものの、丈夫で切れ味が鋭いという一品。クレアが使えばブラックバジリスクの鱗も切り裂けるだろうポテンシャルはあるので、遊雷の使い方が未熟なのだ。

「まだ剣を使い始めて五日くらいだもんな……。まだまだ訓練が必要だよ……」

ブラックバジリスクが噛みついてくるのを、遊雷は軽く跳んで回避《かいひ》。攻撃を避けるのは難しくなさそうだ。

（あ、クレアはもう三本も足を切り落としてる。実力差えぐい……。つーか、やっぱり綺麗だな、あの太刀筋《たちすじ》とか動作とか……。剣で戦うのが非効率的だって言われても、憧れちゃうなぁ……）

五分後には、クレアはブラックバジリスクを一体仕留めている。対して、遊雷はまだ鱗一枚切り裂くことができていない。

「……一人一体と聞いた覚えがあるけれど、空耳だった？」

クレアが淡々と煽《あお》ってきた。遊雷は苦笑しつつ、ブラックバジリスクの攻撃をいなす。

そうするうちに他の魔物も近寄ってきて、それらをクレアが退治していった。

（……クレア、強いな。流石は元聖騎士……。私が特殊な魔法を使えなかったら、絶対勝てない相手……）

さらに三十分。遊雷はひたすら同じブラックバジリスクと戦闘を続けた。

ようやく硬い鱗を斬る感覚を掴み、最終的にはブラックバジリスク一体を討伐できた。

「よっしゃ！　倒した！」

「おめでとう」

クレアが無表情のままパチパチと拍手《はくしゅ》をしてくれる。

ただ、遊雷が一体を倒している間に、クレアは既に二十以上の魔物を屠《ほふ》っている。

「……はぁ。早く強くなりたい」

「魔法を使えば一撃で終わる。あえて制限をかけているのはあなた」

「まぁ、そうなんだけどな。でも、魔法で一発で倒しても、何の訓練にもならないじゃん？」

「それはそう」

「だよなー……。あ、また魔物来てる。ここ、敵多くない？」

「そういう階層。下を目指す者なら適度にやり過ごして進む。力をつけるには便利な場所でもある」

「確かに。悪いけど、しばらく付き合ってよ」

「それが命令なら」

「命令ってことで！」

二人で戦い続けること数時間。

ほど良いところで切り上げて、二人は地上に戻る。

外は夕暮れ時で。

そして、背中に矢が突き刺さった無眼族の少女が、入り口付近に倒れていた。


ロングの黒髪、青灰色《せいかい》の肌、魔法使いの黒いローブと帽子《ぼうし》、目元を隠す黒い布。

倒れている人物を、遊雷は見た覚えがある。

つい五日前に出会った、魔法使いの少女だ。

「お、おい！　大丈夫か⁉」

遊雷は、まだ名前も知らない少女の状態を確認する。

まだ体温は残っているものの、呼吸をしていなかった。

「……そんな。なんで。誰だよ、こんなことしたの……っ」

「……盗賊、あるいは、流れのチンピラ冒険者の可能性もある。一般人《いっぱんじん》は亜人を差別し遠ざけるくらいだけど、ならず者は意味もなく亜人を殺す」

クレアの声に怒気《どき》が滲んでいる。

「……この子、まだ温かい。この子を殺した奴、まだ近くにいるよな」

「おそらく」

遊雷の中に、また暗い感情が湧いてくる。いけないと思いながら、その衝動に身を任せたくもなってしまっている。

「……落ち着いて。それ以上は良くない」

クレアが遊雷の手を握る。人の温もりが、少しだけ遊雷の気持ちを落ち着けてくれた。

「……つーか、怒ってる場合じゃないか。まずは……」

遊雷は霊視《れいし》を発動。

名前：リピア
種族：無眼族
性別：女
年齢：十五

死後：五分
魂：あり
状態：無垢《むく》

（……良かった。まだ繫がってる）

遺体の傍《かたわ》らに、ぼんやりした表情でリピアの魂が立ち尽《つ》くしている。

何を感じているのか、何も感じていないのか、遊雷にはわからない。

「ねぇ、クレア。この子、アンデッドにしてもいいかな？　今ならまだ間に合うんだ」

「……あたしに訊かれても、何とも言えない」

「それもそうか。じゃあ、質問を変える。クレアはアンデッドとして生きるの、辛《つら》い？」

「……アンデッドになった当初は辛かった。でも、今はもうその辛さを感じてない」

「アンデッドとしてでも、生き返れてよかったと思う？」

「その答えは、まだ出ていない」

「そっか。少なくとも、絶対に止めてほしかったって思うものじゃないのなら、試す価値はあるよな。アンデッドとして生きるかどうかは、本人に訊けばいい」

「かもしれない」

「じゃあ、始める」

難しいことではない。単に魔法を発動させるだけ。その前に、背中の矢を引っこ抜くくらいは必要だけれど。

「アンデッド作製」

遊雷の体内から膨大《ぼうだい》な魔力が抜けていき、リピアの体内へ。

魔力はリピアの体を改変し、アンデッドへと変化させる。

「……すごい。これが、世界の理《ことわり》を侵《おか》す禁忌《きんき》の力……」

クレアが気圧《けお》された様子で呟いた。

リピアからは禍々《まがまが》しい黒紫《くろむらさき》色の光が溢《あふ》れ、五分ほどで消えていく。

「……完了。リピア、意識は戻った？」

遊雷は優しくリピアの頬を撫でる。その肌は青みが増し、髪も黒から深い青になった。

「……う、ん……？」

リピアが意識を取り戻した。

「リピア。大丈夫？　痛いところはない？」

「……この声……ユーライ、なの？　でも、魔力が感じられない……」

「ああ、今は隠蔽魔法を使ってるからさ。これなら怖くないかなって。クレアはわかる？」

「わかる……」

「良かった。それで、何があった？　背中に矢が刺さっていたけど……」

「そ、そうだよ！　あちしたち、人間に襲われたんだ！　ラグヴェラとジーヴィは⁉」

「あの剣士と槍使い？　それは私もわからない。リピアだけ見つけた」

「お願い！　二人を助けて！　たぶん、まだあの人間に捕まってる！」

「わかった。連中がどこにいるか、わかる？」

「わかる！　探知の魔法を使えばすぐ！」

リピアが立ち上がり、魔法を使おうとする。

「……あれ？　あちし……何か変……。自分の魔力が、自分の物じゃないみたい……」

「……それは後にしよう。リピア、案内を頼《たの》む」

「う、うん！　そうだね！　探知！」

リピアの魔法を頼《たよ》りに、三人で森の中を急いで進む。

途中で状況を確認したところ、無眼族の三人で暗闇のダンジョンに向かっていたら、人間に襲われ、三人とも捕まったらしい。

三人で協力し、リピアだけは一旦逃げることができたのだが、背中に矢を射られてしまった。

助けを求めてグリモワの町に行こうとしたけれど、探知魔法で遊雷の魔力が感じられなかったため、ダンジョン内にいるのだろうとダンジョンに向かった。そして、ダンジョンに入る前に倒れて気を失ったそうだ。

「もう死んだと思ったけど、ギリギリ生きてた！　助けてくれてありがとう！」

嬉《うれ》しそうに笑うリピアに真実を告げるのは、全てが終わった後にしよう。遊雷はそう決めた。

三人で向かったのは、特に目印もない森の一角。リピアの探知魔法がなければ見つけるのは難しかった。遊雷もクレアも、探知系の魔法を扱えない。

「二人の反応はすぐそこ。でも……すごく弱ってる」

何となく、遊雷は嫌な予感がした。

ろくでもないことが起きていて、それをリピアには見せない方がいい、と。

「クレア、ここから先は私一人でいく。リピアを頼む」

「……でも」

「ここで待ってて」

「……自分を見失わないで」

「……うん」

単独で二百メートルほど進む。

木々の隙間《すきま》から、木に吊《つる》され、何本もの矢が刺さった、裸身《らしん》のラグヴェラとジーヴィの姿が見えた。

そして、二人に向けて弓を構える、何か人間のような者たちの姿も。


人間の成人男性のような姿をした者たちは五人。盗賊のような風体《ふうてい》だが、正体はわからない。

一人が少女に向けて矢を放つ。

その矢を、遊雷は闇の刃で即座《そくざ》に弾いた。

そこで、五人が遊雷の接近に気づく。

「ああ？　なんだこいつは？」

「あの雰囲気、魔物か？」

「全然魔力を感じねぇ。ただの雑魚だろ」

「ゴブリンよりも弱そうじゃねぇか」

「あいつも捕まえて的にすっか。いい声で鳴くといいな！」

遊雷は拳《こぶし》を握る。力を入れすぎて血が滲んだ。

（ああ……やばい。こいつら、殺したい。ここで何が起きたのかなんてろくに知らないけど、こいつらは死んでいい奴らだ）

遊雷はドス黒い感情に呑《の》まれそうになる。

（落ち着け……落ち着け……落ち着け……クレアに言われただろ。自分を見失うなって……。いや、見失ってなんかいないさ。私は至極《しごく》冷静に考えて、こいつらを殺したい。クレアも言ってたろ？　盗賊に生きる価値はないとかさ……）

「捕まえろ！　吊せ！」

五人が迫《せま》ってくる。

遊雷は熱に浮かされた気分で、その五人を見る。

「傀儡」

五人の動きが止まる。普段は体の動きを止めるだけだが、遊雷は声も聞きたくなかったので、今回は声も出せなくした。

「まぁまぁ、落ち着きなよ、私。ここはこいつらを殺すより、あの二人を助けるのが先決だろ？」

吊された二人はまだ生きている。小さなうめき声が聞こえてくるから、それは確かだ。

「早く、助けてあげないとな」

遊雷は少女たちの元に駆《か》け寄り、魔法で一人ずつロープを斬る。遊雷は落ちてくる二人を受け止め、地面に優しく寝かせた。

近くで見ると、その姿は悲惨《ひさん》だった。何カ所も矢で射貫《いぬ》かれているし、打撲《だぼく》の痕《あと》もある。

幸いというべきか、女性として辱《はずかし》めを受けた様子はない。

(だからって、許せることではないけど)

遊雷は腰に巻いたポーチから回復薬を取り出し、二人に飲ませていく。まだ意識はあるようで、ちゃんと飲んでくれた。

「……まずは弱っている体力の回復。でも、傷を塞ぐには矢を抜かなきゃ。麻酔《ますい》でもあればいいのに……あ、認識阻害《そがい》ってのがあったな」

相手に自分を認識できなくするなどの使い方をするのだが、痛みを認識できなくする使い方もできるはず。

遊雷は二人に認識阻害を施《ほどこ》し、痛みを忘れさせる。少しだけ二人の表情が和《やわ》らいだ。

痛みはないだろうが、それでも、遊雷は慎重《しんちょう》に矢を抜いていく。これ以上、体を傷つけないようにと。

「……痛かったよな。すぐに助けられなくて、ごめん」

全ての矢を抜きとって、さらにまた回復薬を飲ませていく。傷口にもかけた。回復薬は、飲ませると体全体を回復するが、部分的にかけるとそこの回復が早くなる。

「……これで、少なくとも死にはしないかな。良かった、二人が無事で」

幸いと言いたくないが、あの五人がラグヴェラたちの殺害を第一に考えていなかったのが良かった。長くいたぶるのが目的だったのだろう、急所に傷はなかった。

二人は疲《つか》れ切っていたのか、体の傷がある程度回復すると同時に意識を失った。死んではいない。

ちゃんと呼吸している。

「……さぁて、こっちは終わった。次、あれはどうしよう？」

遊雷は、動くことも声を出すこともできなくなっている五人の方へ歩み寄る。

連中の正面に回ると、その顔に苛立《いらだ》ちや焦燥《しょうそう》を浮かべていた。

(今すぐ殺したい。でも、事情くらいは聞いてやるべきか……？)

「……お前たちさぁ、どうしてあんなことしたわけ？　ちょっと、話を聞かせてくれない？」

一人だけ、声を出せるようにする。

「て、てめぇ、何者だ⁉」

「私の質問に答えてくれない？」

遊雷は右手で男の首を絞める。そのまま首を握り潰したくなるのを、必死で堪えた。

男がギリギリ死なないところで、遊雷は手を離す。

「で、どうしてあんなことしたの？」

男はしばらく咳《せ》き込んだ後、答える。

「ど、どうしてだと⁉　あれは亜人だ！　人間でも魔物でもない、気味の悪い化け物！　いたぶって何が悪い⁉」

「……化け物じゃないよ。あの子たち、ごく普通の女の子だよ。……けど、もういいや。お前は黙ってろ。一生わかりあえない相手と話すのは時間の無駄だ」

情状酌量《じょうじょうしゃくりょう》の余地はない。事故か何かでリピアたちの方から仕掛《しか》けたという可能性も頭にあったが、実際そんなことは微塵《みじん》もなかった。

傀儡魔法で、男をまた話せなくした。

「あー……殺したい。でも、殺すのは良くないよな……。良くないよ……。命は大事だよ……」

命は大事だなんて、とても白々しい言葉だ。大事な命と、大事じゃない命は、歴然としてある。

「あ、そうだ。ちょっと実験に付き合ってよ。試してみたかったことがあるんだ」

使う機会はないだろうと思っていた、いくつかの魔法のうちの一つ。

「魂抽出《ちゅうしゅつ》、やってみようか」

遊雷は男の腹に右手を添え、まずは霊視を発動。魂を抜くには霊視が必要らしい。

生きている人間だと、肉体と魂がちゃんと合わさって見える。また、詳細はわからないが、魂の状態もわかる。

状態：汚《けが》れあり。十人以上の殺害。

（十人以上の殺害か。中身にもよるけど、普通に死刑囚《しけいしゅう》レベルだろ。それじゃあ、遠慮《えんりょ》なく、魂抽出で魂だけを引きずり出す……）

「ぎゃあああああああああああああああああああ！」

「おや？　まだちょっと引っ張っただけなのに、そんなに苦しいの？」

傀儡魔法の影響で声を出すのも難しいはずなのに、この絶叫。並大抵のものではない。

「爪《つめ》や皮を剥《は》ぐより痛い？　あれも相当痛いからなー。心中お察しするよー」

男の絶叫に負けたわけではないが、遊雷は一旦魂の抽出を中止。元に戻す。

男は荒い息を吐いているし、全身が汗《あせ》でぐっしょり濡《ぬ》れている。ただ、意識はもうろうとしているようで、遊雷を認識しているか定《さだ》かではない。

（魂を抜き出そうとすると激痛。途中で止めたら魂は元に戻る。完全に抜き出してから戻す、はできるかな？）

「それじゃ、もう一回」

「ぐぁあああああああああああああああああああああ！」

男の顔がちょっと子供に見せられない状態なのは無視して、遊雷は最後まで魂を引っ張り出す。まだ細い糸が繋がった状態だが、男は動かなくなった。

（これが魂を引っ張り出した状態か。まだ体と繋がってるってことは、戻すこともできる？）

遊雷は体に魂を押し込もうとするが、魂は体をすり抜けてしまう。

「あ、私の力って抜き出すだけなんだ。全部引っ張り出すと、もう元に戻せない……。もう殺したのと同じか……」

アンデッド作製の魔法を使えば戻せるだろう。しかし、この男をアンデッドとして生きながらえさせようとは全く思わない。

「ごめんごめん、殺そうとは思ってなかったんだけどさぁ、元に戻らないんじゃ仕方ないよな。放置してたらどうなるかも見てみたいけど……殺して放置ってのも良くないよなぁ。じゃあ、食べてみるか？」

魂食《たまく》いを発動すると、人型だった男の魂が、リンゴサイズの人魂《ひとだま》形態になった。

「お、これはありがたい。そのままの形だったらすごく食べにくかった」

遊雷は人魂をひとかじり。

ギャアアアアアアアアアアアアアアアアアアアアア！

音としては聞こえないのだが、遊雷には魂の悲鳴が確かに聞こえていた。人魂はやたらと暴れているし、魂の状態でも苦痛があるようだ。

「アハハッ。痛いのは嫌だよなぁ。まぁ、お前も散々他人を痛めつけたんだし、別にいいよな?」

イタイイタイイタイヤメテイタイイタイクルシイイタイタスケテイタイイタイ……。

「魂って結構賑《にぎ》やかなんだなぁ。けど、味はいまいち。味付けされてない餅《もち》をそのまま食ってる感じだ。調味料が欲しいね」

遊雷はもうひとかじりしつつ、ゆっくりと魂を味わう。

アアアアアアアアアアアアアアアアアアアアアアッ。

絶叫がどこか心地《ここち》好《よ》い。

魂を飲み下すと体がぽうっと温かくなる感覚もあり、遊雷は自分の力が増しているのを感じる。

(人の魂を食べると強くなる……。悪役路線まっしぐらー。万の人殺しておいて、今更《いまさら》気にすることじゃないんだろうけどー。ああ、でも、今回は事故とも言い難いかもなぁ……)

一人分の魂を食べ終えて、遊雷は一息つく。お腹の中で何かが暴れている感覚があったが、それもすぐに消えた。

「美味《うま》かったら全員分食ってもよかったけど、この味ならそこまでしなくていいかな。お前たち、私に食われずに済んでよかったな?」

抜け殻《がら》となった男を傀儡魔法から解放。死体はその場に崩《くず》れ落ちて動かない。

残りの四人はこの光景に顔をひきつらせる。

「次ー、魔改造もちゃんと使ってみたいんだよなー」

近くにいたもう一人の男に近づき、遊雷はその肩《かた》をぽんと叩《たた》く。

何か言いたいようなので、一時的に話せるようにしてやる。

「ま、待ってくれ！　これからはあんたのためになんでもする！　だから、命は助けてくれ！」

「あー、大丈夫、元々命を奪うつもりとかなかったから」

「じゃ、じゃあ、一体何を……」

「体をちょっといじるだけだよ」

遊雷はにこりと微笑む。

(魔改造の前に、霊視だけしておくか)

状態：汚れあり。五人の殺害。

(はい、アウト。人殺しじゃなければ考えたけど、もういいや。こいつもどうでもいい)

「お前、好きな動物はいる？」

「は……？　好きな動物……？」

「犬、猫《ねこ》、鳥、猿《さる》……色々いるだろ？　何が好き？」

「……お、狼」

「そっかそっか。男の子だなぁ」

(狼っていうと……こんなイメージかな。よし、魔改造)

「ぐぎゃあああああああああああああああああ！」

男の体が急速に変形していく。全身から灰色の毛が生え始め、骨格も人間から狼になる。

ほんの数分で改造は完了し、男は一匹の狼になった。尻尾の先までの体長が一メートル半ほどの、立派な灰色の狼だ。

「いいじゃん、いいじゃん、人間だったときよりかっこいいんじゃない？」

「な、なんだ⁉　一体どうなってる⁉　俺《おれ》の体は⁉　なんで四足歩行してるんだ⁉」

「脳はいじってないから、ちゃんと人間としての意識は残ってるわけね。普通にしゃべれてるのもいいじゃん」

傀儡魔法を解いてやると、狼はしきりに自分の体を確認する。遊雷は、乙女《おとめ》のたしなみとして携《けい》帯《たい》し始めた手鏡を出し、姿を確認させてやる。

「どう？　その姿、気に入った？」

「ふ、ふざけるな！　なんだよこれ！　元に戻せよ！　俺は人間だ！」

「お前が人間なわけないだろ？　人間はさぁ、吊した女の子を弓で射るなんてしないんだよ」

「うるせぇ！　戻せ！　戻してくれ！　獣なんかになって生きるのは嫌だ！」

「その姿の方が似合ってるよ？」

「似合ってるとかどうでもいい！　とにかく早く戻せ！」

「嫌だよ。お前は一生その姿でいればいい」

「おい！　魔物のくせに、調子に乗りやがって！」

狼が遊雷に向かって突進《とっしん》。噛みついてこようとするが、ダンジョンで戦った魔物よりは圧倒的に鈍《にぶ》い。遊雷は右手で狼の首を掴んで受け止める。

「私も無闇に人を傷つけたくはないからさぁ、反省するなら多少は情けをかけてやってもよかったんだよ？　でも、自分の行動を悔《く》い改めることができないなら、そんな心、もういらないよな？」

「お前、一体何を……っ」

「こっちも試してみたかったし、丁度いいや。精神操作」

自分が人間のような何かだったことを忘れさせる。そして、本物の狼であると錯覚《さっかく》させる。

ただし、野生の狼と違って、人間を決して襲わない。

「これで、どう？」

遊雷は狼を解放する。

さっきまでの反発が嘘のように、遊雷の前で横たわり、お腹を見せる。尻尾をふりふり、くぅんくぅん、と切なげに鳴く。

「おー、よしよし。これ、狼っていうより犬かなー。けど、やっぱりこっちの方がいいんじゃない？つーか、私に従順って設定にはしてないのに、なんか懐《なつ》いてる？」

遊雷はしゃがんで狼の腹を撫でてやる。狼は嬉しそうだ。

「あはははっ。……さて、他の連中はどうしようかな？　ああ、そんな怯えた顔はしなくていいよ。私は悪人じゃないからさぁ、この世のものとも思えない醜悪《しゅうあく》な姿にして、一生蔑《さげす》まれる存在にしてやろう……とかは、考えるだけだから。

ああ、でも、考えてみたら面白《おもしろ》そうだな。人面の獣を作るとか、人っぽい形の植物にするとか。見せ物として可愛《かわい》がってもらえるんじゃない？　魔改造のポテンシャル、お前たちで試してみようっ」

遊雷は立ち上がり、残りの三人に微笑みかけた。

「お前らなんか、殺してやらない。覚悟しろ」

◇◆◇◆◇

「ま、また絶叫が……っ。ねぇ、クレア！　あのダークリッチは何をしているの⁉」

リピアは時折聞こえてくる男たちの絶叫に不安を募《つの》らせる。

距離があって状況がよく察せないが、何か良くないことが起きているのはすぐにわかった。

「……さぁ。あたしにも何が起きているかはわからない」

「……クレア、放っておいていいの？　あのダークリッチ……きっと人を襲って……」

「ユーライが人を襲うのであれば、襲うだけの理由があるということ。……おそらく。そのはず。あなたを襲うわけではないのだから、心配しなくていい」

「で、でも……」

「あなたは、盗賊らしき連中に矢を射られた。だというのに、襲われているだろうその連中を、どうして心配する？」

「心配しているわけじゃなくて……。あんな絶叫、尋常《じんじょう》じゃない……。何か恐ろしいことが起きているのが……怖い……」

「大丈夫。あなたが心配することじゃない。ただ……確かに、そろそろ止めた方がいいのかも……盗賊の類なんて死ねばいいとは思うけど、無闇に苦しめるのは好ましくない……」

クレアが動き出そうとしたところで、絶叫は聞こえなくなった。

それからほどなくして、ユーライが戻ってきた。ラグヴェラを背負い、ジーヴィを横抱きにしている。

「ラグヴェラ！　ジーヴィ！　大丈夫⁉」

「二人ともちゃんと生きてる。大丈夫だよ」

ユーライが微笑む気配。

リピアには色のある世界は見えないのだが、魔力の流れで周りの状況はわかる。もっとも、ユーライの場合は、そこだけぽっかりと穴が空いたように感じられる。その周囲に流れる空気中の魔力から、様子を察するのだ。

リピアはまず、ジーヴィを受け取る。かなり弱っているようだが、体に目立った外傷はない。でも、体の内側に、まだ完全に治っていない傷がある。リピアの特殊な視覚には、何本もの矢で射られたような傷痕が映っている。

「……この傷、何……？　ジーヴィは、全身を弓で射られたの……？」

「あれ？　表面の傷は治ってるはずなのに、わかるんだ？」

「あちしたちは魔力の流れを感じ取るから、体の奥の傷がわかる……」

「そうだったか。余計な心配はかけたくなかったんだけど」

「もしかして、ラグヴェラも……？」

「まぁ、な」

「……なんて、酷い。あちしたちが、一体何をしたって言うの……っ」

無眼族は涙《なみだ》を流さない。しかし、涙を流せたら、きっと泣いていただろうと、リピアは思う。

「あんたたちは何も悪いことはしてない。ただ、世界には、肌の色が違うとか、自分と違う姿をしているとかいうだけで、それを排除《はいじょ》したくて仕方なくなってしまう連中もいる。世界は理不尽で残《ざん》酷《こく》なんだ」

ユーライが人を襲うのであれば、襲うだけの理由があるということ。

クレアが言った言葉の意味を、リピアは理解する。

「……あいつらはどこ？　こんなの、許せない……っ」

「あー……ごめん。もういない」

「……殺したの？」

「死んだのは一人。殺したかったわけではないんだけど、生き返らなくてさ。他の連中は……どこかへ行った、かな」

「まさか、そのまま逃がしたの!?」

「そのままではないよ。……あいつらの心は、完全に失われた。もう、元には戻らない」

「……どういうこと？」

「ま、まぁ、詳しいことは追々……な？」

何か言いづらいものがあるらしい。

あの絶叫を考えれば、ろくでもないことが起きたことは想像に難くない。

（……復讐《ふくしゅう》は、ユーライが終わらせたってことなのかな。そういうのは自分たちの手でって思っちゃうけど……これで良かったのかもしれない。やられたらやり返すなんて、悪い連鎖《れんさ》に呑み込まれてしまいそう……）

リピアが溜息をつくと、四足歩行の獣が近づいているのを感じ取った。

その気配に、リピアは怖気《おぞけ》が走った。

（な、何⁉　こんな魔力の流れをする生き物、あちしは知らない！　人間？　違う。獣でもない！）

人間を無理やり改造し、四足歩行の獣を作り上げたような、歪《いびつ》な気配。

人間のような魔力を有しているくせに、その形は狼。

特にその頭はいけない。人間の頭脳がそこにあるはずなのに、魔力の流れがぐちゃぐちゃに乱され、人間としての知性も心も完全に破壊されている。

（気持ちの悪い……っ。嫌だ、こんな気配を感じていたら、こっちまでおかしくなる……っ）

「あ、もう、私に付いてくるなって！　どっか行けよ！」

ユーライがその何か気味の悪い生物を追い払おうとしている。

「ち、近づかないでっ」

リピアは水魔法でウォーターボールを作り、その生物に向けて放つ。

何度も、何度も。

そいつの気配を感じ取れなくなるまで。

「リピアって、狼が苦手だった？」

ユーライが首を傾《かし》げる気配。

「そうじゃない。あれは……違う」

「ふぅん。リピアには、あれが何に見えてた？」

「……わからない。あれは、一体なんなの……？」

「……さぁ、ねぇ」

ユーライはそれ以上のことは言わない。リピアも、聞きたいとは思わなかった。

「あ、そうだ。リピア、これは先に言っておかないといけない」

「……何?」

「その……大変申し訳ないんだけど、私たち、間に合わなかったんだ」

リピアの心臓が跳《は》ねる。

「え? ま、間に合わなかったって……? でも、ラグヴェラたちは無事に……」

「そっちじゃなくて。その……リピアのこと」

「……あちしの、こと?」

猛烈《もうれつ》に嫌な予感がする。

この先を聞きたくないと思ったのに、ユーライは続ける。

「私たちがリピアを発見したとき、リピアはもう死んでたんだ。だから……アンデッドにして蘇《よみがえ》らせた。それしか、私には救う手段がなかったから」

(あ、あちしが……アンデッドになった……? ずっと感じてた体の違和《いわ》感は……それ……?)

リピアの思考が止まる。体が急に重くなり、倒れそうだったところを、クレアに支えられた。

しかし、リピアは結局膝をついてしまい、しばらく動けそうになかった。

ユーライがリピアをアンデッドにした日から、十日が過ぎた。

ユーライもだいぶ今の生活に馴染《なじ》み始め、かつて日本で暮らしていた日々を遠く感じ始めている。

それはさておき、リピアは、アンデッドになってはもう里に帰れないとのことで、グリモワの領主城で暮らし始めた。また、リピアを一人にしてはおけないと、ラグヴェラとジーヴィも一緒《いっしょ》だ。家族には話を通しているそうで、一応は納得《なっとく》してもらっているらしい。

アンデッドになったならリピアをすぐに殺すべき、という話には発展していない。ラグヴェラとジーヴィは単に友達《ともだち》を失いたくないという気持ちからだが、他の無眼《むがん》族の考えは違《ちが》う。仲間の命を大事にしているというより、ユーライの報復を恐《おそ》れているようだ。ユーライが強大な力を持つことは周知の事実で、その仲間を奪《うば》えば何をされるかわからないというわけだ。

リピアはまだ現状を受け止められずにいて、一人で部屋に籠《こ》もっている。反応がクレアのときと同じなのだが、クレアのように復活できるかは未知数。ユーライが顔を見に行っても、一人にしてほしい、と言われるばかり。ラグヴェラたちも同じ建物に住んでいるがリピアに会えていないようで、よくしょんぼりしている。

リピアはまだ落ち込《こ》んだままだが、ラグヴェラとジーヴィは城の管理を積極的に行ってくれている。掃除《そうじ》などはもちろん、料理もしてくれるので、ユーライとクレアはご飯を食べられるようになった。

ちなみに、ラグヴェラたちが来るまでユーライとクレアは食事をしていなかった。必要なかったので、食事を用意する手間をかけなかったのだ。

元盗賊《とうぞく》、現清掃員のギルカたちも、精力的に働いてくれている。監視《かんし》に目を光らせているわけではないのだが、初対面でのやり取りが相当なトラウマらしく、まだ仕事をさぼる気配はない。

いずれ気の緩《ゆる》みは出てくるかもしれないが、ギルカにしっかり管理してもらえば大丈夫《だいじょうぶ》だろうと、ユーライは思っている。そもそも、毎日力尽《つ》きるまで働いてほしいと思っているわけではなく、多少さぼるのは問題はない。

亜人《あじん》である無眼族が城に住むことに、ギルカ一味は反対していない。嫌悪《けんお》感を滲《にじ》ませる者もいたが、ユーライが微笑《ほほえ》みかけると無の表情になった。

町に少しずつ人が増えていく。活気が出てきた……とまでは言えないのだが、ユーライとクレアの二人だけだった頃《ころ》を考えると、少しでも人が増えるのは好ましい。ユーライはそう感じていた。

「私はさー、こんな平穏《へいおん》が続いてくれればいいと思っているわけだよ。別に世界の支配とか考えてないし。それでも、世間は放っておいてくれないもんかな？」

夜、寝間《ねま》着姿のユーライは、ベッドに寝ころびながらクレアに尋《たず》ねる。

着替《きが》えを終えたクレアもベッドに入って来て、答える。

「そう遠くないうち、敵はやってくると思う」

「そっかー……。困ったもんだ」

クレアが横になったところで、ユーライはクレアに抱《だ》きつく。ここ五日、夜は二人で寝るのが習慣になっている。

元々、ユーライは一人で過ごすのも平気な性格だった。しかし、女性としての体に馴染み始めて精神に変化が起きたのか、あるいは他人と過ごすことに慣れ始めたのか、一人で寝るのが寂《さび》しいと感じるようになっていた。

クレアに一緒に寝てくれと頼《たの》んだところ、それが命令なら、と許してくれた。

そして、今では毎晩、ユーライはクレアを抱き枕《まくら》にしている。

疚《やま》しい気持ちはない。そういう感情ではなく、単に人肌恋《ひとはだこい》しいという気持ちだ。

ちなみに、通常のアンデッドは夜行性で、夜よりも昼に眠《ねむ》るらしい。しかし、ユーライとクレアは夜に寝る習慣にしている。生者を襲《おそ》わないことに加え、夜に眠れること自体も、一般《いっぱん》のアンデッドと違うところだ。

「……敵がやってきたら、どうしても戦わないといけないもんかな？　話し合いで解決できない？」

「難しい。あなたがただの危険な魔物《まもの》ではないと、あたしは知っている。けれど、世間はそれを知らない。もし知ったとしても、あなたが潜在的《せんざい》にとても危険な力を有しているのは変わらない」

「自己防衛はするけど、それ以上はしないのになぁ」

「人間は弱い。もしかしたら危ないかもしれない、という不安を抱《かか》えたままでは生きていけない」

「……どこかに隠《かく》れ住めばいい？　やっぱり見つかっちゃう？」

「見つかる……と思う。人探しに特化したスキルも、この世界には存在する」

「そっか……。あーやだやだ。もう戦いたくないよぅ。誰《だれ》も傷つけたくないよぅ」

ユーライはクレアの肩《かた》に額をぐりぐりと押《お》しつける。クレアは軽くユーライの頭を撫《な》でた。

「……あなたが守りに徹《てつ》するのであれば、いずれは人の心も変わると思う。十年、二十年と信用を積み重ねれば、いつか、あなたは危険な存在ではないとわかってくれる」

「先は長い……」

「そう。長い。ただ……その長い戦いの果てに、あなたにはたくさんの味方ができる可能性もある」

「味方が？　どういうこと？」

「あなたは強い。その力で守ってほしいと願う者たちもいる。特に、差別や迫害《はくがい》の対象になりやすい亜人などはそう。ラグヴェラたちがここに来たのも、あなたなら自分たちを守ってくれるという意識が、少なからずあるはず」

「味方ができる……。そうなると、余計な争いはなくなるかな？」

「可能性はある。あなたを慕《した》う者たちが一つの国家として力を持つほどになれば、周りは容易《ようい》に手出しできなくなる」

「それも先が長い話」

「そう。でも、終わりの見えない戦いではないというだけでも、希望はあると思う」

「そっか……。永遠に戦い続けなければならないわけじゃないのは、確かに救いかも。いつか戦いが終わる頃にも、クレアは側にいてくれるのかな」

「まぁ、それが命令であるならば」

「そんな何十年か先の話なら、命令じゃなくても側《そば》にいてくれていいと思うけどなー」

「……先のことは、わからない」

「それもそうだ。いい未来が来ると信じて、とにかく私は生き延びよう。どんな敵が来たとしても」

「……あたしも、死ぬつもりはない」

クレアの声には芯《しん》があり、明確な生きる意志が宿っている。

（クレアがちゃんと生きようとしてる。いいことだ。リピアも、もう少ししたらクレアのようになれるかな……。けど、なんだろう、クレアから感じるこの悲壮《ひそう》感……？）

少し考えて、ユーライは気づく。

「クレア。もし……また聖騎士《せいきし》の連中が来たら、戦える？」

クレアから、すぐに返事はなかった。

しばらくして、クレアはためらいがちに言う。

「戦うしかない。でも、戦いたくはない」

「だよな……」

「あたしの居場所は、もうあそこにはない。だけど、エマも、エメラルダも、他の皆《みんな》も、幸せに生きていてほしいと思う」

「そっか。じゃあ、私はさっさと味方を集めて、誰にも手出しできないような存在にならないとな」

「……そうしてくれると、ありがたい」

「命令じゃなくても、私の言うことを聞いてくれるようになるくらい？」

「そんな未来も、なきにしもあらず」

「そっかそっか。クレアが『それは命令？』って訊《き》いてこない未来を作る。いいモチベーションだよ」

冗談《じようだん》交じりに言って、ユーライは目を閉じる。

自分にとっても、クレアにとっても、そして、周りにいる皆にとっても、良き未来が訪《おとず》れることを願った。

翌朝。

「ユーライ様。昨晩、盗賊を捕《つか》まえたんですが、どうしましょうか？」

ユーライが二階の食堂で朝食を摂《と》っていると、普段《ふだん》は城に入ってこないギルカがやってきて、そう尋ねてきた。

町に知らない奴《やつ》が入ってきたらとりあえず捕まえてくれ、と指示していたので、それを遂行《すいこう》してくれたらしい。

なお、当初はビビりまくりだったギルカも今は落ち着き、ユーライと普通に話せるようになっている。

平気ならギルカも城に住んでくれていいとユーライは思っている。しかし、他の元盗賊たちは男性で、ラグヴェラたちが住んでいることを考えると、ギルカ以外を城に住まわせるのは難しい。一人だけ城に住むつもりはないそうで、ギルカも他の元盗賊たちと一緒に民家に住み着いている。

「盗賊かぁ……。聞くだけで気分が落ち込むよ……」

盗賊が忌避《きひ》される存在である理由を、ユーライは既《すで》に知っている。リピアたちを襲ったのも、結局は盗賊だった。盗賊とは、ああいうことを平気でできてしまう連中なのだ。

元盗賊であるギルカを町で働かせ続けるのも、良くないように感じた。ギルカも危険な存在かもしれない、と。

しかし、リピアたちの一件を話したところ、ギルカは怒《おこ》り、おれたちはそこまで外道《げどう》なことはしない、と断言していた。盗賊として悪事を働いていたのは事実だが、ただ弱者をいたぶるような真《ま》似《ね》はしないそうだ。

結局、ギルカたちをそのまま町で働かせることにした。その選択《せんたく》は、今のところ間違っていないとユーライは思えている。

「捕まえた盗賊、何人くらい？」

「二十人。まぁ、おれ一人で片付けられる雑魚《ざこ》でしたが」

「ギルカは強いからな……。ギルカ基準の雑魚は当てにならないよ」

ギルカの戦闘力《せんとうりょく》は三万五千程《ほど》で、クレアよりも高い。ただ、ギルカは魔法系のスキルを持たないので、二人を戦わせたらどちらが勝つかは不明。

クレア曰《いわ》く、あたしは盗賊になど負けない、とのことだが。

「おれ基準じゃなくても、大した連中じゃありませんよ。おれの手下どもでも倒《たお》せるくらいです」

「そっか……。まぁ、労働力に追加したいかな。まだまだ清掃も管理も行き届かないし。そいつら、ちゃんと働いてくれそう？」

「おれが力で従えて無理やり働かせることはできますが、不安は残りますね。いつ裏切るかわかりません」

「裏切らないようにするにはどうすればいいと思う？」

「隷属《れいぞく》魔法の使い手がいればそれを使うか、おれなんかよりも圧倒《あっとう》的に強い力で支配するか……でしょうか」

「ふむふむ。隷属魔法の使い手なんていたっけ？」

この場にいるクレア、ラグヴェラ、ジーヴィを順に見ていくが、使える者はいなそうだ。

「むしろ、そういう凶悪《きょうあく》な魔法はユーライが使えるのでは？」

クレアに問われて、ユーライは首を横に振《ふ》る。

「私は使えないよ。つーか、なんで、凶悪な魔法なら私が、みたいな話になるんだか」

「ユーライは、自分の扱《あつか》う魔法がどれだけ凶悪なのか、理解していないの？」

「……お察しはしているさ」

精神汚染《おせん》をしたギルカ以外のメンツは、今でもユーライの顔を見ると体をぶるぶる震《ふる》わせながら脂汗《あぶらあせ》をかき始める。完全にトラウマになっているらしい。

どうも、相当に心の強い者、あるいは聖属性の加護を受けていた者でないと、一生もののトラウマになるようだ。

「ユーライ様があの魔法を使えば一発で従うようになると思いますが、どうされます？」

「んー……そうだな。それで話が済むなら、そうしようか」

「ありがとうございます。その後はおれに任せてもらえば大丈夫なんで、一発だけお願いします」

「りょうかーい。ご飯食べたら行く」

「はい。それでは、おれはこれで」

ギルカが去っていく。それを見届けてから、ユーライは食事を再開。

「このまま盗賊ばっかり集まると、盗賊の町になっちゃいそうだな」

ユーライがぼやくと、クレアが顔をしかめる。

「……あたしとしては好ましいことではない。盗賊は世界にとって害悪。町で働かせるより、片《かた》っ端《ぱし》から処刑《しょけい》したいくらい」

「気持ちはわからないでもないけど、盗賊相手だからって無差別殺人は良くないよ。それは、魔物やアンデッドだからって無差別に殺そうとするのと似たようなものだよ」

「……かもしれない。ただ、今後、この近辺に盗賊は増えると思う。まともに警備する人間がいないのは事実だから、犯罪者には都合がいい土地」

「……それは困る。治安が悪いのは良くない」

「幸いというか、これから厳しい冬になるから、数ヶ月はあまり集まらないと思う。けれど、春になったら状況《じょうきょう》が変わる。対策は考えた方がいい。ここに住み続けるのなら、という話ではあるけれど」

「……まぁ、しばらくはここに住むかな。他に行く当てがあるわけでもない」

（平穏に暮らしたいだけなのに、色々と考えることがたくさんあるなぁ……。平穏に暮らすっていうのが、私が思うより贅沢《ぜいたく》なことなのかもしれないけどさ）


朝食を終えたら、ユーライは単身で城下町へ。ギルカは相変わらず南区を拠点《きょてん》としており、大通りに二十人の盗賊たちが並べられていた。十人ずつの二列。全員男で、縄《なわ》で拘束《こうそく》されている。

「なんだ、このガキ」

「魔物か？」

「魔物にしちゃ魔力もろくに感じねぇ、雑魚だろ」

「こいつがこの町のボス？　ありえねぇだろ」

盗賊たちが怪訝《けげん》そうな顔でこぼす。

ユーライはやれやれと肩をすくめ、溜息《ためいき》。

(隠蔽《いんぺい》で魔力を隠しすぎるのも良くないのかな？　見た目が少女だから、威厳《いげん》が足りない)

「てめぇら、うるせぇ！　この方はグリモワの町を仕切ってるユーライ様だ！　てめぇらが一生かかっても敵《かな》わねぇ最強の魔物だぞ！　死にてぇのか⁉」

ギルカが一発で連中を黙《だま》らせる。

(……レディースの総長みたいなこの威厳、私も身に付けたいもんだわ。ただ、別に仕切ってるわけじゃないぞ？　勝手に住み着いて、なるべく快適な環境《かんきよう》を作ろうとしてるだけで)

「……まぁ、頭ごなしに言われても不満を持つだけなのはわかる。とりあえず、私はこういう者だよ」

ユーライは隠蔽魔法を解除。溢《あふ》れる魔力がダダ漏《も》れ状態になり、盗賊たちの表情が変わる。

「な、なんだこの威圧感……っ」

「ドラゴンでも見てるみてぇだ……っ」

「こいつは……やべぇ……っ」

「なんで今まで気づかなかったんだ……っ」

全員、額に汗を浮《う》かべている。

(……この世界の全員が高い魔力感知能力を持っているわけじゃない、むしろ魔力に鈍《にぶ》い者の方が多い、か。それでも、私の魔力は感じ取れちゃうんだな)

盗賊たちが恐れおののいているところで、ユーライは続ける。

「私が何者かは、これでわかったな？　ここで捕まったからには、私の言う通りに働いてもらう。と言ってもやってもらうのは町の清掃とか管理だ。私のために命を散らせ、とか言うつもりはない。安心してくれ」

雑用を押しつけられると知っても、盗賊たちから不満の声はあがらない。呼吸すら苦しそうだ。

「……ギルカ、これ以上のキョウイクも必要かな？」

「そうですね……。このままでも大丈夫そうではありますが、一応、軽めに一発やっておいてほしいところです。今感じてる恐怖《きようふ》なんて一過性のものなんで、ちゃんと深く刻んでおいた方がいいと思います」

「容赦《ようしや》ないなぁ……。その辺の機微《きび》は私にはわからないけど、そうしておこうか」

なんの話をしているのかわからない盗賊たちは、きょとんとしている。

ユーライは少し可哀想《かわいそう》だと思いながらも、キョウイクしておくことにする。

「……これから、あんたたちには私のために働いてもらう。もし、私の意に添《そ》わないことをしたら罰《ばつ》を与《あた》えるから覚悟《かくご》しといて。それで、その罰の一端《いったん》を、今から味わってもらうよ」

（出力調整は難しいんだけど……精神汚染、最弱レベルで）

ユーライが魔法を発動すると、盗賊たちが恐怖に顔を歪《ゆが》めて泣き叫《さけ》ぶ。

「おああああああああああああああ！」

「止《や》めてくれえええええええええええ！」

「くるなああああああああああああああ！」

「俺《おれ》の腕《うで》があああああああああああああ！」

「目が、目がああああああああああああああああ！」

なるべく弱めにしているつもりだが、元々の魔力量が膨大《ぼうだい》なため、それでもかなりの破壊力《はかいりょく》になってしまう。

三十秒ほどで魔法を解除。

盗賊たちは全身汗びっしょりになり、荒《あら》い呼吸を繰《く》り返す。

「……というわけで、これからしっかり働いてくれよ？　もし裏切るなら……死ぬより恐ろしいことがこの世にはたくさんあるってこと、教えてやるからな？」

ユーライはにっこり微笑む。盗賊たちはひきつった顔でガクガクと頷《うなず》いた。


放心状態の盗賊たちは一旦《いったん》そっとしておき、ユーライはギルカと二人で町を歩く。

「この辺、だいぶ綺麗《きれい》になったたな。ありがと」

「喜んでいただけて嬉《うれ》しいです。けど、町全体で言うとほんの一部なんで、まだまだです」

「まぁな。他の連中から不満は出てない？　雑用ばっかりさせやがって、とか」

「大丈夫です。不満どころか、こうやって普通に働けるならそれもいいって言い始めてるくらいです」

「へぇ、そうなの？　盗賊って、地道に働くのが嫌《いや》で、他人を害するのが好きな連中かと思ってた」

「そういうのが大半なのは認めます。でも、元からそうだったわけじゃありません。盗賊になるきっかけは、盗賊になるしか生きる術《すべ》がなかったってことばっかりです。働き口がねぇとか、親に捨てられたとか、どっかから逃《に》げてきたとか。

おれだってそうです。元は奴隷《どれい》だったんですが、奴隷としての生活に耐《た》えられなくて逃げました。逃げても働き口なんてないんで、仕方なく盗賊始めました」

「……そっか」

「自分から積極的に盗賊になろうとする奴なんざ、そうそういません。自分じゃどうにもできない壁《かべ》にぶち当たって、仕方なく始めるんですよ」

「……そんなもんか」

（リピアたちを襲った連中も、元はそうだったのかもな……）

あの瞬間《しゅんかん》、リピアたちを襲ったことに情状酌量《じょうじょうしゃくりょう》の余地はなかったとしても、真っ当に生きることができなくなったことには、何かしら深い理由があったのかもしれない。

「つっても、ユーライ様に出会ってなかったら、真っ当に働ける状況になっても、そうしようとは思わなかったでしょう」

「うん？　どういうこと？」

「盗賊からカタギに戻《もど》るのも、結構な覚悟がいるもんなんです。圧倒的な強者の指示で仕方なく真っ当に働かされてる……なんていう理由も、おれたちは欲《ほ》しがるんですよ」

「そうなんだ……」

「ついでに、ユーライ様のおかげで、ちっとばかりすっきりした顔をしてる奴も多いです」

「それは、どういうこと？」

「悪いことしてきた奴らが真っ当な道を進み始めるには、相応《そうおう》の罰が必要なんです。今まで散々悪いことをしてきたのに、なんのお咎《とが》めもなかったら、自分にこんな生き方が許されるのか？って感じてしまいます。ユーライ様がえげつない罰を与えたおかげで、そういうつっかえはなくなりました」

「へぇ……。そんなこともあるもんなんだ」

(ギルカに関しても、同じことが言えるのかもしれないな。出会ったときより険しさがなくなってる)

「ユーライ様の力は確かに恐ろしいですが、自分を変えるきっかけにもなります。ここに来てよかったと、今では思ってますよ」

(他人を恐怖に陥《おとし》いれるだけの力じゃない……。そう思えるだけで、少し救われるかも)

「……ちなみに、後遺症《こういしょう》で夜眠れない、とか言ってる奴らはいない？」

「あ、それはいますよ。寝ると高確率で悪夢を見るから寝るのが怖《こわ》い、とか」

「ダメじゃん……。大丈夫なの？」

「眠り薬とか、睡眠《すいみん》魔法とかもあるんで、大丈夫です」

「なるほど。盗賊っぽい」

「盗賊やってるときは便利に使ってました」

「だろうな」

冷たい風が吹《ふ》いた。既に気温は氷点下だろうが、この地域はもっとずっと寒くなるらしい。豪雪《ごうせつ》地帯ほどではないが雪も積もり、それが溶《と》けない日がしばらく続く。

なお、こちらでも一年は十二ヶ月で、今は十一月半ば。ユーライの感覚では既に冬だが、これはまだ序の口だそうだ。

「そういえば、冬の備えとかは必要ない？　私は食べなくても平気だけど、ギルカはそうじゃないだろ？」

「町一個分の保存食がまだまだ残ってるんで、おれたちだけなら問題ないです。寒い地域なんで腐《くさ》りもしません。けど、来年にはちゃんと備えないといけませんね。外壁《がいへき》の外の畑を耕すとか、家畜《かちく》を持ってくるとか」

「……人間は消えても、家畜とか作物が残ってればよかったな。悪いね、全部消しちゃって」

「管理が行き届きませんから、残っててもさほど意味はありませんよ。少なくとも、家畜のほとんどは餓死《がし》するだけでしょうね」

「それもそうか」

来年のことを話すギルカは、生き生きした表情を浮かべている。ユーライはそれを少し眩《まぶ》しく思う。

「ギルカは、この町でずっと暮らしたい？」

「そうですね……。そんな未来があってもいいとは思ってますよ」

「……そっか。でも、ごめん。たぶん、私がここにいる限り、色んな連中が私を狙《ねら》ってやってくる。穏《おだ》やかな生活は送れないかもしれない。ギルカも戦う必要が出てくるかも」

「おれはそれでもいいですよ。自分のためだけに奪い殺すんじゃなく、自分の町を守るために戦うなんて、かっこいいじゃないですか」

ギルカがニッと快く笑う。狼《おおかみ》のような獰猛《どうもう》さも滲ませつつ、力強さもある。

「いざとなったら、宜《よろ》しく。クレア曰く、本格的な冬になる前に一度は大きな戦いがあるだろう、だってさ。凄腕《すごうで》の冒険者《ぼうけんしゃ》が来るのか、軍隊が来るのかはわからないけど」

「そんときは、おれも戦いますよ」

「ありがと。私もクレアも聖属性は苦手だから、そういうのが来たら積極的に戦ってもらうと思う」

「わかりました」

さて、そろそろ城に戻ろうか。

ユーライがそう考えたところで、ギルカがユーライの体を抱き抱え、後方に跳《と》ぶ。

直後、ユーライたちがいた場所に、金色に輝《かがや》く巨大《きょだい》な火球が落ちてきた。

どうやら攻撃《こうげき》されたらしい。


炎《ほのお》の次に、金髪《きんぱつ》の女性が地面に降り立つ。聖騎士とはまた違った白銀の鎧《よろい》を身に着けているが、冑《かぶと》は頭部だけを守っているので顔はわかる。

二十代前半に見えて、冷酷《れいこく》そうな鋭《するど》い目つきが印象的だ。右手には金色の剣《けん》、左手には白銀の丸盾《まるたて》。騎士、あるいは剣士のようだが、魔法も使える様子。

ユーライが上空を見上げると、空色の巨大な鳥が優雅《ゆうが》に飛行していた。あれの背に乗って飛んできたようだ。

「外したか。なかなか反応がいい」

「てめぇ、何者だ？　冒険者か？」

ギルカがユーライを下ろし、腰《こし》に差した二本の剣を抜《ぬ》く。

右手には鮮血色《せんけつ》の刃《は》を持つ一閃鬼《いっせんき》、左手には闇色《やみ》の刃の戦獄夜叉《せんごくやしゃ》。ユーライはその能力を知らないが、両方とも魔剣だ。

「……私の身分を言えば冒険者。名はセレス。そして、北方に現れた凶悪な魔物の討伐依頼《とうばついらい》でここに来た」

「セレス……だと？」

「セレスって何者？」

ギルカはセレスという名前に聞き覚えがあるらしい。顔をしかめている。

「……数少ない一等級冒険者の一人です。しかも、光属性の魔法を得意とします。聖属性ほど魔物退治に特化してはいませんが、ユーライ様には脅威《きょうい》だと思います」

「げ、いきなりそんなのが来たの？　私、死ぬ？」

「死なせません。おれがあなたを守ります」

「かっこいいこと言ってくれるなぁ。惚《ほ》れちゃいそうだよ」

「それはやめてください。クレアになんと言われることやらです」

「ん？　どうしてここでクレア？」

「それは……」

ユーライたちの会話を、セレスが遮《さえぎ》る。

「そこの魔物。魔力は感じないが、そこまで完璧《かんぺき》な隠蔽魔法を使うのであれば、討伐対象で間違いないな。貴様を殺す」

次の瞬間、セレスが地を蹴《け》る。ユーライには目で追うだけで精一杯《せいいっぱい》の速さだったが、ギルカはセ

レスの一撃を両手の剣で受け止めた。

「獣人《じゅうじん》。邪魔《じゃま》をするな」

「ユーライ様を狙うなら、先におれを倒しな！」

「貴様、魔物に与《くみ》する気か？　操《あやつ》られているわけではなく？」

「操られてなんかいないさ！　おれはおれの意志で、ユーライ様を守る！」

「何故《なぜ》だ？」

「実のところおれにもよくわかんねぇ！　けどな、ユーライ様なら、何か世界を大きく変えてくれる気がしてる！　どうしようもねぇ元盗賊だって、真っ当に生きられるような世界にな！」

「……わけがわからん。貴様は討伐対象ではないが、邪魔をするなら殺す」

「やれるもんならやってみな！」

セレスが左の盾でギルカを殴《なぐ》る。ギルカが十メートル以上は吹き飛んだ。意気込んだ直後だったが、ギルカは雑魚キャラのように退場してしまった。

（……おおう。ギルカ、負けちゃったわけじゃないよな？）

ユーライはギルカの様子が気になったが、そんな暇《ひま》はない。セレスがユーライを狙っている。

「次は貴様だ」

「苦痛付与《ペイン》」

「ぐっ」

セレスが武器を向けてきたところで、ユーライも攻撃開始。

光魔法を使うというセレスは、どうやら暗黒魔法にも耐性《たいせい》があるらしい。苦痛付与《ペイン》で若干怯《じゃっかんひる》んだが、血を吐《は》くことはないし、倒れもしない。

(効果は薄《うす》くても、とりあえず続けてみよう)

ユーライは闇の刃を周囲に展開しつつ、苦痛付与《ペイン》の連続使用でセレスを削《けず》る。

大きなダメージが入っている印象はないのだが、動けなくする程度の力はあるらしい。

十回ほど苦痛付与《ペイン》を繰り返したところで、セレスの体が光に包まれる。その後、苦痛付与《ペイン》が効かなくなってしまった。

「闇魔法で私の防御《ぼうぎょ》を突破《とっぱ》してくるとはな……。聖騎士団が壊滅《かいめつ》させられたというのも頷ける……」

「なぁ、戦うのやめない？　これ以上やるなら、どっちかが酷《ひど》い怪我《けが》をするかもしれない。戦うより、ちょっと話し合おうよ」

「魔物と話すことなどない。死ね」

「融通《ゆうずう》の利《き》かない連中だなぁ、もう……」

セレスが迫《せま》るので、ユーライは仕方なく闇の刃で応戦。魔物も容易に切り裂《さ》く刃だが、相性《あいしょう》の問題か、セレスの剣も盾も両断できない。

ただ、セレスのまとう光で闇の刃が消滅することはない。あの光が防御するのは主に精神系の魔法なのかもしれない。そして、ユーライの手数が数十になるのに対し、セレスの剣は一本。ユーライが攻撃を繰り返すと、セレスはその場から動けなくなる。

「ちっ……。厄介《やっかい》な魔法だ……っ。光よ！」

セレスの剣が光り始める。セレスが剣を一閃すると、巨大な光の刃がユーライに向かって飛んだ。

「吸収」

ユーライの目の前に、直径三メートル大の黒い円が生じる。光はその円に吸い込まれて消えた。

「何⁉」

「あのさぁ、私だけじゃなく、町にも被害《ひがい》が出るような戦い方は止めてくれない？　今のやつ、私が吸収しなかったら確実に町を壊《こわ》してたんだけど？」

「……町の住人全てを殺して平気な貴様が、町自体の心配か？　滑稽《こっけい》だ」

「あれは事故だってば。それに、この町はこれから復興していくかもしれないんだ。今あるものを壊されたら困る」

「復興だと？　魔物の住まう町に、復興などあり得ない！」

「……あー、本当に融通の利かない奴。光属性って、思考が凝《こ》り固まる呪《のろ》いでも付属してるの？」

「そんなものあるわけなかろう！」

闇の刃の勢いを押し切り、セレスがユーライに接近する。

セレスの刃がユーライに届きそうになったが、そこでユーライの左を駆《か》け抜ける者がいた。

「あ、クレア」

クレアは雅炎《がえん》の剣《つるぎ》を振るい、セレスの胴《どう》を切りつける。

雅炎の剣が優《すぐ》れているのか、クレアの力量が高いからなのか、あるいは両方か。セレスの鎧が大きく切り裂かれ、脇腹《わきばら》にも傷を負わせる。

「ぐっ」

セレスは一瞬怯んだが、すぐに体勢を立て直す。背後から追撃を試みるクレアの剣を盾で防いだ。防いだのだが……その盾が二つに割れた。

「ちっ！」

　セレスが跳び、距離《きょり》を取る。

「なんだ、その剣は……っ。王銀の盾と鎧が切り裂かれるなど……っ」

　忌々《いまいま》しげに言うセレスに、澄《す》まし顔のクレアが応える。

「あなたも名前くらいは聞いたことがあるはず。これはリバルト王家に伝わる宝剣、雅炎の剣。あたしでは力の全てを引き出すことはできないけれど、王銀の装備を切り裂くくらいは容易」

「雅炎の剣……だと？　どうしてそんなものがここに……？」

「その様子だと、ことの経緯《けいい》は聞いていないのね。話を聞くつもりがあるのなら話すけれど、代わりにユーライを殺すのは諦《あきら》めて」

「私はそいつを殺す。それは変わらない」

「……そう。聖騎士でもないのに、話を聞こうとしない人……。光属性の呪いね」

「そんな呪いはない！」

「……あたしはあると思ってる。光属性や聖属性を扱える者は、己《おのれ》が正義だと信じ込みやすい……。神様が自分を支持してくれているとか……。そのせいで周りが見えなくなってしまうのを、あたしはよく見てきた。例外はエメラルダくらい」

「黙れ。貴様もそいつの仲間なら、斬《き》る」

「ああ、ちょっと待って。先に確認《かくにん》しないといけないことがある」

　クレアは待ったをかけて、ユーライの方を向く。

「ユーライ。とりあえず来てみたけれど、あたしはあいつと戦った方がいい？」

「……うん、まぁ」

「それは命令？」

「……命令ってことで」

「わかった。それなら、仕方ない」

（このやり取り、必ずしないといけないの？）

ユーライはなんだか笑ってしまいたくなったのだが、そんな場面でもないと思い直し、溜息をつくだけにした。

そして、セレスとの戦いを再開。闇の刃はセレスの鎧を破壊できないのだが、クレアの剣は容易にセレスの防御を突破する。

ユーライとクレアのタッグ攻撃により、セレスの体に傷が増えていく。

（クレアも強いけど、あの雅炎の剣も相当な代物《しろもの》だな……。今更《いまさら》取り上げるつもりもないし、私ではやっぱり宝の持ち腐《ぐさ》れだけど、惜《お》しいことをしたとは思っちゃうなぁ）

ユーライが闇の刃でセレスの余裕《よゆう》をなくし、クレアが隙《すき》をついて攻撃。その繰り返しで、セレスはだんだんと弱っていく。

弱らせることはできているのだが、決定打は与えられていない。セレスも攻撃されたらまずい箇《か》所《しょ》を心得ているようで、クレアの攻撃をそこから逸《そ》らしている。

（何かもう一手必要？　私の魔法、効きづらいんだよなぁ……）

再度苦痛付与《ペイン》を使っても、やはり効果なし。傀儡《かいらい》魔法で動きを止めようとしてもダメ。精神汚染も弾《はじ》かれた。

（光属性の使い手、厄介だ。本当に戦いにくい。近づいて魔力を吸収する？　でも、吸収するならもっと近づかないといけない。有効範囲《はんい》はせいぜい二メートル。ちゃんとやるなら触《ふ》れないといけない。私は近接得意じゃないし、迂闊《うかつ》に近づいたら斬られそう……。あ、従者強化ってのがあったか。私がアンデッドにしたクレアは対象になる。今まで必要なかったから存在も忘れてたわ）

ユーライがクレアを強化しようとしたとき。

一瞬、セレスがよろける。クレアはその隙を逃《のが》さずに急所を狙う一突《ひとつ》き。

それはクレアを誘《さそ》う罠《わな》だったのか、セレスは容易《たやす》くクレアの剣を受け流し、クレアの首を狙う。

ユーライはとっさに闇の刃を操作し、セレスの剣を逸らす。クレアの首が数ミリ斬られたが、切り落とされはしなかった。

クレアがすぐさま反撃……する前に、セレスが血を吐いて膝《ひざ》をついた。

「……え？」

ユーライは混乱したが、ふと気づけば、セレスの腹に赤く鋭い剣が生えている。その剣を握《にぎ》っているのはギルカだ。

ギルカはセレスの腹に剣を残し、もう一本の剣で今度はセレスの背中を刺《さ》す。右胸の下辺りから黒い刃が覗《のぞ》き、セレスは倒れて動かなくなった。

殺すつもりなら首を狙うだろう。背中を刺しているということは、相手の動きを止めるための行《こう》為《い》。肺が傷ついたか、セレスは呼吸をするのも苦しそうだ。

「……いつまで隠れているのかと思ったら、いいところだけ持っていくなんてずるい奴」

「うるせぇ。おれはただ隙をうかがってただけだ。人間誰しも、ここぞって場面では他への集中が逸れるからな」

「そう。ギルカは隠密《おんみつ》スキルを持ってるんだっけ？」

「まぁな。ろくでもねぇスキルだが、戦いには便利だよ」

「なるほど。その二本の剣にも特殊《とくしゅ》な力がありそうね」

「ああ、そうだ」

「……今後、またこういうのが現れるだろうし、あたしたちもお互《たが》いの戦力について話し合っておくべきかもしれない」

そう言いながら、クレアが淡々《たんたん》とセレスの右腕《みぎうで》を二の腕から切り落とす。

「うぐぁああああああああああああああっ」

（……え？　何？　いきなり何をしてるのこの人？）

ユーライが唖然《あぜん》としている間にも、クレアはさらに左腕もやってしまう。セレスはまた苦しそうに呻《うめ》いた。表情も、女性としては浮かべてはいけないものになっている。

「あの、クレア？」

「何か？」

クレアは至極《しごく》冷静な雰囲気《ふんいき》で、今度は右足を太股《ふともも》から切り落とす。

「あぐぅうううううううううう」

「うるさい。黙って」

クレアがセレスの顔を踏《ふ》み抜く。鼻が折れたか、セレスの顔が大きく歪む。

セレスが意識を朦朧《もうろう》とさせている中、クレアはセレスの左足も切り落とす。セレスは、声にならないない叫びをあげる。

「あのー、クレア？」

「ああ、ちょっと待ってて、ユーライ。死んでしまわないように止血をしないと」

「うん……」

どうやって止血をするのかと思えば……。

クレアの持つ剣に炎が灯《とも》る。その炎を、まずはセレスの右足断面に押しつける。じゅぅ、と肉が焼ける音がする。

「あぎゃあああああああああああああああああああ！」

「うるさい」

クレアがまたセレスの顔を踏む。

若干静かになったセレスの止血を、クレアが続ける。

肉が焼ける。嫌な匂《にお》いが周囲に満ちる。セレスの絶叫《ぜっきょう》が響《ひび》き渡《わた》る。

「うるさいと言っているのに」

止血を終えたクレアが、セレスの喉《のど》を踏んだ。セレスの声が止む。咳《せ》き込んではいるが。

「それで、ユーライ。何か呼んだ？」

「……クレア、意外と大胆《だいたん》なことするなぁ」

殺すつもりはなかったようだが、相当な狂《きょう》気《き》を感じる。

「……ユーライを狙ったこいつが悪い。殺されないだけありがたいと思ってほしい」

（んー？　クレア、私が狙われたから怒ってる？　私のこと、そんなに大事にしてくれてたんだっけ？）

クレアの心情は気になったが、余計な指摘《してき》になるかもと思い、ユーライは黙っておいた。

それから、肩をすくめながらギルカが言う。

「ユーライ様、こいつどうします？　たぶん殺さない方がいいと思ったんで殺してはいませんが、今なら簡単に殺せますよ？」

「殺すとか簡単に言わないように。これからも敵は来るだろうけど、なるべく殺さない方針で」

「わかりました。けど、すみません。ユーライ様を守るとか言っておきながら、すぐに飛ばされちまいました」

「気にしないでいいよ。そのおかげで隙を突いた攻撃もできたんだし」

「ご理解いただきありがとうございます。しっかし、おれも情けないです。それなりに強いつもりでいましたが、まだまだです」

「こいつ、一等級なんだろ？　仕方ないさ。それはそうと……こいつ、今のうちに私たちに攻撃できないようにしておこうか」

セレスにはまだ意識がある。しかし、深手を負っているせいで、光魔法の防御が消えている。

「ぎ、ぎざま……何を……っ」

「軽い精神操作。まぁ、安心してよ。あんたの人格を壊すようなマネはしない。単に、私たちに対して攻撃できないようにするだけ」

ユーライはセレスの額に右手で触れる。

「精神操作」

魔法を発動し、セレスの心に縛《しば》りをつける。

ユーライ、クレア、ギルカ、その他グリモワの町に住む人、及《およ》び町自体に対して、攻撃をできなくする縛りだ。攻撃しようとしても体が動かなくなり、魔法も使えない。また、自身でこの縛りを解く魔法があれば、それも行使できない。

（……ん？　もしかして、精神操作って、隷属魔法と同等以上の効果があるんじゃないか？　ま、まぁ、これはあえて指摘はしないでおこう。皆からの反応が怖い……）

「……よし、できた。聖女とかに頼んだら解除できるのかもしれないけど、ひとまず完了《かんりょう》」

「……ぐっ。いっぞごろぜっ」

「嫌だよ。私は無駄《むだ》な殺生をしないんだ。ギルカ、剣はもう抜いていいよ。あ、抜いたら出血が酷くなるのかな？　まずはこのままがいいか。手足だけでも戻してあげたいところだけど……」

ユーライはクレアを見る。クレアは首を横に振った。

「この傷はすぐには治せない。切るだけじゃなく、雅炎の剣の特殊な火で傷口を炭にしている。中級の回復薬を使っても十日はかかる。上級な物なら話は別だけど……わざわざ敵に使うべきではない」

「そう……。じゃあ、十日くらいは我慢《がまん》な。そっちが勝手に襲ってきたんだし、それくらいの代償《だいしょう》は支払《しはら》え」

セレスからの返事はない。忌々しそうに、顔をしかめるのみ。

「あ、クレアの首は大丈夫？　斬られてたけど……」

「大丈夫。傷は浅い。だけど、傷の治りが遅《おそ》い……。光属性の攻撃はやはり毒……」

クレアの首からはまだ血が滴《したた》っている。アンデッドは普通の人間より回復力が高いので、軽い切り傷でまだ血も止まっていないのは異常事態だ。

「早く治す方法はあるかな？」

「おそらく、ユーライが魔力を注げばすぐにでも」

「へぇ？　そうなの？」

「あなたの魔力があたしにとっては回復薬の代わりになる。はず」

「よく知ってるな」

「知っているわけじゃない。ただ、そう感じる。あなたと寝ていると妙《みよう》に体の調子がいいから、あなたの魔力はあたしにとって薬になると予想した」

「あ、そうだったの？　まぁ、試《ため》してみよう」

ユーライはクレアの傷口に手を当てる。首の右側、鎖骨《さこつ》から少し上辺りに、横幅《よこはば》五センチほどの切り傷がある。

（魔力を込める、か。こんな感じ？）

「んっ」

「ん？　大丈夫？」

クレアがほんのりと艶《つや》っぽい声を出したかもしれない。

「……問題ない」

「そう？　ならいいけど」

ユーライが魔力を注ぎ続けると、クレアの傷が治っていく。数十秒ですっかり元通りになった。

「良かった。もう大丈夫かな？」

「……ありがとう。地味に痛いのがなくなって助かった」

ユーライがほっとしていると、ギルカが言う。

「ところで、上の奴はどうします？」

「ん？」

ユーライが上空を仰《あお》ぎ見ると、セレスを連れてきただろう巨大な鳥が、まだ上空を旋回《せんかい》していた。

「狩《か》って皆で食いますか？」

「……止めてあげな。ずっと旋回してるだけってことは、戦闘力もないんだろ。セレス、あれ、どうしてほしい？　放っておけば勝手にどっか行く？」

セレスからの返事はない。

「まぁ、いいや。放っておく。セレスは一旦城に連れて行こう。それで、傷が癒《い》えるまではお世話してあげよう。ギルカ、ちょっと運んで」

「わかりました！」

ギルカがセレスを抱える。残った手足については、ユーライとクレアで運んだ。

◇◆◇◆◇

リピアがベッドに横たわっていると、部屋をノックする音がした。

魔力の気配から、やってきたのはユーライらしい。

「リピア、起きてる？　ちょっと頼みたいことがあるんだけど」

リピアとしては、返事をしたくなかった。

ユーライは命の恩人だし、大切な仲間を助けてくれた人。感謝する気持ちはある。しかし、自分がアンデッドになってしまったショックは抜け切っていない。里にはもう帰れないし、家族にも会いづらい。密《ひそ》かに想《おも》っていた相手にももう会えない。

さらに、体は成長せず、子供も産めない。アンデッドにならなければ得られただろう色々な未来が、手に入らなくなってしまった。

少しずつ心は変化してきていて、折り合いもつき始めている。しかし、まだ一人にしてほしかった。

リピアが沈黙《ちんもく》していると、ユーライは続ける。

「リピア、回復魔法が使えるんだって？　その力を貸してほしい。さっき、私を討伐しに冒険者が来たんだけど、私とクレアとギルカの三人で返り討《う》ちにしたんだ。今、そいつが酷い怪我をしてるから、治してあげてくれない？」

（討伐しにきた相手を撃退したのに……そいつを治療《ちりょう》する……？　どういうこと……？）

自分を討伐しにきた冒険者を返り討ちにして殺した、なら話はわかる。わざわざ相手を生かしておき、さらに治療まで施《ほどこ》してやるというのは、どんな精神なのだろうか。

「無理にとは言わないよ。魔法で治せないなら、回復薬を使う。ただ、回復薬も無限にあるわけじゃないし、ここには回復薬を作れる奴もいない。魔法で治せるなら魔法がいいかなって思っただけ」

（どうして敵を助けるの？　あんたは、人間を獣に作り替えるような非道な魔物でしょ？）

リピアは、先日目《ま》の当たりにした不気味な生物を思い出す。人間を作り変えてしまうだなんて、まともな神経でできる所行じゃない。

（ユーライって、一体なんなの？　残虐《ざんぎゃく》な行いをするかと思えば、仲間には優《やさ》しい。二万以上の人を殺しておきながら、今はなるべく殺さないことを心がけている）

町を壊滅させたのは単なる事故だと、初めて会ったときに聞いた。詳細《しょうさい》は知らないが、根っからの悪人ではないのは確かなのだろう。

しかし、逆に根っからの善人でもないことはわかっている。残酷な一面があることも確かだ。

（ユーライについて、あちしはもっとちゃんと知るべきなんだろうな……。どうせ、あちしはもうユーライと共に生きていくしかない……）

生者を襲う性質がないとはいえ、アンデッドを受け入れてくれる場所はごく僅《わず》か。亜人であるためそもそも隠れ住むことは確定していたが、さらに生きられる場所は狭《せば》まった。

ユーライの隣《となり》以外で、生きられる場所が思いつかない。

「……ごめん、リピア。今はゆっくり休んで。また来るよ」

「待って」

リピアはとっさに呼び止めてしまったことに、自分でも驚《おどろ》く。

「待って、ユーライ。あちしの力、借りたいんでしょう？」

「うん。そう」

「……力を貸す前に、一つ訊きたい」

「ん？　何？」

「どうしてそいつの治療をするの？　自分を殺しにきた相手なんでしょ？」

「んー……まぁ、実のところあいつが生きようが死のうがどうでもいいとは思っているんだけど……」

（どうでもいいの⁉　なにそれ⁉）

「あいつは私にとって価値のある命じゃない。でも、どうでもいい命を簡単に切り捨てちゃったら、自分がどんどんただの残虐な魔物になっちゃいそうで怖いんだよ」

「……怖い？」

「私はたくさんの人を殺した。でも、そのことを特に気に病《や》んでもいない。今でも、自分にとってどうでもいい人間を殺すことに、大した抵抗《ていこう》感もない。

だけど、どうでもいい連中だから殺しちゃえってやってると、世界の全部がどうでもよくなっていって、自分の大事にしているはずのモノまで無価値に感じてしまうような気もする。それは怖い。だから、今の場所で踏みとどまるために、特に深い恨《うら》みもない奴は殺したくない」

「……とても身勝手な理由」

「うん。そう。でもいいだろ？　私は博愛主義者でも正義の味方でもない。私は私のために、殺さない選択をする。賞賛されようとも、感謝されようとも思わない」

「……そう」

善としての面も、悪としての面もある、恐ろしい魔物。

ただ、どちらかというと善であろうとしているのを、リピアは感じ取る。

ユーライの隣にいることは、存外、悪いことばかりではないのかもしれない。

「……ユーライの考えてることは、わかった。あちし、協力してもいい」

「本当？　ありがとう。助かる」

失った未来を思うと辛《つら》かった。

これからの自分の将来が全くイメージできなくて、悪い方にばかり考えてしまって、不安ばかり募《つの》らせていた。

今は、ほんの少しだけ、いい未来も想像できる。

ユーライと共に生きるしかないのに、ユーライを信頼していいのかわからなくて、怖かった。

希望が、持てる気がする。

（……引きこもってても、見えない未来がさらに見えなくなっちゃうだけ。もう、外に出よう）

リピアはそう決めて、ベッドから起き上がって愛用の杖《つえ》を手にする。

精霊樹《せいれいじゅ》の杖。先端《せんたん》が輪になった木製の杖で、リピアの身長より少し長い。無眼族の魔法使いはこれを持つことが多く、リピアは十歳《さい》の誕生日に両親から贈《おく》られた。最上級品ではないが、普通の魔法使いからすると上等な品だ。

手によく馴染むその杖を持つと、リピアは勇気を貰《もら》える気がした。

（想像していた未来にはたどり着けなくても、あちしはまだ、どこかには向かっていける。今まで培《つちか》ってきたものが、なくなったわけじゃない）

リピアが部屋を出ると、ユーライは笑顔で迎《むか》えてくれる。

「良かった。リピア、体調とかは悪くなさそうだ」

「……体は平気。それで、怪我人はどこ？」

「ん、こっち」

ユーライに導かれながら、リピアは進む。

「ちなみに、怪我ってどんな具合？」

「全身に切り傷、二カ所に大きな刺し傷、両手両足の切断」

「……は？」

想像しただけで、気の遠くなるような重傷だった。そこまでの重傷を治す魔法など使えない。

「ユ、ユーライがやったの……？」

「違うよ。やったのはギルカとクレア」

「……ユーライだけじゃなかった」

（ユーライだけが恐ろしい存在ってことじゃない……。あちしの将来、大丈夫……？）

「え、何が？」

「……なんでもない」

再び不安になりながらも、リピアは杖をぎゅっと握ってこらえる。

「ねぇ、あちし、そんなに酷い怪我を治す回復魔法は使えないよ……？」

「んー、たぶん、大丈夫。一瞬で完治させろってわけでもないし、私も力を貸すから」

「力を貸す……？」

どういうことなのかはわからないが、リピアは、とにかくやるだけやってみようと思った。

それで拓《ひら》ける未来も、きっとある。

◇◆◇◆◇

聖騎士団の会議室に集められたエマは、団長より、一等級冒険者セレスがダークリッチに敗れたという報告を受けた。

エマに限らず、集合した五十人少々の聖騎士団員が息を呑《の》んだ。

（まさか、セレスまでが敗れるとは……。意外、ではないな。当然と言えば当然か……。三十を超《こ》える聖騎士団をたった一人で制圧した力を考えれば、一等級冒険者一人を倒すなどわけもない）

先日派遣《はけん》された聖騎士団員は、全員が二等級以上の力を持っていた。セレスがいかに強力といえど、一人では聖騎士団には敵わない。聖騎士団が勝てない相手に、セレスが敵うわけもない。

ただ、やはり一等級の実力者が負けたというのは、聖騎士団敗北とはまた違った衝撃《しょうげき》をもたらした。

「セレスと共に偵察《ていさつ》にいった冒険者によると、どうやらセレスとダークリッチはほぼ互角《ごかく》の戦いをしていたそうだ。ただ、ダークリッチに加え……クレアとも戦うことになり、セレスは押され始めたそうだ」

団長カーディンの口からクレアの名前が出て、団員たちの顔に苦いものが走る。

（クレア……。生きていてくれるのは嬉しい……。でも、元聖騎士団の一員が、ダークリッチと共に戦うなんて……）

エマは、余計なことかもしれないと思いつつ、カーディンに尋ねる。

「団長。そのときのクレアの様子は、どうだったのでしょうか？　その……自発的に、ダークリッチのために戦っている様子だったのでしょうか？」

もうじき四十となるカーディンの眉間《みけん》に、深い皺《しわ》が刻まれる。

「詳細はわからない。ただ、ダークリッチに操られ、人形のような戦い方をしているようには見えなかったらしい。クレア本人の力を発揮して戦っているようだった、と」

「……ダークリッチは、人を自在に操りつつ、その力量を最大限に引き出す術を持っているのでしょうか？」

「わからない。しかし、その可能性はある。奴に人を自在に操《あやつ》る術があるのは事実だ」

エマは、自分の体を操られたときのことを思い出す。己の意思とは無関係に体が動くのは、非常に気持ち悪かった。

「ちなみにだが、セレスはダークリッチとクレアの二人に負けたわけではない。そこにもう一人、獣人の女がいたそうだ。黒髪《くろかみ》に狼の耳と尻尾《しっぽ》……おそらくは、盗賊団黒幻狼《こくげんろう》のリーダー、ギルカだ」

ギルカの名前を聞き、団員たちがどよめく。

ギルカは、リバルト王国では名の知れた盗賊。身体能力の高さと優れた剣の腕に加え、隠密の力が非常に厄介。盗賊よりも暗殺者と呼ぶに相応《ふさわ》しい戦い方を得意としていて、戦闘力の差を覆《くつがえ》して強者を狩ることで有名だ。

「ギルカが、どうしてダークリッチと共に？」

「それも不明だ。とにかく、ギルカもダークリッチに与する者であるのは確かだろう」

「……他に、向こうの戦力は？」

「一応、黒幻狼の団員らしき十名ほど、余所者《よそもの》らしき盗賊二十名ほど、そして無眼族の少女二名がグリモワの町にいると判明している。その連中を戦力として数えるべきかはわからない」

「……勢力が拡大していますね。ああ、ちなみに、セレスはその後どうなったのでしょう？　殺されたのでしょうか？」

「殺されてはいない。四肢《しし》を切り落とされるなどの重傷を負った他、ダークリッチになにかしらの魔法を掛《か》けられたようだが、生きている」

「……なるほど。私たち同様、殺されはしなかった、と」

「そのようだ」

「……ダークリッチは、何故襲ってきた相手を殺さないのでしょう？　通常の魔物にはない行動です」

「……それもわからん。だが、魔物のすることだ。自分の手駒《てごま》に変える術があるなど、なにかしら狡猾《こうかつ》な理由があるのだろう。ダークリッチが仲間を増やしているのも、その狡猾さによるのかもしれん」

「……そうですね」

（殺しを避《さ》ける魔物……。世界を探せば、そういう魔物がいないわけではない。ラージェ皇国ではドラゴンが宰相《さいしょう》を務めていると聞く……。しかし、そんな魔物は片手で数えられる程。あのダークリッチが、人間に友好的かもしれないなどと考えるべきではない）

エマが無駄な希望を打ち消していると、団長が続ける。

「セレスが敗北した今、グリモワ近辺の町の領主が、軍を率いてダークリッチ討伐に乗り出すことが決まった。そこに、我ら聖騎士団にも応援要請《おうえんようせい》が入った」

「……珍《めずら》しいことですね。領主が我々に助けを乞《こ》うなど」

領主は教会関係者を好ましく思っていない。聖騎士団が神様のために生き、そして戦うのに対し、領主は自身の領地経営を主眼に置いている。神様の名を領地経営のために利用することはあっても、本人が敬虔《けいけん》な信者であることは稀《まれ》。

本来なら、教会関係者を排除《はいじょ》し、ダークリッチ討伐を自分たちだけの手柄《てがら》としたいくらいのはず。聖騎士団の力を借りれば、神様の加護のおかげで勝てた、と言われるようになり、領主としては面《おも》白《しろ》くない。

「……敵がダークリッチだからな。我々の敗北についても聞き、ダークリッチの討伐には聖女様の力が必要だと思い至ったらしい」

「……なるほど。しかし、それはつまり、エメラルダ様を戦場へ連れて行くということでしょうか?」

「そういうことだ。エマとしては心苦しいかもしれないが、楽観視できない状況なのも確かだ。時間が経《た》つほどダークリッチの勢力が増える上、本人もさらなる力を蓄《たくわ》える恐れがある。早急に対処し、今のうちに討伐しておくべきなのだ」

「……状況は、理解しています」

(エメラルダ……。あの子には、安全な場所で穏やかに暮らしていてほしかった……。ダークリッチの今までの挙動を見るに、積極的に殺しを行うことはないのかもしれないが、それも確実ではない。それに、怪我をさせることまでは避けていない)

　エメラルダが傷つく姿を想像し、エマは胸が酷く痛む。

（あの子が傷つく姿など見たくない。しかし、そもそも、あのダークリッチは殺さずに勝つ余裕があってこそ、今まで殺さなかっただけかもしれない。余裕がなくなれば何をするかわからない……。町一つ分の人間を消し去ったという魔法を使う可能性も……）

　悪い想像ばかりしてしまい、エマは顔をしかめる。

「エマ。落ち着け」

「……はい」

「次の戦《いくさ》には、聖女様の他にも、聖剣士アクウェル、そして暗部の者たちも同行するそうだ。聖女様と聖剣士だけでも心強いが、暗部の者とも力を合わせれば、ダークリッチも討伐できるだろう」

「……多少は希望が持てますね」

　聖剣術という特殊なスキルを持つ青年、アクウェル。セイリーン教会とは無関係の冒険者だが、魔物討伐において彼《かれ》に勝《まさ》る者はそういない。

　等級としては、準一等級。しかし、光魔法を使うセレスよりも、より魔物の討伐に向いている。

　暗部の者とは、概《おおむ》ね暗殺者のこと。領主はそれぞれお抱えの暗殺者を雇《やと》っているもので、かなりの実力者。味方にするなら頼もしい。

「討伐作戦の出立《しゅったつ》は五日後。グリモワに到着《とうちゃく》するのは、そこからさらに十日後といったところだろう。皆、心して備えよ」

　団員たちが一斉《いっせい》に頷く。

（こちらの規模は一万を超えるだろう。果たして、あのダークリッチ一人がどこまで抵抗できるのか……。下手に追いつめることで、悪いことが起きなければいいが……）

エマは胸のざわつきを感じながら、作戦成功を祈《いの》った。

◇◆◇◆◇

セレスの襲撃から五日が経ったが、特に事件は起きておらず、ユーライはのんびりした日々を過ごしている。

そして、この五日間で、当初の想定より早くセレスの傷を治すことができた。

ユーライの従者強化により、リピアの魔力を大きく底上げできたのがその一番の要因。

リピアの本来の魔力量は六千程度で、一人ではそこそこの回復魔法しか使えない。しかし、ユーライが力を貸せば、魔力量が数万を超えるような実力を発揮できたのだ。

もっとも、従者強化は無制限に従者を強化できるわけではない。強化しすぎるとリピアの体に負担がかかるため、強化はほどほどにし、休憩《きゅうけい》も順次挟《はさ》んでいる。

「……それで？　セレスはまだ帰らないの？　もう傷は治ったでしょ」

食堂にて、ユーライは朝食を摂るセレスに尋ねた。

傷が癒えたらセレスを送り返す予定だったのだが、何故かセレスはグリモワの町に居着いている。

朝食まで一緒に摂る始末だ。

食堂にはクレア、リピア、ラグヴェラ、ジーヴィが揃《そろ》っていて、セレスに注目している。

「負けっぱなしで帰れるか。私はお前に勝つまで帰らん」

「なにその負けず嫌《ぎら》い根性《こんじょう》……」

セレスはショートの金髪に金の瞳《ひとみ》の女性。年齢《ねんれい》な二十二歳。目つきも顔立ちも鋭く、いかにも戦士という風情《ふぜい》。身長も、女性ながら百八十センチはある。今は白銀の鎧を着ておらず、一般的な市民の服だ。

「ユーライ、私にかけた呪いを解け。それから再戦だ。次こそぶっ殺す」

「解くわけないじゃん。もう戦いたくもないし」

「解け」

「嫌だ。つーか、私に解かせるんじゃなくて、聖女様にでも頼んだら？　聖都にいるんでしょ？　よくわかんないけど、聖女様なら解けるんじゃない？」

「はぁ？　なんで私がセイリーン教会なんかに頭を下げなきゃいけねぇんだ。ふざけんな」

セレスが実に忌々しそうに表情を歪める。

「……なぁ、クレア。セレスはこんなこと言ってるけど、セレスと教会って仲悪いの？」

「そうみたい。どうも正義に対する根本的な考え方が違うらしい。セレスの教会嫌いは、こっちでは有名」

「正義の考え方？　どんな？」

「セイリーン教会、そして聖騎士団は、セイリーン教の神様が定めた正義に従って、神様のために戦う。

それに対して、セレスはセイリーン教徒ではないし、己が信じる正義に従って戦う。信じる正義が違うから、あたしたちは相容《あいい》れない」

「ふぅん……。色々と複雑なんだな。ってことは、クレアとセレスって仲悪い？」

「あたしはなんとも思っていない。そもそも、あたしはもう聖騎士じゃない」

「そっか。セレスはどうなの？　クレアのこと、嫌《きら》い？」

「聖騎士崩《くず》れなんざどうでもいい」

「……あ、そう」

「聖騎士崩れ、か。ふふ……面白いことを言う……」

クレアが未《いま》だかつて見たことのない、黒い笑みを浮かべている。

（大丈夫？　クレア、闇落ちしてない？）

「は！　聖騎士が魔物に負けてアンデッドになった挙げ句、さらには魔物のために働いているなんて滑稽だな！　聖騎士の誇《ほこ》りがあるんなら、魔物側につくより死を選ぶだろ！」

クレアが静かにセレスを睨《にら》む。空気がぴりつき、火花でも生じそうになる。

「……あたしが聖騎士としての誇りを失ったのは事実かもしれない。あたしは聖騎士として死ぬより、アンデッドとして生きることを選んだ。だとしても、己の中にある正義の全てを捨て去ったわけじゃない」

「お前に何か残ってるのか？　聖騎士なんてのはよ、神のため、を除いたらなんも残らねぇ操り人形だろ？　正義も自分で決められねぇ、誰かが決めた正義に乗っかって戦うつまらねぇ連中さ！　私にだって信じる神はいるが、何が正義かは自分で決める！」

クレアが数秒眼《め》を閉じ、そして、自嘲《じちょう》気味に笑う。

「確かにそうだったのかもしれない。あたしは、神様にすがって生きてきた。今のあたしも、まだ空っぽの人形のようなもの」

　クレアが目を開き、セレスを再び睨む。

「けれど、あなたの安い挑発《ちょうはつ》に乗るほど、ユーライの隣にいるあたしは弱くない」

「ちっ。お前にとってその魔物が一体なんなのか知らないが、結局すがってんじゃないのか？」

「……ユーライは、あたしがすがれるほど立派な存在じゃない」

（おい。何か失礼なこと言ってないか？）

　ユーライの密かなつっこみなど気にするわけもなく、クレアは続ける。

「ユーライは神様のように強くないし、安定してもいない。だから……あたしは、ユーライを支える。ユーライがただ穏やかな日々を送りたいと願うなら、そのために力を貸す。神様の言う通りではなく、あたしの意志で」

「ああ、そうかい……。ちっ。アンデッドの分際で、ツラツラとしょうもないことを語りやがる」

「言わせたのはあなた。けど、確かにしょうもない話だった」

　言いたいことは言い切ったか、クレアが普段の無表情に戻る。ユーライはほっと一息。

（私のことも、割と大事に思ってくれてるってことでいいのかな？　それはそれで嬉しい話だ）

「えーっと、それで、話は逸れたけど、結局セレスは帰らないわけ？　私、セレスと戦うつもりはないよ？」

「お前をぶっ殺すまで帰らん」

「あ、そ。滞在《たいざい》したければ好きにしていいけど、暇なら表の連中を手伝ってくれよ。町の清掃とか、まだまだ人手が足りないんだから」

「なんで私が駆け出し冒険者みたいなマネをしないといけないんだよ！　奴隷盗賊たちにやらせとけ！」

「あいつらは奴隷じゃないっての。もう、セレスは好きにすればいいよ」

「ああ、そうさせてもらうさ！　っていうか、もっと美味《うま》い飯は作れないのかよ！　固《かた》い肉ばっかり食わせやがってよ！　パンももっと上手《うま》く作れねぇのか！」

「贅沢言うな。この町じゃ新鮮《しんせん》な肉とか取れないし、上等な料理人がいるわけでもない。調味料は普通に使えてるんだから、結構まともな食事だろ？　嫌なら食べるな。っていうか帰れ」

「ちっ！」

口の悪いセレスは、結局もりもり食事をしてから食堂を去っていった。文句を言いたいだけで、食べられるなら何でもいいという気質もありそう。冒険者はまともな食事ばかり摂れるわけじゃないだろうから、質素な食事にも慣れているはず。

「やれやれ」

ユーライはセレスの態度の悪さに呆《あき》れ、大きく溜息。

「あれ、生かしておく価値あった？」

「クレア、落ち着いて。あいつの価値を決めるのは私たちじゃないだろ？　私たちにとっては単なる不快な存在でも、別の誰かにとってはそうじゃないかもしれない。害がないなら、殺す必要はない」

もっと酷い連中を見たことがあるからか、まぁ可愛《かわい》いもんだな、とユーライは思う。

そして、締《し》めくくりに一言続ける。

「ちょっと不快に思うってだけで人を殺すのは、私の目指すところではないよ」

朝食後、ユーライが食堂を出ようとしたら、リピアに引き留められた。

「ユーライ、ちょっと頼みがある」

「ん？　何？」

「最近、北の森に魔物が増えてきてるんだ。グリモワの冒険者がいなくなって、魔物を減らす者がいなくなったのが原因みたい。森に隠れ住んでる無眼族だけだと手に余るから、ユーライにも魔物退治を手伝ってほしい」

「ああ、そういえば、最近はダンジョンに行くときに魔物に遭遇《そうぐう》しやすくなったかも」

暗闇《くらやみ》のダンジョンがある北の森には、魔物が出没《しゅつぼつ》する。あまり強い魔物ではないし、自発的にユーライを襲うこともないのだが、一般的には厄介な存在だ。

また、魔物は普通の動物よりも繁殖力《はんしょくりょく》が強いらしい。狼型の魔物などは生後一ヶ月程度で成獣となる。ただ、数が増えすぎると自然と増加が緩やかになるそうで、森が魔物で溢れかえることはあまりない。

「こんなお願いをするなら高額の報酬《ほうしゅう》を用意するべきなんだろうけど……あちしらに用意できるのはこれくらいで……」

リピアが差し出したのは、銀細工の指輪だった。何かの模様が描《えが》かれており、とても綺麗。

「それは？」

「魔力を感じやすくする指輪。第三の目とも呼ばれてる。これを身に着けると、無眼族じゃなくても、無眼族と同じくらい、魔力の気配で周囲のことがわかるようになる。あちしら無眼族はただの装飾品《そうしょくひん》として使ってて、村では特別な高級品としても扱われてないけど、一般的には貴重品みたい」

「へぇ……。それは便利そうだ。はめてもいい？」

「あ、あちしがはめてあげるっ」

リピアはユーライの左手を取り、薬指にその指輪を通した。指輪のサイズは自然に調整されるようで、ユーライの指にもピッタリ合う。

（左手薬指……。結婚指輪《けっこんゆびわ》みたいだけど、こっちでは何か意味があるのかな？）

その指輪をはめたことで、魔力感知の能力が上がったように思う。目を閉じてみると、暗闇の世界の中で、はっきりと周囲の状況が感じ取れる。人はもちろん、無機物にも魔力が宿っているのがわかる。

「わ……すごいな。今までもなんとなく魔力っぽいものは感じ取ってたけど、もっとはっきり知覚できる」

前後左右上下。全ての物を感じ取れるので、死角がない。戦闘ではかなり有利になりそうだ。一方で、見えすぎて煩《わずら》わしいという感覚もあるし、あくまで感じ取れるだけで、全方位に等しく意識を向けられるわけではない。どこかに意識を集中すれば、他の意識は逸れる。

そして、意識を集中させると、壁の向こうのことまで認識できる。壁二枚分くらいなら透視《とうし》できるようだ。

（……これ、結構えっちぃ能力だな。服も透《す》けて見える。男のままだったら赤面してたよ）

もっとも、輪郭《りんかく》がはっきり見えるというより、魔力の流れを感じ取ることで大まかな形が想像できるという具合ではある。

ユーライは目を開ける。指輪の力は調整できるようで、魔力感知の感度を下げようと思うと、感覚が今までと同程度になった。見えすぎても大変なので、普段はこれで良さそうだ。

「いいな、これ。報酬としては十分だよ」

そもそも、お金には困っていない。領主の城を占拠《せんきょ》しており、宝物庫の中身はもうユーライのものと考えていいので、これ以上は必要ない。

「十分なら良かった。それで魔物退治をお願い」

「わかった。じゃあ、早速《さっそく》行こうか。クレア、それでいい？」

「……別に、いい。けど」

クレアがユーライの左手を掴《つか》み、指輪を取り外す。

「クレア？」

「……あなたは知らないかもしれないけど、左手薬指の指輪は婚約や結婚の証《あかし》。アクセサリーとして着けるのなら、普通は他の指にする」

クレアはユーライの左手中指に、指輪をはめなおす。

「へぇ……そうなんだ……」

クレアの目が酷く冷たい。セレスの腕を切断したときくらいの冷たさだ。

「リピア」

「何？」

「無眼族が指輪に対してどんな文化を持っているかは知らない。こっちではそういう文化があるから、気軽に左手薬指に指輪をはめないように」

「はぁい」

クレアの冷めた視線を受けても、リピアはにっこりと微笑むのみ。

もしリピアに目があれば、にらみ合っている状況になるのではなかろうか。

（え？　何？　何かが始まってる？）

「ユーライ、ごめん。今度から気をつけるね。それと、魔物退治はあちしも一緒に行きたいな」

「ああ……うん。地上の魔物なら、リピアが一緒でも……」

「ユーライ。万一ということもある。あたしと二人で行こう」

クレアの有無《うむ》を言わせぬ声音《こわね》。ユーライは頷く以外の選択肢を取れなかった。強化すればまず問題ないよ、とも言えなかった。

リピアが若干顔をしかめる。それから、リピアはユーライの耳元に口を寄せ、ひそひそと囁《ささや》く。

「じゃあ、今夜はあちしの部屋で一緒に寝てくれない？　一人じゃ寂しいの」

ユーライが返事をする前に、クレアがユーライを引っ張ってリピアから引き離《はな》す。

「ユーライ、さっさと行こう。魔物退治は早い方がいい」

「あ、うん、え」

「ユーライ、今夜、待ってるから！」

「お、ん？」

ユーライは混乱したままで、クレアに手を引かれながら歩く。

「あのー、クレア？」

「何？」

クレアは、何も問うな、という雰囲気。

ユーライは何も問わず、クレアの導きに従った。

◇◆◇◆◇

ユーライとクレアが去っていくのを眺《なが》めながら、リピアは軽く溜息をついた。

（あの二人、いっつも一緒にいる。クレアはずるいなぁ……）

クレアは夜もユーライと一緒に寝ているらしい。リピアは、それをとても羨《うらや》ましく感じてしまう。

（……この気持ちは、恋ではない、と思う。たぶん、アンデッドとその作製者の間に生じる独特な執着《しゅうちゃく》。あちしも、もっとユーライに触れていたい……）

この気持ちがはっきりと芽生えたのは、ユーライの力を借りてセレスの治療を行ってから。

全身をユーライの魔力で満たされる感覚が心地好くて、気持ち良くて、もっとユーライに近づきたいと思うようになってしまった。

（あちしには回復魔法くらいしか取り柄《え》がないし……自分一人だと戦う能力も低い……。でも、ユーライがあちしを生かしたんだから、あちしだってユーライの側にいていいはず。クレアに独占《どくせん》なんてさせない）

指輪を左手薬指にはめたのも、特別な意味を込めてのこと。

無眼族に結婚指輪の風習はないのだが、この地域の人間がそういう風習を持っているという知識はあった。

結婚という意味はなくとも、特別な存在として認識してほしい。そんな思いから、リピアはユーライの左手薬指に指輪をはめた。

(恋ではない。けど、あちし、ユーライのことは好きかも。あちしたちのこと、全然差別する意識もない……)

無眼族はよく人間に差別される。人間とも魔物ともつかない化け物だと言われて。

しかし、無眼族の見た目が不気味じゃないかと問いかけたとき、ユーライは答えた。

『顔に目がないとか、肌《はだ》の色が違うとかどうでもいいよ。本当に恐ろしい化け物ってのは、もっと根本的な部分が化け物なんだよ。外見じゃない』

はっきりとそう言ってくれたことが、リピアは嬉しかった。

アンデッドとしてユーライと共にあるのはほぼ確定事項《じこう》だが、それもいいと素直《すなお》に思えた。

(クレアだって、ユーライと過ごした時間が特別に長いわけじゃない。あちしだって、まだまだこれから)

決意を固めて、リピアは今日も城内の清掃活動に励《はげ》むことにした。

◇◆◇◆◇

ユーライとクレアは針葉樹の森を行く。

北の森にいる魔物は、せいぜいダンジョンの地下五階までくらいの魔物。大半は六等級で、たまに五等級が交じる。

ユーライからすればあまり強くはないのだが、一般的な強さの人からすると危険はある。リピアたちも単独では五等級らしいので、森を歩くのも決して安全ではない。

リピアからもらった第三の目を活用しつつ魔物を探し、駆除《くじょ》していくこと数時間。森は広いので全てを駆除することなど到底《とうてい》不可能だが、数百の魔物を狩った。

ダンジョン内の魔物と違い、地上の魔物は倒しても霧《きり》になって消えることはない。死体が残り、放っておけば腐る。腐る前に他の魔物に食われることも多いので、放置していてもあまり問題にはならない。

ちなみに、魔物の肉は食用には適していないらしい。食べられないことはないが、非常に不味《まず》い。固いし臭《くさ》いしで、最悪だとか。よほど食料危機に陥らないと誰も食べない。

ユーライは逆にその味が少し気になったが、結局挑戦《ちょうせん》するのは止めた。クレアがものすごく嫌そうな顔をしたのだ。もしかしたら、魔物食は昆虫食《こんちゅうしょく》と似たような認識があるのかもしれない。

また、寒い地域なのに魔物は平然と生息している。寒い地域にはその寒さに適応した魔物がいるそうだ。

「なぁ、クレア。ちょっと魔物の死体を使って実験していい？」

フォレストウルフの大量の死体を前に、ユーライはクレアに声をかける。

「……何をするつもり？　魔物とはいえ、死体をもてあそぶのは感心しない」

「もてあそぶっていうか、戦力増強を許ろうかなって。クレアの予想だと、次はもっと大規模な敵が来るんだろ？　それこそ、数千から万を超える軍とか」

「それは来ると思う。一等級の力を持つ冒険者が戦いに敗れたなら、国としてしっかり対応してくる可能性は高い」

「私もそれはあると思うけど、私たちの中でまともな戦力って三人だけだろ？　私、クレア、ギルカ。他の皆はせいぜい四等級から五等級だっていうし、軍隊を相手に戦わせられない」

「それは、そう。戦わせたらおそらく死ぬ」

「だよな。圧倒的に数が足りないのを、私が補う必要があると思う。不死者の軍勢っていう魔法も一つの手だけど、なるべく手札は多くしておきたい。その一つとして、魔物の死体を操って戦うのはどうかな？」

「……何事も試してみるのはいいと思う。でも、ますます人間から嫌われるかもしれない」

「……まぁ、な。けど、備えだけはしておきたい」

「わかった。そういうことなら、仕方ないと思う」

「うん。じゃ、やってみる」

ユーライは傀儡魔物を使い、周囲のフォレストウルフを一カ所に移動させる。

それから、まずは三頭のフォレストウルフを積み重ね、右手を添える。

「魔改造」

イメージするのは、三つの頭を持つ狼。体長一メートル半のフォレストウルフ三頭を合成し、一つの体とする。

黒紫《くろむらさき》の光が放たれた後、頭は三つ、さらに体は三頭分の、ケルベロス風のフォレストウルフが誕生した。

「うん、上手くいった」

傀儡魔法を使い、ユーライは三首フォレストウルフを動かしてみる。四足歩行の動きをスムーズに再現するのは難しいが、やがて慣れていく。

ただ、外見はケルベロス風でかっこいいと思ったけれど、戦闘において使い勝手が良くなさそうだ。頭が三つあるより、三頭で戦った方が効果的だと思われる。

「うーん、異形《いぎょう》の魔物として相手をびっくりさせる効果はあるかもしれないけど、実戦的じゃないか……」

「その魔物なら、むしろ簡単に倒せると思う」

「だよな……。単純に寄せ集めて一頭の巨大な狼にするか、もしくは……」

魔改造を再度試す。今度は、体は人間、頭は狼の、ワーウルフを作製。五頭分の死体を使ったので、身長三メートル超えの、かなりたくましいワーウルフになった。

「お、これいいんじゃない？　人型は扱いやすいし、このサイズなら破壊力も期待できる」

試しに、直径一メートルほどの木を殴らせてみる。ただのフォレストウルフであれば牙《きば》で表面を削ることしかできなかったが、このワーウルフの一撃は木をへし折ることに成功した。

「これはいい。けど、力加減を間違えるとすぐに壊れちゃいそうだ」

人造ワーウルフの右手がひしゃげてしまっている。骨がつきだし、血も滴る。

ユーライがその手を魔改造で修復していると、クレアが助言。

「人型にするのなら、武器を持たせてもいいと思う。町には使い手のいない武器がたくさん余ってる」

「確かに。武器を使えば体はもっと長持ちするな」

次、単純に巨大な狼を作ってはみた。迫力《はくりょく》はあるものの、やはり四足歩行の獣は扱いづらい。それに、戦い方が噛《か》みつくか体当たりしかないので、対人戦闘向きとも思われない。

「操るなら人型がいいか……」

「ユーライがそれをちゃんと操れるかも問題。自動的に戦うのではなく、ユーライが操るのであれば、あまり複雑な動きをさせるのは難しい」

「それもあるなぁ……」

「それに、正直、わざわざ死体を操る暇があるなら、ユーライが自身の他の魔法を駆使《くし》して戦う方が脅威になる。例えば隠蔽魔法も、自分そのものや魔法の気配を消す使い方もできるはず。見えない敵と戦うのはとても難しい」

クレアの指摘ももっともだった。

ユーライは戦闘のプロではなく、経験も浅いので、自身の魔法を有効活用する方法がまだよくわかっていない。少なくとも、死体の改造や操作はあまり有効ではなさそうだ。

「ってことは、死体を改造するより、この辺の魔物を生かしたまま精神操作で操る方がいいのか……。あ、魔改造で強化しておくのもいいかも。これならわざわざ死体を改造する必要もなかったなぁ」

「……生き物を操るのもまた、随分《ずいぶん》と恐ろしいことだとは思う」

「まぁ、な。でも、私にとっては、その辺の魔物の命や尊厳より、クレアたちの方が大事だから」

「……そう。やるなら、ほどほどに」

「うん」

「ついでに、セレスを精神操作で操ってみたらどう？　いい戦力になる」

「それは流石《さすが》に止めとくよ。少なくとも、切羽詰《せっぱつ》まった状態じゃなければ。人間の意思を奪って無理やり戦わせる魔物だなんて思われたら、ますます世界の敵として恐れられちゃう」

「……そう。確かに、先々のことを考えるなら、控《ひか》えた方がいいかもしれない」

「うん。そういうことで、まずは引き続き魔物を使って実験してみよう。他の魔法を活用する方法も探《さぐ》ろうかな」

　一応、ユーライはそれからも思いつく限りの実験をした。

　ダンジョン内からより強力な魔物を連れてくるという案も思いついたが、帰りが遅くなりそうなのでそれは後日試すことにした。

　実験等々が終わる頃に、クレアが言う。

「ところで、魔改造でユーライの人形を作ることはできる？」

「うん、できるよ。それがどうかした？」

「リピアがユーライと寝たいと言っていたから、人形でも渡してみてはどうかと思って」

「……死体で作った人形とか嫌だろ。どんな嫌がらせだよ。つーか、そもそもリピアは見た目で私を私と認識してるわけじゃないから、人形なんて欲しがらないよ」

「なら、ユーライはリピアと寝るつもり？」

「んー、三人で寝るのはどう？」

クレアが嫌そうに眉《まゆ》を寄せる。

「え？　そんなに嫌？　もしかして、クレアって亜人が嫌いなの？」

「別に。好きでも嫌いでもない」

「じゃあ、一緒に……」

クレアが眉を寄せる。

（嫌そうだ……。でもなぁ……）

「……リピアを放っておくわけにもいかないだろ？　ラグヴェラとジーヴィがいるとはいえ、もう皆とは違うって気持ちはあると思う。一人でいるのが寂しいっていう気持ちもわかるし、一緒に過ごすのを許してやってよ」

「……それは、命令？」

「……命令ってことで」

「………仕方ない」

クレアは大きく溜息をつき、それからユーライの体を引き寄せ、ぎゅっと抱きしめた。

身長差から、ユーライの顔がクレアの胸部に埋《う》まる。その柔《やわ》さに喜びを感じるより、混乱が勝る。

（え？　これは何？　なんで抱きしめられた？）

クレアはなかなかユーライを離さない。氷点下の気温の中、クレアの体温が心地好いと、ユーライは思う。

なお、ユーライ、クレア、リピアの体温は、どうやら三十度程度らしいとわかっている。体温はあるのだが、アンデッドではない生き物にとっては冷たい体だ。抱き合って心地好いと思えるのは、アンデッド同士だけ。

「……クレア?」

「あたしをこんな体にしたのは、あなた」

「うん……?」

「責任は取ってもらう」

「ちょっと、どういう意味で言ってるのかわからない」

「……あたしはあなたに、恋にも似た執着を感じるようになっている」

「そうなの?」

「あなたにアンデッドにされた影響《えいきょう》だと思う。あなたに触れていたいし、あなたを害するものが嫌いだし、あなたに構ってほしい」

「そんな影響もあるのか」

「そう。あなたは緩やかにあたしを変化させている。別に、それが嫌なわけでもない。あなたの隣は心地好い」

「そう……」

「他の子を気にかけてもいいけれど。あたしをほったらかしにしたら、許さないから」

「……わかった」

（アンデッド化の副作用か……。私の魔力を大量に注いで作るものだし、普通とは違う執着が生まれるのも無理ない。ってことは、リピアの発言も、その執着から来るものかもな……。アンデッドを増やしすぎると修羅場《しゅらば》が生まれそうだ……）

クレアがユーライを解放する。

クレアの表情は、恋する乙女《おとめ》のような可愛らしいものではない。崇拝《すうはい》対象を見ているかのようだった。

ユーライは、若干居心地が悪くなる。

「……私、クレアの心を壊してしまったのかな?」

「そんなことはない。今までのあたしに、あなたへの執着が加わっただけ。根本から何かが変わったわけじゃない」

「そっか。それなら、まだいいかな」

「うん。……でも、やっぱりもう少し」

クレアがユーライを再び抱き寄せる。魔物が現れるまで、クレアはユーライを離さなかった。

来《き》たるべき戦いに備えて過ごすこと、十日ほど。

よく冷えた朝に、事態は動いた。

「ついに来ちゃったかぁ。あれ、どれくらいの人がいるんだろ？」

ユーライは城の窓から南の方を見る。地平線の彼方《かなた》から、千や二千どころではない数の兵が押《お》し寄せている。

「一万くらいはいそう。なかなか大規模に動かしてきた」

ユーライの隣《となり》で、クレアが答えた。

「一万……。あれを倒《たお》すのは流石《さすが》に大変そう。いい具合の手加減は難しいかな」

ある程度の備えはある。しかし、一万を相手にすれば、決して余裕《よゆう》があるとは言えない。

「敵に被害《ひがい》が出てしまうなら、もう仕方ない。平穏《へいおん》に暮らそうとするあなたを、一方的に襲《おそ》う方が悪い」

「今からでも、話し合いで解決はできないかな？」

「無理だと思う。話し合うつもりがあるのなら、軍より先に使者を遣《つか》わせてきたはず」

「そっか。なら、仕方ないか」

ユーライは後ろを振《ふ》り返り、まずは無眼《むがん》族のラグヴェラ、ジーヴィに指示。

「危ないから、二人は北の森にある自分たちの里に逃《に》げていてくれ。安全だってわかるときまで、出てくるな」

二人が頷《うなず》く。

「リピアにも本当は逃げていてほしいんだけど……」

「あちしはユーライと一緒《いっしょ》にいる！　回復魔法《まほう》を使えるし、いざというときは役に立つはず！」

「……わかった。もうそれでいい。ただし、絶対死ぬなよ」

「わかってる」

「ん。そんで、セレスはどうするわけ？　邪魔《じゃま》はしてほしくないんだけど」

結局、セレスは城に居着いている。お互《たが》いに仲間という認識《にんしき》はなく、セレスはいつも一人で好き勝手やっている。

「私は眺《なが》めてる。強大な魔物と軍の戦い、面白《おもしろ》そうじゃないか」

「あ、そ。私はあんたを守るつもりもないから、勝手に身を守って」

「言われなくても」

「ん。外のギルカたちはもう動き始めてるからいいとして、それじゃ、各自行動開始」

ユーライ、クレア、リピアの三人は、一旦《いったん》各自の部屋に戻《もど》って装備を調《ととの》えた。

ユーライは、城の中にあった最も防御《ぼうぎょ》力《りょく》の高い真紅《しんく》のローブを身にまとう。紅凰《こうおう》のローブというらしい。高いアンチマジック性能がありつつ、上等な防刃《ぼうじん》効果もある。

さらに、風と雷《かみなり》の魔剣《まけん》を腰《こし》に差し、身長大の艶姫《えんき》の杖《つえ》を持つ。細い枝が絡《から》み合い、先端《せんたん》で妖《あや》しい紫《むらさき》の花を咲《さ》かせるこの杖は、暗黒魔法と相性《あいしょう》が良く、さらに広範囲《こうはんい》魔法を使う際のサポート性能が高い。

クレアの武器は相変わらず雅炎《がえん》の剣《つるぎ》。この世に斬《き》れないものはないと言われるほど鋭《するど》い切れ味を誇《ほこ》り、かつ、炎属性の魔法をまとわせることもできる。

防具は聖騎士《せいきし》の鎧《よろい》を使用。アンチマジック、防刃、どちらをとっても、町の中にあるどんな防具よりも性能が高い。ただ、もう聖騎士ではないからと、鎧に刻まれた紋章《もんしょう》を塗《ぬ》りつぶしている。

リピアは蒼華《そうか》のローブ、癒神《ゆじん》の杖という魔法使いセットに加えて、白竜鱗《はくりゆうりん》の盾《たて》を持っている。その盾は通常騎士が持つ代物《しろもの》だが、後ろに控《ひか》えて身を守るのが最優先のリピアには丁度良かった。

リピアが元々持っていた精霊樹《せいれいじゅ》の杖も良い品なのだが、今は使用を控えている。ユーライの魔力で強化されたときに魔法を使うと、あの杖は負荷《ふか》に耐《た》えられず軋《きし》んでいたのだ。

装備を調えたら、ユーライたちは南門へ向かう。

途中《とちゅう》でギルカとも合流して、南の外壁《がいへき》の上に登った。

「一万の軍隊か……。実際目にすると壮観《そうかん》だなぁ」

南の草原を進む万の兵士たち。一人一人の力はユーライからすると取るに足らない相手かもしれないが、数が揃《そろ》うと脅威《きょうい》と感じられる。

「開戦まではもう少しかかるか」

敵はまだ数キロ先にいる。お互いに攻撃《こうげき》を仕掛《しか》けるにはまだ遠い。

「ギルカ、部下の避難《ひなん》は大丈夫《だいじょうぶ》？」

「ええ、大丈夫です。一応町を出るようには言ってありますが、こっちの大将がここにいるわけですし、町に攻《せ》め入ることもないでしょう」

「せっかく掃除《そうじ》してるんだし、町は壊《こわ》さないでほしい」

「まったくです」

「……あ、雪が」

ユーライとしては嬉《うれ》しい薄曇《うすぐも》りの天気。ついに雪がちらつき始めている。風も冷たい。

「あまり酷《ひど》くならないでほしいな」

「この天気なら、ちっとばかしちらつく程度ですよ」

「そっか。ギルカは寒くない？」

ギルカは今でもヘソ出しの服を着ている。薄手《うすで》で寒そうなその服は、魔物を主食とする鬼食《おにく》い蜘《ぐ》蛛《も》から取れる糸で編んだ品らしい。甲冑《かっちゅう》ほどではないが、見た目に反して防御力は高め。生地《きじ》そのものが硬《かた》いのではなく、魔法や刃《は》が逸《そ》れる魔法が組み込《こ》まれているのだとか。

「おれは元々体温高いから平気です。寒いのは得意なんですよ」

「それは良かった」

敵が少しずつ、しかし確実に接近してきている。

「……ううん、緊張《きんちょう》するなぁ。敵が多い……。本当に勝てるかなぁ……」

ユーライの手を、クレアがそっと握《にぎ》る。籠手《こて》でごつごつした感触《かんしょく》になっているが、力強さを感じた。

「ユーライなら勝てる。心配するべきは、どれだけ被害を抑《おさ》えられるかということ。誰《だれ》も殺さずに勝つことは無理」

「……はぁ。やだねぇ、殺しなんて。あいつらは悪人でもないのに」

盗賊《とうぞく》などとは違《ちが》い、真っ当に生きて兵士をしている者たちが、今回の敵。ユーライとしては、全く気が乗らない戦いだ。

「相手は悪人ではない。でも、死を覚悟《かくご》して戦う兵士。ユーライは気に病《や》まなくていい」

「いや、死を覚悟してるなんて、そんなのは嘘《うそ》だよ。兵士だって、自分は死なないと思ってるから兵士になる奴《やつ》が大半だよ。そうじゃなかったら……クレアはここにいない」

「……そうかもしれない」

「あーあ。やだやだ。でも、自分が死ぬのも嫌《いや》だし、戦うしかないかー……」

ユーライが深い溜息《ためいき》をつくと、ギルカがユーライの肩《かた》を叩《たた》く。

「ユーライ様ってめちゃくちゃ強いのに、意外と繊細《せんさい》なところありますね」

「……私は戦う力があるだけだし。他はただの子供だし」

「そうですか……。まともな精神してる奴が、殺しを気に病まずにいるなんて無理です。たぶん、一生ついて回るものがあります。殺し以前のように楽になることはありません」

「……ギルカもそう？」

「ええ、そうですよ。でも、自分が死ぬことを許せないなら、戦って、殺さなきゃいけないこともあります。殺さざるを得なかったときには……このクソな世界に向かって、ふざけんなって罵倒《ばとう》しながら、どうにかやっていきましょう」

「……そうだな」

二人と話をしていくうちに、ユーライも少しずつ落ち着いていく。

ほど良い緊張《きんちょう》感に、集中力が増す。

「ねぇ！　いざとなったらあちしが治すから！　大丈夫！」

リピアが若干震《じゃっかんふる》える声で宣言。

（この中で一番怖《こわ》いのはリピアだよな。この子の前で、私もあまりビビってばかりいられない）

「ありがとう、リピア。頼《たよ》りにしてる」

「うん！」

「ん。ま、仕方ない。戦うとしよう。三人とも、死ぬなよ」

「それが命令であれば」

「死にませんよ」

「まだまだ死ねない！」

敵が近づく。戦いが、始まる。


両者にまだ二キロほどの距離《きょり》がある中、先に攻撃してきたのは敵の方だった。

炎、風、水、雷……各種魔法が飛んでくる。

「二人とも下がって。もう攻撃してきた。私を狙《ねら》うなら……吸収でいいか」

飛来した諸々《もろもろ》の攻撃を、直径四メートルほどの黒い円が吸い込んでいく。

吸収は主に魔法や魔力を取り込み、餌《えさ》にしてしまう魔法だ。守れる範囲は限られているものの、一方向からの自分への魔法攻撃に対してはほぼ無敵の盾。人に触《ふ》れた状態で使えば、体力も魔力も吸い込んで戦闘《せんとう》不能にすることもできる。

「私だけを狙ってくれればいいけど、微妙《びみょう》に逸れたやつが町の建物に当たるな……。始まっちゃったし、応戦しよう。まずは、苦痛付与《ペイン》」

苦痛付与《ペイン》は見える範囲の敵を一度に攻撃できる。一発で終了《しゅうりょう》しないものかと期待したのだが……。

「あれ？　発動してない？　ってことは……聖女が来てる？」

ユーライは、事前に聖女の力をある程度聞いている。優《すぐ》れた守護の力を持ち、闇系統の魔法をほぼ防いでしまう、と。

「……敵軍の後方にエメラルダ……聖女がいる。闇属性魔法に対する対魔法結界を張っているから、その魔法は通じない」

クレアの声は少し暗い。

「エメラルダか。例の子が来ちゃったわけね」

エメラルダは、クレアが聖騎士をしていた頃《ころ》の友人。クレアは、できれば戦いたくないし、殺したくもないと言っていた。

「なるべく殺さない方針で……なんていつまで言ってられるかわからないけど、とにかく努力はする。苦痛《ペイン》付与が通じないなら……これはどう？　不死者の軍勢、発動」

ユーライは、体内から膨大《ぼうだい》な量の魔力が抜《ぬ》けていくのを感じる。

そして、外壁の下の地面に数千に及《およ》ぶ魔法陣《じん》が現れて、そこから次々とスケルトンが出現。その手には、骨でできているような白っぽい剣と盾。

この魔法で出せる中では、スケルトンは弱い魔物。もっと強い魔物を出せば殲滅《せんめつ》は容易《たやす》くなるかもしれないが、なるべく殺さない方針のため、使うのはスケルトンにしている。

「聖女の魔力量はせいぜい五万程度だってな。こっちの軍勢に十万弱の魔力を込めたけど、どこまで対抗《たいこう》できるかな？」

スケルトンの軍勢が進軍を開始する。敵の魔法は、ユーライだけではなく、スケルトンにも向き始める。着弾《ちゃくだん》すると、スケルトンたちはあっさりと粉々に。

「あらら。やっぱりちょっとモロいな」

一体ずつの力量は、せいぜい五等級。リピアだって倒すことができる。

しかし。

粉々にされたスケルトンは、すぐさま元の形を取り戻す。

「不死者の軍勢はしぶといぞ？　無限にとは言わないけど、壊しても壊しても復活するから、本質的な数は数万を軽く超《こ》える」

不死者の軍勢が敵軍に向かって駆《か》けていく。敵の魔法は幾度《いくど》となく飛来し、その度《たび》にスケルトンたちが粉砕《ふんさい》されていくのだが、結局元に戻って進軍を続ける。

（こっちとしては心強い。でも、相手からすると恐怖《きょうふ》だよな）

ユーライの目には、顔をしかめる兵士たちの表情が見えている。

「クレア、あれだけで勝てるってことはないかな？」

「……あれだけではおそらく不可能。相手に聖女も聖属性魔法の使い手もいなければ勝てただろうけど」

「そっか。私の力って、聖属性にとことん相性悪いんだな」

「相性は悪いかもしれない。でも、あなたの魔力量を考えると、相性の悪さは覆《くつがえ》せる」

「結局ごり押しか……。そっちであまり消耗《しょうもう》してられないんだけどな……」

ユーライたちがしばらく見守っていると、不快なほどに強い光が敵軍から放たれ、スケルトンたちを照らす。

百を超《こ》すスケルトンたちが一斉《いっせい》に破壊《はかい》され、消滅《しょうめつ》する。

「あれが聖魔法ってやつ？」

「そう。聖魔法、浄化《じょうか》の光。闇属性の魔物を消し去る強力な力」

「こっちに向いたら怖いな……。あ、また消された。このペースだとすぐにやられちゃわない？」

「大丈夫だと思う。浄化の光は強力だけど、エメラルダは防御も疎《おろそ》かにできない。魔力を回復しつつ戦うにしても、二十回、三十回と使えるわけじゃない」

「それならまだ大丈夫か。聖女の他に脅威はいる？」

「……いる。あれは、聖剣術の使い手、アクウェル。聖女と違って攻撃特化。戦闘力としては準一等級らしいけれど、魔物に対する力は一等級並み」

クレアが指さす方をユーライも見てみる。第三の目を使うと魔力感知能力が底上げされるから、嫌な気配をまとう若い男性をすぐに発見できた。

その男はまだ馬に乗って移動しているだけだが、スケルトンたちと接触《せっしょく》すればすぐに動き出すだろう。

「あいつか……。近づきたくない相手だ」

「ユーライ様。そういう奴の相手はおれに任せてください。準一等級なら、おれでも倒せます」

「ん……。ギルカ、頼《たの》む。けど、無理しないで。死んだらアンデッドにして復活させちゃうから」

「まぁ、それはそれで悪くないですが」

「おいおい……」

（アンデッドはそんなに増やしたくないぞー。副作用ゼロとはいかないみたいだし……。それはそうと、聖女の限界は近いかな）

浄化の光でスケルトンたちは順次消滅していくが、やがてその光が途切れ途切れになっていく。聖属性の気配をまとう金髪《きんぱつ》の少女は、酷く憔悴《しょうすい》しているようだった。

「スケルトンだけでも結構押せそうではある。でも、こっちも出撃させておこうか」

ユーライは、精神操作で支配している魔物たちも、兵士の方に向かわせる。

まずは、町の中に待機させていたフォレストウルフ百頭だ。他に、町の内外に千近くの様々な魔物が待機している。それらも順次南の方に向かわせる。

千の魔物に逐一《ちくいち》精神操作を施《ほどこ》すのは大変だったが、死んでも構わない兵隊を集めるのには有効な手段だった。

なお、暗闇《くらやみ》のダンジョンから強力な魔物を連れ出すという作戦は失敗している。精神操作を施しても、各階層から外に連れ出すことはできなかった。ユーライが外に出られたのが不思議なくらい。

しばらく様子を見ていると、ついに両軍が衝突《しょうとつ》し始める。一般《いっぱん》の兵士がスケルトンと一対一で戦っていくのに対し、聖剣術使いアクウェルは、一振りで二十、三十とスケルトンを屠《ほふ》っていく。一撃の破壊力《はかいりょく》は聖女より控えめだが、全く疲《つか》れる様子もないので、最終的には聖女よりも良い成果を出すだろう。

（聖属性の攻撃特化……。厄介《やっかい》な相手だ）

ユーライがアクウェルとの戦い方を検討していると、ギルカが言う。

「高みの見物もいいもんですが、おれはそろそろ下に下りて戦いに備えます」

「うん。ギルカ、気をつけて」

「ユーライ様も。まぁついでにクレアも。それと……リピアは特に気をつけろよ？」

「あ、あちしだって、自分の身は守れる！」

「だといいがな。危なかったらさっさと逃げるのも、戦場じゃ大事なことだぞ」

ギルカが階段を下りて地上に向かう。途中から姿が確認できなくなったのは、得意の隠密《おんみつ》スキルの効果だ。

「さて。こっちはまだのんびり構えてるけど、向こうとしてはどうなのかな？　意外と必死だったりする？」

◇◆◇◆◇

馬上のエマは、まだ遠い外壁の上にあの魔物が立っているのを発見した。不思議と魔力は感じ取れないのだが、魔力を隠《かく》す力を有しているらしいという話は聞いている。

「……今度こそ、奴を討伐《とうばつ》する」

歩兵九千、騎兵千、さらに聖騎士五十に、聖女、聖剣士、冒険者《ぼうけんしゃ》少々。

この数でも勝てない相手だと、エマは思いたくなかった。

ただ、あまりの戦力差に、兵士の中には気が緩《ゆる》んでいる者がいるのも事実。たった一匹《ぴき》の魔物相手にビビりすぎだと思っているのだ。

それでも、エマはこれだけの戦力を投入したのは間違いではないと思っている。あのダークリッチには、それほどの力量がある。

「あれは本当に危険な魔物だ。そして……クレア」

ダークリッチの隣に、かつて戦友だったクレアがいる。離《はな》ればなれになってから一ヶ月以上が経《た》ち、何かしらの変化があったのか、なかったのか。

セレスとの戦闘で活躍《かつやく》していたらしいが、それは本人の意思だったのか、あるいは操《あやつ》られてのことだったのか。

（……もし、クレアが操られているのであれば、解放してやりたい。エメラルダならできるはず。しかし……解放したとして、その後は結局……）

アンデッドは人間社会の中では生きていけない。聖騎士とも相容《あいい》れない。洗脳などから解放したとして、エマはクレアを殺さなければならない。

（……自由を取り戻しても結局死ぬことになるのなら、己《おのれ》を取り戻す前に死ぬ方が幸せか……）

エマが思い悩《なや》んでいると、エマと同じく馬上のエメラルダが声をかけてきた。

「エマ。そんな暗い顔をしないで。きっと……クレアのことは、そう悪いことにはならない。そんな予感がする」

「悪いことにはならない、とは？　私たちは、クレアを殺すしか……」

「エマ。落ち着いて。大丈夫。きっと、大丈夫だから」

エメラルダが、外壁に立つダークリッチを見据《みす》える。

エメラルダはあの姿に何を感じ取るだろう。恐《おそ》ろしい魔物以外の何かに見えるだろうか？　エマが考えている間に、前線の兵が魔法による攻撃を開始。

こちらの攻撃はダークリッチに向かって飛んでいくが、不意に黒い円が現れ、魔法が吸い込まれてしまった。

「……なんだ、あれは。全ての魔法を吸い込んでしまうなんて、普通の魔法じゃない……」

続けて、ダークリッチが遠目からでもわかるほど膨大な魔力を放出する。

百人規模の魔法使いが協力して完成させるような魔法を、たった一人で扱《あつか》うつもりのようだ。

「なんて、でたらめな……っ」

外壁の下に、無数の魔法陣が生じる。そこから、次々とスケルトンが湧《わ》き出てきた。

「数は五千もないか……？　しかし、これでは数の優位が当てにならなくなる……っ」

スケルトン一体一体はさほど脅威ではないだろう。しかし、それは味方の歩兵についても同じこと。数で押し切る戦略は、あまり有効ではなさそうだ。

「ちっ。あのスケルトン、再生までするのか……」

魔法兵の魔法で砕《くだ》け散ったスケルトンが順次復活している。死んでも蘇《よみがえ》る兵隊なら、その脅威は見た目通りではない。

「エマ。わたしも、戦う」

「しかし……。エメラルダ様は既《すで》に防御結界を……」

一万の兵を守る防御結界を維持《いじ》するのは非常に負担が大きく、さらに攻撃をさせるのは難しい……。

「わたしがここに来たのは、戦うためだから」

エメラルダが聖杖を掲《かか》げ、浄化の光をスケルトンに向けて放つ。一撃で百以上のスケルトンを浄化するが、それでも敵はまだまだいる。

エメラルダが二度、三度と浄化の光を放つ。エメラルダが一気に憔悴していくのが、エマにはわかった。

「エメラルダ様！　あなたは防御に専念してください！　ダークリッチの危険な闇魔法を防ぐだけで十分です！　あとは兵士たちに任せてください！」

「でも……っ」

「あのスケルトンとて、復活の回数には限りがあるはずです！　魔力で生まれたものであれば、無限の再生能力など持てるはずがありません！」

まだ戦おうとするエメラルダ。エマは馬から軽く身を乗り出し、力ずくで杖を下ろさせた。

「敵を浄化するより、ダークリッチの攻撃を防ぐ方が先決です。奴が自由に攻撃できるようになってしまえば、この数の兵とて一瞬《いっしゅん》で敗北します」

「……ごめんなさい。わたしの力が足りなくて……」

「あなたは十分にやっています」

「そう……なのかな……」

前方から、「魔物も来た！」という声があがる。

エマも見てみると、数は控えめだが狼《おおかみ》の魔物が城門から出現していた。

「奴は魔物を操ることもできるのか……。傀儡《かいらい》化と同じ魔法ではなさそうだな……。単に支配下においているように見える……」

次に何が出てくるかわからない。とにかく、主な戦力は三人という事前情報が全く当てにならなくなったのは確かだ。

「一人で何人分の働きをするつもりだっ」

ほどなくして、スケルトンの軍勢が歩兵部隊とぶつかる。

敵一体一体はやはり強くないが、兵士たちは苦戦している。倒したと思った敵が復活し、その敵に刺《さ》されるという状況《じょうきょう》も多発している。

前方が騒《さわ》がしくなる。悲鳴もよくあがっている。……既に、死者も出始めているだろう。

(……奴は殺生を避《さ》けるという話だったが、追いつめられればそんなことは言ってられないか。軍をぶつけたのは間違いだったかもしれない……)

聖騎士の一部は前線に配置されていて、その団員たちはよく戦っている。倒せないのならと、一カ所に敵を集め、土魔法で地中に埋《う》めるなどの対応もしている。

しかし、少数精鋭《せいえい》すぎる聖騎士だけでは、戦局をひっくり返すほどにはならない。

「……あっちは、聖剣士とその仲間か」

こちらは聖騎士の他に、アクウェルたちも活躍している。どうやらスケルトン殲滅ではなく、仲間と共にこの場を突破《とっぱ》してダークリッチを討《う》つつもりらしい。

『我は聖剣士アクウェル！　神の加護を受けし正義の刃で、かの邪悪な魔物を必ずや滅してみせよう！』

戦いが始まる前、アクウェルは高らかに宣言していた。それだけの実力も、確かに備えている。

敵がダークリッチ一人だけなら、あるいは、討てたかもしれない。

(無闇に突《つ》っ込ませても、向こうにはギルカがいる。魔物退治特化のアクウェルとは相性が悪いはずだ。もっと有効な戦わせ方もあったろうに……。しかし、ある意味陽動としてはいいのか……)

エマは、悠然《ゆうぜん》と構えているダークリッチを睨《にら》む。

(いつまでその余裕を保っていられるかな？　密《ひそ》かに暗殺者も向かっているはず。こちらの剣は確

実にお前に近づいているぞ）

◇◆◇◆◇

「あー……人が死んでいくー……」

ユーライは霊視《れいし》を発動させることで、兵隊の生死を判別している。

スケルトンと魔物の軍勢が活躍してくれるのはありがたいが、続々と兵士が死んでいくのは、見ていて気分の良いものではなかった。

「なんで攻めてくるのかなぁ……。放っておいてくれれば、私は大人しくしてるのに……」

苦い思いを抱《いだ》きながらも、ユーライは攻撃を止めない。死ぬのは嫌だから。

「……あ、アクウェルと三人の仲間？がスケルトンすっ飛ばして向かってきてるな。私だけを狙ってる？　まぁ、スケルトンはいくら倒しても意味ないしな」

アクウェルの戦闘力はやはり高いらしい。スケルトンなど全く意に介《かい》さず突き進んでいる。

フォレストウルフもアクウェルにぶつけてみるが、これも意味がない。魔改造で強化しているのだが、聖属性には歯が立たないようだ。

「ここまで来そう……。そのときは戦うしかないか……。クレア、頑張《がんば》ろう」

「そのときには。でも、どうだろう。下には、まだギルカがいる」

隠密状態のギルカがどこにいるかは、ユーライにはわからない。ギルカのスキルレベルが高いせいか、霊視にも、第三の目にも映らない。

やがて、アクウェル一行が城門付近に近づく。

「とりあえず、私の秘密兵器出しとくか」

傀儡魔法を使い、下に待機させていた一体のワーウルフを動かす。

瞬殺された。

「うげっ、全然ダメじゃん。アクウェル、強いなぁ……」

他にも十体ほど用意はしていたのだが、ユーライは、もう無駄《むだ》だと思って出すのは止《や》めた。

「クレアの言う通り、死体で作った人形はいまいちだったな」

「仕方ない。アクウェルを相手にできるほど、技《わざ》の練度も高くなかった」

念のため、苦痛付与《ペイン》や精神汚染《おせん》も仕掛けてみるが、効果がなかった。聖女の守りなのか、本人の耐性《たいせい》なのかはわからない。

「……あ、でも、アクウェルが倒れた。血も吐《は》いてる」

アクウェルの進撃がとまり、その場に崩《くず》れ落ちる。

次の瞬間、その首が飛んだ。

アクウェルの仲間たち三人が絶叫《ぜっきょう》をあげ、既に遺体となったアクウェルに駆け寄る。

「ギルカの仕業《しわざ》、だよな?」

「そう」

「ギルカって、もしかしてめちゃくちゃ強い?」

「あの隠密スキルはとても厄介。さらには、ギルカ自身、卓越《たくえつ》した戦闘技術と、相手の隙《すき》を見定める優れた観察眼を持っている。装備している魔剣も強力。ギルカを止めるのは、魔物退治ばかりしている者には不可能と言っていいくらい」

「……味方で良かった」

「本当に」

◇◆◇◆◇

(……聖剣術の使い手か。呆気《あっけ》なかったな)

ギルカは隠密状態を保ったまま、アクウェルの遺体を眺める。

アクウェルの周りには、彼《かれ》の普段《ふだん》のパーティーメンバーだろう三人の女性が集まっている。弓使い、槍《やり》使い、魔法使いの三人だ。年齢《ねんれい》は二十歳《はたち》前後。ただのパーティーメンバーではなさそうだという雰囲気《ふんいき》も、三人の言葉からうかがえる。

「アクウェルアクウェルアクウェル！　なんでどうしてこんなのおかしい嘘でしょアクウェルが死んじゃうわけないよね⁉」

「ははは……こんなの嘘だ……夢だ……目が覚めたら、また元気な姿のアクウェルに会える……」

「首……首を戻せば、まだ大丈夫……大丈夫だもん……。ほら、回復魔法だよ……？　アクウェル、痛みは引いてる……？」

(恋人同士《こいびとどうし》だったのか、単に片想《かたおも》いだったのか……。まぁ、アクウェルもなかなかの色男だから、そういう関係になるのもおかしくないか。そんで、この三人も殺しちまっていいか？)

隠密スキルを駆使《くし》し、相手の隙をついて殺す。それがギルカのスタイル。

ただ、この殺し方には、一閃鬼《いっせんき》という魔剣も役立っている。一日に五回、相手の魔法による防御を無視して攻撃できるのだ。

素材の硬《かた》さは無視できないため、使用にはかなりの技量が必要だが、ギルカはその技量を持っている。斬鉄《ざんてつ》くらいはそこそこの武器を使っても可能だし、最高峰《さいこうほう》の強度を誇る王銀製の鎧に穴を開けることも、一閃鬼《いっせんき》という頑丈《がんじょう》で鋭い剣があれば不可能ではない。

(殺しちまうのは簡単だ。全く警戒《けいかい》してねぇ。それどころか、ここが戦場だってことも忘れてやがる。全く、乙女《おとめ》だねぇ、こいつらは)

ギルカは右手に持った一閃鬼《いっせんき》を振り上げる。殺すのは容易い。ただ、殺すには惜《お》しい人材なのも確か。

(……ユーライ様の精神操作を使えば、こっちの手駒《てごま》に変えることも難しくない。聖女の加護が強力とはいえ、ユーライ様が直接触れれば加護もぶち抜けるだろ)

ギルカは睡眠薬《すいみんやく》の粉を取り出し、混乱の極《きわ》みにある三人に振りまく。

状態異常に対抗する魔法を使われていたら厄介だったが、三人ともあっさり眠《ねむ》ってしまった。

(……こいつらの中じゃ、まだ本番はこれからって感覚だったのかもな。狡猾《こうかつ》な人間との戦いは、あまり経験してこなかったんだろう。あるいは、相性のいい敵とだけ戦って、調子に乗ってたとかかな)

ギルカは周囲を警戒しつつ、眠っている三人を壁の内側に運ぶ。

城門は開けっ放しなので、入るのは簡単だ。敵の侵入《しんにゅう》も容易なのだが、城門を壊されては困るので、この戦いでは開けっ放しにしておくことになっている。

首を切ったアクウェルの体は必要ないようにも思ったが、ユーライがアンデッド化の力で復活させる可能性も考え、一応確保しておいた。

（ユーライ様にとって一番厄介な敵は片づけた。さぁ、向こうはどう出るかな？）

◇◆◇◆◇

外壁の下にやってきたユーライたち三人。その側《そば》には、ぼんやりした表情で佇《たたず》む三人の女性。そして、地面にはアクウェルの首切り遺体。

ユーライは、ひとまずギルカの提案に従って、冒険者女性三人を精神操作で無力化している。ユーライたちに攻撃できなくした上で、一時的に意識も奪《うば》った。

その三人はさておき、アクウェルの扱いに悩んでいるところ。

「こいつをアンデッドにして復活させるのは、長期的な戦力増強にいいと思う。ただ、アンデッド作製って魔力消費激しいんだよなー。まだ戦局がどうなるかわからないし、魔力は残しておきたい」

「あたしも、こいつをアンデッドにするのは反対。この戦いが終結してからならいいと思うけれど、今はそんな余裕はない」

ユーライのためらいを、クレアも肯定《こうてい》する。

一方、リピアはしょんぼりした声でこぼす。

「……でも、仲間の三人、すごく悲しそうだったな。たぶん、三人はこの人が好きだったんだよね？」

「だろうなー……」

（リピアはクレアやギルカほど死に慣れてないもんな……。ここで戦いを見ているのも辛《つら》そうだし）

「アクウェルを……助けられるの……？」

「ん？　しゃべった？」

睡眠薬の効果に加え、精神操作中でまだ意識がはっきりしていないはずの魔法使いが、言葉を発した。

（他の二人に意識はないから、この人だけ状態異常に耐性があるのかも。それと、聖女の加護のせいかな。一時的に意識を喪失《そうしつ》させたはずなのに、魔法の効きが悪い）

三人の周りに嫌な魔力がまとわりついているのは、ユーライにもわかった。それがユーライの魔法を若干阻害《そがい》している。

「お願い……アクウェルを助けて……助けてよぉ……っ」

はらはらと涙《なみだ》を流し始める、名前も知らない金髪の女性。その特徴《とくちょう》的なとんがり耳はエルフのものらしい。

「でもなぁ……。私としてはこっちの都合が優先だ。そっちが攻撃しかけてきたんだし、戦場で死ぬのは仕方ないんじゃない？」

「そんなこと言わないで！　お願い！　自業《じごう》自得なんてわかってる！　でも、アクウェルだけはダメなの！　お願い！　なんでもするから！」

「ふぅん……なんでも、か。じゃあ、そこの仲間二人殺してって言ったら、殺すの？」

ユーライの意地悪な問いに、エルフは顔を歪《ゆが》める。

数秒迷った後。

「……それでアクウェルを救えるなら、殺す」

「ふぅん……。よほど大事なんだ。こいつのこと、そんなに好きなの？」

「……愛してる」

「あ、そ。まぁ、そっちの事情はどうでもいいや。別に大事な仲間を殺さなくてもいいよ。それより、問題は魔力を浪費《ろうひ》したくないってことなんだよ。それを解決できないとどうにも……あ、そうだ」

ユーライはふと、悪い考えが浮《う》かんでしまう。ただ、それを強《し》いると、後々問題が起きそうだ。

少し迷い、どうするかはこのエルフに決めさせることにした。

「私、他人から魔力を吸収できるんだわ。生きてる方がいいけど、新鮮《しんせん》な死体からでもいける。アンデッド作製に必要な魔力を集められるなら、こいつをアンデッドにしてあげてもいい」

「……それって、つまり……？」

「兵士を三百人くらい殺して、その死体をこっちに持ってきてよ。そしたら、アクウェルをアンデッドとして復活させてあげる。ただ、あと二十分くらいでアクウェルの魂《たましい》が消えちゃうから、手早くな？」

「わたしに……三百人の人を殺せって……？」

「うん。そう。嫌ならやらなくていいよ。あ、人殺しは止めて、こういうのはどう？　私の精神操作で、あんたたちのアクウェルへの気持ちを消してあげる。そうすれば変な罪を背負う必要はないし、アクウェルの死も受け入れられる」

「嫌だ……この気持ちを忘れるなんて……絶対、嫌だ……っ」

「それなら殺してきて。もし三人で一緒にやるんなら、他の二人も起こすよ。リピアなら睡眠状態も解除できるし」

「……三人一緒がいい。一人じゃ、無理」

「了解」

話がまとまったところで、まずはリピアの魔法で槍使いと弓使いを起こす。ユーライの精神操作も一部解除し、状況を再度説明。

二人が三百人殺しに反対することはなかった。ユーライとしては意外なことだった。

（本当に大切な人を、それ以外の人間を殺すことで復活させられるのなら、道を踏《ふ》み外す者は意外と多いのかもしれないな……）

それから、三人はせっせと兵士たちを殺し始めた。ユーライたちは外壁の上に戻り、その様を見届けた。

死体を回収し、町の中に運ぶ余裕が三人にはなかったので、それはユーライがスケルトンに命じて手伝ってやる。

「ユーライ、あれで良かった？　敵からすると、ユーライがあの三人を操って、同士討ちさせているように映る。先々、ユーライの立場が悪くなるかもしれない」

「うーん、やっぱり悪くなるよなぁ。セレスを手駒にしなかった意味がなくなっちゃった。なんとなく放っておけない気がしたけど、これで良かったのかはわかんないや」

「……敵に情けをかける必要はないと思う」

「クレアがそれを言っちゃう？　私が敵に情けをかけたから、元々敵だったクレアはここにいるんだよ。私はクレアを助けてよかったと思ってるから、今回だってそうなるかもしれない」

「それを言われると、あたしからは何も言えない」

「先々のトラブルは、私たちでなんとかしていこう」

「それは命令？」

「そういうこと！」

目標の半分ほどが集まったところで、ユーライはリピアが心配になる。

「……リピア。こんな戦い、見てても辛《つら》いだけだろ？　ここで見てなくてもいいんだよ？　ラグヴェラたちのところに行った方がいいんじゃない？」

リピアは唇《くちびる》を引き結び、首を横に振った。

「あちしは、もうラグヴェラたちとは違う。今でも友達《ともだち》だと思ってるけど……埋められない溝《みぞ》があるのも確か。あちしとあの二人では、思い描《えが》く未来も、もう違うものになった。あちしの居場所は、ユーライの隣しかないの」

「……そっか。わかった。なら、全部見ておきな」

「うん」

リピアはユーライの手を握ってくる。

その冷えた手を、ユーライはぎゅっと握り返した。

◇◆◇◆◇

エマはアクウェルが戦いにあっさりと敗れるのを冷静に見ていた。しかし、続いてアクウェルの仲間たちが寝返《ねがえ》り、兵士を襲い始めたのには驚《おどろ》いた。

（アクウェルは魔物退治に特化した冒険者。ギルカを相手に敗北するのも無理はない。しかし……奴の仲間は何をやっているんだ？　やはり洗脳のような力があるのか？　だとすると、下手に奴に近づくのは良くない。こちらの戦士が奴の手駒とされてしまう）

アクウェルの仲間たちが次々に兵士を殺していく。さらにその死体をスケルトンたちが町の中に運ぶ。

（一体何が起きているのか。嫌な予感がする……）

やがて、アクウェルの仲間たちが町の方へ戻っていく。数百人は殺しただろう。

操られているのであれば話は別だが、もしあれが本人たちの意思であった場合、あの三人はもう人間社会で生きていくことはできないだろう。

一度姿を消し、再び外壁の上に戻っていたダークリッチが、再度どこかへ向かう。それから程《ほど》なくして、町の中から邪悪な光が放たれた。

（あれは……クレアをアンデッドにしたときと同じ光……。まさか、アクウェルをアンデッドにしたのか？　このタイミングなら……兵士たちの命は、アンデッド作製のための材料にでもされたのか……。そうだとすると、やはり、あの三人は自ら裏切ったのだろうな）

エマがアクウェルたちと顔を合わせたとき、あの三人の女性がアクウェルに特別な想いを抱いていることは見て取れた。

（アクウェルの復活を餌に、あの三人を裏切らせたか……。なんと非道で、卑怯《ひきょう》な魔物だ。殺しを避けるという話だったが、その性根《しょうね》はやはり残虐《ざんぎゃく》。早く……奴を討伐せねば……っ）

エマは決意を確たるものにするが、しかし、戦局が大きく動くことはない。

前線の兵とスケルトンがぶつかり続け、次第《しだい》にスケルトンの数が減っていく。どうやら十回も壊せばスケルトンは消滅するらしい。ただ、要するに数千のスケルトンではなく数万のスケルトンを相手にするのと同じなので、数の上では兵士の方が不利だ。

また、スケルトン以外の魔物も攻めてきている。野生の魔物を大量に使役《しえき》しているらしく、それらの相手をするのも簡単ではない。

（……このままでは負けるか。いや、暗殺部隊が討伐を成すかもしれない。しかし、連中にどれだけ期待していいものか……。

聖騎士団としてももっと動きたいところだ。聖騎士団は守護に専念すべきなどと、下らん指示が下りていなければ……っ）

この戦いはユーゼフ伯爵《はくしやく》の嫡男《ちやくなん》が主導している。ダークリッチ討伐で箔《はく》をつけたいのが見え見えの男だった。ろくな男ではないが、組織として動いている以上、その指示から外れたことをするわけにはいかない。

しかし、このままではダークリッチを討伐するどころか、こちらが全滅するおそれさえある。

「エマ」

前方の団長カーディンに名前を呼ばれ、エマは意識を外に向ける。

「あ、はい。なんでしょうか」

「お前に、クレアを討てるか」

「……えっと、それは、どういう意味でしょうか?」

「そのままの意味だ」

(団長は、私にクレアと戦わせようとしているのか……)

エマにとって、クレアはエメラルダの次に親しい友。聖騎士団では珍《めずら》しい十代で、かつ同性同士。共に過ごした時間は、他の誰よりも長い。

「……討てます。いっそ、私以外の誰にも、クレアを討たせたくはありません」

「そうか。ならば……お前にこれを預ける」

団長がエマに差し出したのは、聖騎士団における最も貴重な武器の一つ、退魔の神剣。魔物を殺すためだけにあるような剣で、特に闇属性の魔物であればほぼ一撃で屠《ほふ》る力がある。

ただし、魔物に対しては強力な力を持つ反面、人間を一切《いっさい》傷つけられないという弱点も持つ。対人戦では完全にただの飾《かざ》りだ。

エマは、団長の差し出すその神剣を受け取る。

「……つまり、私はここを離れ、クレア、そしてダークリッチを討て、と」

「そんなことは言っていない。お前は独断で俺《おれ》から神剣を奪い、友の敵であるダークリッチを討ち、かつての友を自らの手で神の元に返すのだ」

「……なるほど。承知しました」

（つまりは、私に全ての責任を押しつけながら、ダークリッチ討伐を聖騎士団で成すということか。……私がやらなければ、他の誰かがそれを成すことになるのだろう。他の誰もやらなければ、団長自らが行くのだろう）

エマは、団員の優先順位を考える。

（この人は、この団に必要だ。そんなことはさせられない。私が責任を取らされることくらい、大したことではないさ）

「エマ……。行くの？」

エメラルダが不安そうにエマに声をかけた。

「ええ。行きます」

「……そう。引き留めるわけにも、いかないよね……。どうか、無事で」

「ええ。もちろん」

ダークリッチ討伐を成功したとしても、聖騎士団には戻ってこられない可能性もある。エマはそれを理解していたが、このまま何もせずにいるのは嫌だった。

「エマ。俺も手伝う。行こう」

ヴィンがエマの隣に並ぶ。ヴィンは気配遮断《しゃだん》の魔法を使えるので、二人で姿を隠して進むつもりのようだ。団長とは事前に話してあったのだろう。

エマはヴィンと共にその場を離れ、他の兵の隙間《すきま》を縫《ぬ》って進んでいく。

「エマ。お前の友を殺してしまったこと、本当にすまないと思っている」

「……止めてください。あなたの意志ではなかったことくらい、わかっています」

ダークリッチの魔法で錯乱《さくらん》し、クレアを斬《き》ったのはヴィンだ。エマはそれを恨《うら》んでいない。自分でも、ダークリッチの魔法の凶悪《きょうあく》さは嫌というほど理解している。

「……二人で、終わらせましょう」

「ああ」

これからすべきことを思うと、エマの胸は酷く痛んだ。

◇◆◇◆◇

「やれやれ。正義の味方ってのは、難儀《なんぎ》なもんだなぁ」

ユーライは、自傷行為《こうい》を繰《く》り返すアクウェルを眺めながら肩をすくめた。

兵の死体も集まり、アクウェルをアンデッドにしたまでは良かったものの、アクウェルは自分がアンデッドになってしまったことに絶望した。さらに、自分を復活させるために三百人の兵士を死なせてしまったことを嘆《なげ》いた。

正義感の強い男だったのだろう。自分は死んで償《つぐな》うべきだと自傷を繰り返すのだが、アンデッドは容易には死なない。アクウェルはひたすら自分を切り刻むが、傷は徐々《じょじょ》に回復する。死ねなかったアクウェルは再び自傷行為に走るというループができつつある。

仲間の三人はどうにかアクウェルを落ち着かせようと努力しているのだが、しばらくは難しいだろう。

余談だが、聖属性の魔法を扱っていたアクウェルは、アンデッドになってからその系統の魔法を使えなくなった。逆に闇属性の魔法に特化している。

「……ま、アクウェルがどうしても死にたいって言うなら、後で殺してあげればいっか。今は放っておこう。そろそろ上に戻ろうかな」

アクウェルをアンデッド化するため、ユーライは一旦地上に下りてきていた。もう用事は済んだので、一緒に下りていたクレアとリピアを連れて階段に向かう。ギルカについては、警戒のために外壁の外で待機。

「必死で戦ってる敵には悪いんだけど、上から眺めてるだけって結構退屈《たいくつ》かも」

ユーライがぼやくと、クレアも同意。

「まぁ、わかる」

「クレアも飽《あ》きてきた？」

「少し」

「一発で戦いを終わらせる魔法とかがあればいいのにな」

「それはそれで恐ろしい。というか、ユーライならそれもできるのでは？　この町の人を消し去った魔法を、ユーライはまだ使っていない」

「あれは使わない方針で。敵を全員消し去りたいわけじゃないし、こっちの勝利を認めてもらえればいいんだよ。とりあえず、向こうの主戦力を潰《つぶ》せば終わりかな？」

「主戦力を潰すか、向こうの大将を潰すか、聖女を……無力化すれば、諦《あきら》めて帰っていくと思う」

「なるほどなー。聖女にはなるべく手を出さない方針で、さっさと終わらせたいところだよ」

ユーライが軽くあくびをすると、クレアが眉《まゆ》をひそめる。

「あまり気を抜かない方がいい。ギルカのような力を持つ者は向こうにもいるはず。暗殺者の一人くらい、こっちに向かってきているかもしれない」

「確かに。気をつけないと。って言っても、私はそういう気配察知が得意なわけでもないから、クレアとリピアに頼ることになるかな」

クレアは戦闘経験豊富のため、隠密系のスキルを使われても何となく気配がわかるらしい。半径二メートルくらいに入られると、自分の領域に踏み込まれたという違和《いわ》感が生じるのだとか。ギルカからするとそれは異常なことで、普通の人は攻撃が当たるまで気づかないそうだ。

また、リピアたち無眼族は元々見えないものに対する察知能力が高い。第三の目を使えばユーライにも同じ景色が見えているはずなのだが、ユーライよりも熟練度が高く、隠密スキルが生み出す微細《びさい》な違和感に気づける。

ユーライは見えない敵に対応できないが、二人がいれば大丈夫だろうと、どこか安心している。

安心、していた。

「危なっ」

突然《とつぜん》、リピアがユーライに体当たり。

ユーライが倒れる前に、一瞬前まで立っていた地面が大きくひび割れる。何か大きなもので、上から押し潰されたような跡《あと》だ。

「え？」

地面に倒れたユーライは、半身を起こして周囲を確認する。

リピアの姿がなかった。

リピアがいるはずの場所に、赤く染まったローブと、血溜《ちだ》まりがあった。

傍《かたわ》らに落ちている盾が、妙《みょう》に物寂《ものさび》しかった。

「……え？」

ユーライが混乱している中で、クレアの動きは速かった。すぐさまユーライを引き寄せ、背後に押しやる。

クレアが雅炎《がえん》の剣《つるぎ》を抜き、一閃。金属がぶつかる音がした。そのまま、クレアは見えない誰かとの戦闘を続ける。

「ユーライ、下がってて！」

「……あ、うん」

（え？　今、どうなってる？　リピアは、どこへ……？）

頭のどこかでは理解している。しかし、認めたくなかった。

後ろに下がりつつ、血溜まりを眺める。

「リピア……？」

呼びかけても返事はない。

「リピア……。なんだよ急に……。まさか、死んだなんて言わないよな……？」

リピアとは、これからも長く一緒にいるはずだった。今はまだ何も知らないと言ってもいいくらいの相手だけれど、今後、知らないことなどない、というくらいになるのだと、漠然《ばくぜん》と思っていた。

クレアが遠ざかっていく。ユーライはよろよろと血溜まりに近づき、その側で膝《ひざ》をつく。

その血に魔力を流してみた。

「……リピア」

体があれば、ユーライが魔力を流すことで回復が早くなる。

しかし、血溜まりに変化は見られない。

ユーライが呆然《ぼうぜん》としていると、胸元《むなもと》から剣が生えた。

（……痛い。背後から刺された。二人いたのか。うっとうしいな）

「燃えろ」

ユーライの内側で熱が生じる。ローブの魔法耐性のおかげか、火は点《つ》いていないのだが、完全に防ぎ切れてもいない。また、ユーライは熱以外の何かで体が蝕《むしば》まれていくのを感じた。

「ちっ。体内から聖炎で燃やそうとしても瞬殺はできんか。ローブの力か、ダークリッチ自体の力か……厄介だっ」

背後から、女の声がした。

（聖炎……。妙に不快だと思ったら、ただの炎魔法じゃないんだな。そんなのはどうでもいいんだけどさぁ……お前たち、リピアを殺したの？）

ユーライの内側がどんどん熱くなっていく。煙《けむり》も出始め、体が少しずつ焼け崩れていくのを感じた。

「ユーライ！　しっかりして！」

クレアの叫《さけ》び声は、ユーライの耳にも届いていた。

しかし、ユーライは思考が上手《うま》くまとまらず、何もする気が起きなかった。

「ふん。このダークリッチと違い、向こうのアンデッドは多少腕《うで》に覚えがあるようだな」

ユーライはぼんやりしながらクレアの様子を見る。短剣を持つ敵は既に姿を現しているが、クレアでも手こずっている。

「クレア……」

加勢がいるだろうか。いるのかもしれない。このままでは、リピアだけでなく、クレアまで失ってしまうのかもしれない。

そんなのはダメだ。

ユーライはクレアに加勢しようとするが、体が上手く動かない。聖炎の影響《えいきょう》かもしれない。

ユーライがあがいていると、背後から金属のぶつかる音。

「ちっ。おれの一撃をかわすか。流石同類、察しがいいな」

「黒幻狼《こくげんろう》の頭領、ギルカだな。お前もついでに処分してやる」

「やれるもんならやってみろっ」

ギルカが戻ってきたおかげで、ユーライの近くに敵はいなくなった。ただ、体はまだ動かない。

（これ、本格的にやばいのかも……。このまま私も死ぬのかな……）

不意に、ユーライの体が抱きすくめられた。感触は硬く、鎧であることがわかった。

「ユーライ。こんなところで、死んではいけない」

クレアの声。鎧に付与《ふよ》されたアンチマジック効果のおかげか、ユーライにまとわりつく嫌な熱が消えていく。

そして、クレアはユーライを貫《つらぬ》く刃を引き抜いた。

直後、クレアの首から上がずり落ちた。

「クレア……？」

「敵に背中を見せるとは。そんなにこの魔物が大事かね？　アンデッドの考えることはよくわからん」

ユーライの目の前に、黒い仮面を着けた男が立っていた。

その男はクレアの頭部を冑《かぶと》ごと持ち上げ、中身を取り出す。そして、クレアの頭部を何かしらの魔法で押し潰した。

男の手から、血がしたたり落ちる。

「あ……」

アンデッドは、首を断った程度では死なない。しかし、頭を完全に潰されてしまえば、流石に死んでしまう。

（クレアが……死んだ？　え？）

目の前の光景を、どうしても受け入れられない。

「お前もさっさと死ね」

男の血塗《ちまみ》れの手が、ユーライの頭に添《そ》えられる。

不可視の圧力がユーライを押し潰す、その前に。

（……闇落ち）

ユーライはろくに考えることなく、もう二度と使うまいと決めていた魔法を発動させた。

闇の中に、ユーライは一人で佇んでいた。

単なる心象風景なのか、実際にそうなのか、ユーライには判別できない。

ただ、魂が黒く染まるのは実感していて、ユーライはそれがどこか心地好《ここちよ》かった。

何もかもがどうでもよくて、全てを消し去ってしまいたい気分だった。

今の自分にはそれもできるだろう。世界を丸ごと消し去ることはできなくても、グリモワの町と近くにいる敵くらいなら、消滅させられる。

『ユーライ。それはダメ。自分を見失わないで』

ユーライは、クレアの声を聞いた気がした。しかし、クレアはもう死んだ。死者の声が聞こえるはずは……。

『ユーライなら、あたしの声が聞こえるはず。死者の魂を見る、あなたなら……』

（この声……本当にクレア……？）

もしかしたら、ただの幻聴《げんちょう》かもしれない。しかし、幻聴だったとしても、ユーライはその声にすがりたい気分だった。

（クレア……っ）

『ユーライ。先に死んでしまってごめんなさい。でも、どうか、ただの化け物にはならないで。あなたは、そんな卑《いや》しい存在ではない……』

ユーライは、何か温かいものに包み込まれるのを感じた。

その温《ぬく》もりが、ユーライの心に僅《わず》かだが闇に染まらない部分を残した。

そして、ユーライは目を覚ます。

「……夢、か？　でも、あのときと違って理性はあるな……。クレアに守られてる……？」

長い眠りから覚めたような感覚だったが、数秒の出来事だったのかもしれない。

ユーライの目の前には、驚愕《きょうがく》する敵の男がいた。

「な、なんだこの魔力は⁉　こいつ、本当にただの魔物か⁉」

ユーライの体から既に熱は消えている。胸の穴も塞《ふさ》がっていた。

「お前が……リピアとクレアを……殺した」

ユーライは立ち上がり、男を真《ま》っ直《す》ぐに見据える。

「くっ。ここは撤退《てったい》するしか……っ」

「死ね。闇のやい……ん？」

ユーライが呟《つぶや》いた途端《とたん》、男が絶命してその場に崩れ落ちた。

「……あれ？　これから殺すつもりだったのに、どうしてもう死んでんの？」

ユーライは不思議に思いながら、己《おのれ》のステータスを確認する。

名前：フィランツェル（ユーライ）
種族：ダークリッチ
性別：女
年齢：四ヶ月
レベル：×××
戦闘力：百十二万

魔力量：九百八十二万五千
スキル：暗黒魔法　レベル×××（覚醒《かくせい》）、闇魔法耐性、聡明《そうめい》、死なず
称号《しょうごう》：怒《いか》れる暗黒の魔女、魔王

（……なんか変わってる。暗黒魔法　レベル×××（覚醒）って何？）

暗黒魔法　レベル×××（覚醒）：霊視、魂摘出《てきしゅつ》、魂食《たまく》い、傀儡、魔改造、苦痛付与《ペイン》、精神汚染、精神操作、吸収、アンデッド作製、闇落ち、闇落とし、闇の刃、隠蔽《いんぺい》、認識阻害、呪《のろ》い、闇の支配者、従者強化、不死者の軍勢、呪言《じゅごん》、虚《うろ》、悪鬼召喚《あっきしょうかん》、魔界召喚、死の連鎖《れんさ》、反魂《はんごん》

「……死ねって言っただけで相手が死ぬのは、呪言《じゅごん》の力か。呪いは言葉にしただけじゃ発動しない。……え？　っていうか、反魂……？」

アンデッド作製と死者蘇生《そせい》は別物。完全に死んでしまった者を、アンデッド作製で蘇らせることはできない。

ユーライはそう思っていた。

しかし、反魂を使えば、死者を復活させられるらしい。

ただし、条件がある。死者の体の一部が残っていること、死後三日以内であること、そして一万の人間を生け贄《にえ》とすることだ。

「ふぅん……へぇ……。丁度いいじゃん。外の奴らを使おう。けど……二万人には足りないな。

ん……？　死の連鎖っていうのは……？」

死の連鎖は、殺した相手の血縁者《けつえんしゃ》、すなわち親兄弟姉妹《しまい》子供を同時に殺せる魔法だった。

「ああ……なんだ。足りるじゃないか。向こうの生き残りが五千人だったとしても、二万人は余裕だろ」

ユーライは、リピアの血が染《し》み込んだローブを手にし、クレアの骸《むくろ》を抱《かか》えてから、外壁を上るための階段に向かう。

ただ、その前に、まだギルカと戦っている女が少し目障《めざわ》りだった。

「……良かったなぁ。クレアたちが生き返る目処《めど》が立ったから、殺さないでおいてやるよ。けど、死ぬほど苦しめ」

女の体が途端にぶくぶくと膨《ふく》れ上がり、装備していた鎧も服も弾《はじ》け飛んだ。

紫《むらさき》色のよくわからない肉の塊《かたまり》のような姿になり、そこからさらに手足の肉が破裂《はれつ》。

「いやあああああああああああああああああ！　痛い痛い痛い痛い痛い痛い痛い痛い痛い痛い痛い！　ナンナノコレエエエエエエエエエエエエエ！」

もはや男か女かもわからないどころか、人間であったことがとても想像できない奇妙《きみよう》な物体となり、元女が絶叫する。

地面に倒れ、身をよじり、体の至る所が破裂し、内臓が飛び出し、全身がぐずぐずに崩れていく。

それでもまだ意識はあるようで、元女は目玉らしきものと口らしきものを蠢《うごめ》かせつつ、獣《けもの》にも及ばない酷い呻《うめ》き声を発している。

「うるさいな。静かに苦しめよ」

元女の声が止んだ。紫色のぶよぶよした物体が、ひたすら地面を這《は》い回る。

ユーライはもうその物体に興味をなくし、ギルカを見る。戦闘が終わったというのに、ギルカはまだ警戒を解いていない。

「……ユーライ様。その……意識は、ありますか?」

「ああ、あるよ」

「これから、何をされるつもりで?」

「クレアとリピアを蘇らせる。そのために、二万人を殺す」

「二、二万人を……。そうですか……」

「ギルカは、私を止める?」

「いえ……。ただ……おれの手下たちは、殺さないでやってほしいです。クレアとリピアを守れなかったおれのことは、どうでもいいので……」

ギルカはひきつった顔で紫色の物体を見ながら、「せめて殺すだけにしてほしいとは思いますが」と付け加えた。

「大丈夫だよ。ギルカも、ギルカの手下も、殺さない。ギルカはよく戦ってくれてるんだから、責めるわけないじゃないか。殺すのは、向こうの連中だけさ」

闇に染まっていたら、ユーライはこの場にいる全てを殺し尽《つ》くしていただろう。

しかし、クレアのおかげなのか、僅かに己を制御できている。

ユーライはゆっくりと階段を上る。ギルカもついてきた。

外壁の上にたどり着いたら、まだ戦闘を続けるスケルトンや兵士たちを見下ろす。

「……聖女の守りか。ちょっと厄介だけど、今の私なら、呪言でも殺せるかな。まぁでも、せっかくだし、ここは……」

「待て！　何をしようとしている⁉」

「……うん？」

ユーライたちの背後に、二人の聖騎士が立った。

冑で顔は見えないが、その女性の声に、ユーライは聞き覚えがあった。

◇◆◇◆◇

エマが城門に到着《とうちゃく》する少し前に、町の中から邪悪すぎる魔力が溢《あふ》れた。

（なんとおぞましい……。近くにいるだけで吐き気がする……。まさか、あの魔物が発しているなどと言わないだろうな……？）

嫌な予感がした。邪神の封印《ふういん》を解いてしまったかのようだ。

（おそらく、私たちの前に暗部の連中が何かをしたのだろう……。そして、少なくともダークリッチ暗殺は失敗した……）

エマとヴィンが門に到着し、馬を下りる。

両開きの城門は開いたままで、中に入ることは容易。しかし、二人とも門の外で足を止めてしまった。

ヴィンが震える声で言う。

「エ、エマ！　ひ、引き返さないか？　この奥《おく》には、行ってはいけない気がする……っ」

「ヴィン……。気持ちは、わかります。この奥には、想像を絶する化け物がいます。ヴィンが引き返すというのなら、私は止めません。しかし……私は行きます。私は、団長からこの剣を預かりました」

エマは退魔の神剣を鞘《さや》から引き抜く。黄金の剣身から放たれる淡《あわ》い光が、周囲のおぞましい気配を和《やわ》らげてくれる。

「……どうしても、か？」

「どうしても、です」

「そうか……」

ヴィンが迷う。しかし、それもわずかな時間。

「……すまない。悪い臆病癖《おくびようぐせ》が出た。俺も行く」

「そうですか。……なんの慰《なぐさ》めにもならないかもしれませんが……死ぬときは、おそらく一緒です」

「男にとっては、最高の慰めだよ」

二人で門をくぐる。

「う……っ。なんだ、これは……」

紫色の不気味な物体が蠢いていた。血塗れの生肉のような気味の悪い光沢《こうたく》と異臭《いしゆう》を放っている。

「エマ。今は、こいつに構っている場合じゃなさそうだ。階段を見ろ」

城門の内側に、外壁の上に行くための階段がある。そこに、暗く邪悪な魔力をまとうダークリッチの姿があった。

その小さな体に抱き抱えられているのは、クレアのようだった。その首から上が存在していないので、はっきりとはわからないが。

「……クレア」

暗部の者はクレアの討伐に成功したらしい。それは一つの成果。だが、同時に邪悪な化け物を目覚めさせてしまった様子。

エマはヴィンと共に階段を駆け上る。

外壁の上にたどり着く。そのままダークリッチを屠りたいところだったのだが、その邪悪な魔力のせいで近づくことはできなかった。また、ヴィンの気配遮断がいつの間にか解けているのは、ヴィンがダークリッチの魔力に気圧《けお》されたからだろう。

「……聖女の守りか。ちょっと厄介だけど、今の私なら、呪言《じゅごん》で殺せるかな。まぁ、でも、せっかくだし、ここは……」

嫌な予感がした。グリモワの町を壊滅させた魔法、あるいはそれを超える何かを使う気なのだと、エマは察した。

「待て！　何をしようとしている⁉」

「……うん？」

下界を見下ろしていたダークリッチが、緩慢《かんまん》な動作で振り返る。

その目が黒に染まっている。視線を合わせるだけで、体中を虫が這うような怖気《おぞけ》が走った。

「お前、エマか？」

「……ああ、そうだ」

「そっか。クレアが色々話してくれたよ。聖騎士団に同年代の女の子はエマしかいなかったから、自然と友達になって、よく一緒にいたんだってな？」

「ああ……そうだな」

「クレアは、アンデッドになってもエマのことを友達だと言っていた。お前の方はどう？　もう、クレアのことなんてどうでもよくなった？」

「……そんなことは、ない。たとえアンデッドになってしまったとしても、クレアは私のかけがえのない友達だ」

「そっか。それを聞けてよかったよ。これからクレアを生き返らせるから、直接本人にも言ってやってくれない？　お前のことは、殺さないでおいてやるからさ」

「な……に？　クレアは、もう死んでいるんじゃないのか……？　生き返らせる、だと？」

首から上のない遺体。アンデッドであっても、頭を完全に潰されれば死ぬ。

「私の魔法で生き返らせるんだ」

「……蘇生の魔法、だと？　そんなもの、神話の世界の魔法ではないか……」

「へぇ、そうなんだ。まぁ、死者がそう簡単に生き返っても困るよなぁ……。つーか、お前たち、私を殺しにきたんだよな？　エマの方は見逃《みのが》してやるとして……そっちのもう一人には容赦《ようしゃ》しないけど、本気で戦うつもり？　邪魔をしないなら……まぁ、普通に殺すだけで済ませてやるよ。邪魔するなら下にいたあいつみたいにしちゃうけど、いい？」

「……紫色のあれのことか」

「うん。そう」

「……一体、何をした」

「死ぬほど苦しめっていう呪いの言葉をかけただけ。たぶん、死にはしないけど、死ぬような苦しみを永遠に感じ続けるんじゃないかな？」

「……なんということを」

以前、ダークリッチは精神のみに苦痛を与《あた》える魔法を使った。今回は、それを実際の肉体にも影響する形で使った。そういうイメージだろう。

だとすると、エマはその苦しみを想像できてしまう。あの、死こそが唯一《ゆいいつ》の救いだとさえ思う苦しみを。

エマはダークリッチを前にしていることも忘れ、下界にいる紫の物体に視線をやる。

魔法でせめてその苦しみを止めてやろうとしたのだが。

「止めろよ。私を怒らせたあいつらが悪いんだ」

「うぐ……っ」

エマは魔法を使えなくなり、体も動かせなくなる。ダークリッチの言葉だけで、全てが封《ふう》じられてしまった。

圧倒的すぎる力量の差。まるで神を相手に戦っているかのよう。

「お前は大人しく見てろ。で、そっちの。私の邪魔をする？　それとも、安らかに死ぬ？」

ヴィンが息を呑《の》む。

それから、ヴィンの首が落ちた。体も崩れ落ちる。

「……ここは死んでおいた方が身のためだ」

盗賊ギルカがいつの間にか接近していた。ギルカに隠密スキルを使われたせいで気付かなかった……ということでは、おそらくない。

ダークリッチに集中しすぎていたせいで、エマはその存在を認識していなかった。ヴィンも同じだろう。

「ユーライ様、すみません。おれが殺してしまいました」

「ああ、別にいいよ。わざわざありがとう」

「ユーライ様のためなら、どんなことでもしますよ」

「今後も頼りにしてるよ。それじゃ、エマはもう動けないわけだから……やっちゃおうか」

「……その、一つだけ提案です。向こうの聖女だけは殺さない方が、生き返ったクレアも喜ぶかと思います」

「それはそうだな。聖女だけは区別がつくからそうしようかな」

「待、待て……っ」

エマは退魔の神剣でダークリッチを討とうとする。規格外すぎる怪物《かいぶつ》であっても、神剣を使えば討伐できるかもしれない。しかし、全く体が動かないため、せっかくの神剣も役に立たない。

「お前は黙《だま》ってろ。私はもう待たない。……悪鬼召喚とかも気になるけど、この土地を荒《あ》らしたいわけでもないんだよなぁ……。やっぱりこれが一番か。虚《うろ》。そして、死の連鎖」

世界が黒く染まった。

◇◆◇◆◇

圧倒的な闇の力に、エメラルダは全く太刀打《たちう》ちできなかった。

（そんな……わたしの聖魔法の守護をことごとく食い破っていく……っ）

突如《とつじょ》上空に生じた黒い靄《もや》。一瞬だけ聖なる守りにぶつかって停滞《ていたい》したものの、すぐに守りを侵食《しんしょく》。

黒い靄は戦場に降り注いだ。

「か、体が！　体が食われる！」

「腕が！　足が！　体が！　消える!?」

「誰か！　助けてくれ！」

「聖女様！　聖女様の力で我々をお守りください！」

「なんなんだよこれ!?　わけわかんねぇよ！」

「いやだああああああ！　死にたくないいいいいいいいい！」

阿鼻叫喚《あびきょうかん》の光景に、エメラルダは胸が軋んだ。

（わたしが……わたしが守らなければいけないのに！　聖女などともてはやされてきたのに、なんて無力なの……！）

エメラルダは全力で守護の結界を維持しようとする。しかし、血を吐きそうなほどの全力を振り絞《しぼ》っても、黒い靄に対抗することはできない。

靄がすぐに視界を埋め尽くしていく。

「エメラルダ様！　私の背後に……ぐぁ！」

「エメラルダ様だけでもお守りを……ぎゃぁ！」

「聖女様、あなただけでも逃げて……うがぁ！」

エメラルダの目の前で、次々と聖騎士たちが倒れていく。倒れると言うより、中身が忽然《こつぜん》と消えていく、と言う方が正しいのだろう。白銀の鎧だけが地面に転がり、遺体さえも残らない。

「皆《みんな》……。ごめんなさい……」

エメラルダの乗っていた馬も消失する。エメラルダの体だけは聖魔法の守りで消えていないが……。

（……違う。わたしの力がこの闇の力に勝《まさ》っているんじゃない。わたしは……ただ、生かされているだけ）

エメラルダを靄が避けている。おそらく、勘違《かんちが》いではない。

（もし……わたしだけが生かされているとすれば……。クレア、あなたがわたしを守ってくれているの……？）

クレアが今どんな状況にあるのかはわからない。ただ、クレアがダークリッチと近しい間柄《あいだがら》になったとすれば、聖女だけは殺さないでくれとお願いしていても、不思議ではない。

（でも……わたしだけが生かされたって……）

兵士たちの悲鳴もだんだん聞こえなくなってくる。

もう、大多数が消えてしまったのだ。この黒い靄に呑まれて。

「……ごめんなさい。わたしが無力なばかりに……」

エメラルダはその場で膝をつく。守護の魔法を使い続けてはいるが、全く意味をなしていないのはわかっている。

それでも抵抗《ていこう》を止めないのは、何かの奇跡《きせき》を信じたわけではない。それ以外にどうしていいか、わからなかっただけだ。

（神様……わたしたちは、何を間違えたのでしょうか……）

天啓《てんけい》に従い、ダークリッチの討伐を急いだ。

その結果、多くの命が失われてしまう。

（ダークリッチは、無闇に人を殺さない魔物だという話もあった……。こちらから攻めなければ、こんな結果にはならなかったのかもしれない……）

悔《く》やんでも、もう遅《おそ》かった。

（……あのダークリッチを止められる者など、この地上にはいない……。北の地だけではなく、世界が終わるのかもしれない……。ごめんなさい……ごめんなさい……ごめんなさい……）

誰に謝《あやま》っているのか、エメラルダにもよくわからなかった。

ただ、自分たちが大きな過《あやま》ちを犯《おか》し、そして、世界の危機を招いてしまったことを、世界中の人に謝りたかった。

（どうせなら……わたしのことも、消してくれればよかったのに）

黒い靄は、それでもエメラルダを避けた。

やがて魔力の切れたエメラルダは、暗闇の中でただただ神への祈《いの》りと世界への懺悔《ざんげ》を繰り返した。

◇◆◇◆◇

聖都の広場にて、アルスは自分と同じ十歳の少女リリィと話をしている。

「リリィのお父さん、今頃悪い魔物と戦ってるのかな」

「うん。予定では今日のはずだよ」

「そっか。早く退治して、その様子を聞かせてほしいなぁ」

「アルスってわたしのお父さんのこと好きだよね。お父さんのお仕事の話聞くの、そんなに楽しい？」

「うん！　だって、リリィのお父さん、聖騎士団の団長だよ⁉　すごいじゃん！」

「……ちょっと力が強いだけの、普通の人だよ」

「そんなことないって！　すごい人だよ！」

「ふぅん……。アルスって、本当にお父さんのことばっかり……」

二人が話をしていると、不意に少女リリィの足を黒い靄が覆《おお》い始める。

「え？　やだ、何これ？」

リリィは靄から逃《のが》れようと動き回る。しかし、靄はリリィをさらに侵食していく。

「リリィ⁉」

「アルス！　助けて！　体が……消える⁉」

黒い靄に呑み込まれたリリィの両足が消滅する。靄の侵食はとまらず、リリィの下半身がなくなり、リリィは地面を這う。

「待って！　待って！　なんなのこれ⁉　おかしい！　わたし、死んじゃうの⁉」

「リリィ！　落ち着いて！」

アルスは黒い靄を取り払《はら》おうと手で払ってみるが、なんの効果もない。

また、どうやら黒い靄に襲われているのはリリィだけではない。広場や周辺の市場でも、黒い靄に襲われ、悲鳴をあげている人がいる。

「アルス！　アルス！　助けて！　やだ！　死にたくない！」

「リリィ！」

アルスはリリィを助けようとするが、為《な》す術《すべ》なく、やがてリリィの全身がその場から消滅した。

絶望に顔を歪めるリリィの顔が、アルスの記憶《きおく》に強烈《きょうれつ》に残った。

「一体、なんだっていうんだよ……っ」

リリィが消え、アルスは途方《とほう》に暮れる。

「リリィ……リリィ……どこに行っちゃったんだよ……？」

二人は幼馴染《おさななじみ》で、物心つく前から一緒にいた。アルスは、この先もずっと一緒にいるのだろうと、漠然と思っていた。将来はケッコンするのかもしれないとも、思っていた。

「……捜《さが》さなきゃ。リリィは、きっとまだどこかにいる……」

アルスはリリィを捜すため、聖都中を駆け回る。

結局、アルスがリリィの姿を再び見ることはなかった。

後に、ダークリッチ討伐に向かった兵士、聖騎士、冒険者の、親、兄弟姉妹、子供の全員がいなくなってしまったことが判明する。

それは、グリモワの近くにあるユーゼフとルギマーノの町でも同様だった。

そして、この日、四万人以上の人間が世界から姿を消したとされる。

◇◆◇◆◇

「反魂《はんごん》」

ユーライが魔法を使うと、寝かせてあるクレアの体が妖しい光を放ち始める。また、地獄《じごく》の門を無理やりこじ開けたような、寒々しい空気が周囲を凍《い》てつかせる。

「クレア……戻ってきて」

クレアの頭部が再生され始める。光の固まりがうねうねと蠢き、五分もすると元通りのクレアの顔が現れた。

「クレア。私の声、聞こえる？」

ユーライはクレアの側に膝をつき、その顔を手でなぞる。

冬の寒空の影響なのか、再生したばかりだからなのか、その頬《ほお》は酷く冷たい。

「クレア。起きて。頼むから……」

反魂を使うのは初めて。その効果のほどはまだよくわかっていない。

本当に生き返るのだろうか？　ユーライ自身も不安になっていると、クレアの目がゆっくりと開く。

「クレア！　大丈夫!?　私のこと、わかる!?」

「……ユーライ？　どうして……？　あたしは、死んだはず……」

「クレアが死んじゃうなんて許せなかったから、生き返らせた」

「生き返らせた……？　ユーライにはそんな力まで……？」

「うん。なんか、こんなこともできたみたい。私も知らなかった」

「……そう。目が黒いけど、大丈夫？」

「うん！　これは平気！　ああ、でも、この状態も長くは続かないかな……。リピアも生き返らせないと！」

ユーライはリピアの血が染み込んだローブを足元に置く。反魂の魔法を使うと、その血が妖しく光り、人の形に変形していく。

再生させるものが多いからか、クレアのときよりも随分《ずいぶん》と時間がかかった。

しかし、最終的にはリピアの体は元通りに復活。再生したのは体だけなので素《す》っ裸《ぱだか》なのだが、とにかくリピアも生き返らせることができた。

ユーライはローブをリピアに着せてやる。それから何度か声をかけると、リピアも意識を取り戻した。

「ん……ユーライ？　あちしは……あれ？　何かすごい力で押しつぶされて……」

「リピア、あのときは助けてくれてありがとう。おかげで私は無事だったよ。それでさ、リピアは一回死んじゃったけど、私の魔法で生き返らせたんだ」

「え……？　死者を蘇生したってこと……？」

「うん。そう」

「ええ⁉　そ、そんなあっさり⁉　死者の蘇生なんて、神様の所行じゃないの！」

「いやいや、ただの魔物の所行だから。私、神様なんかじゃないよ」

「……ただの魔物は、死者の蘇生なんてできないよ。ユーライって一体なんなの……？」

「だから、ただの魔物だってば」

クレアもリピアも蘇り、ユーライは一安心。また、反魂にはよほど魔力を消費するのか、一千万にも届きそうだった魔力がほとんど空になっている。

闇落ちの効果も切れると、ユーライはその場にパタリと倒れてしまう。

「う……。か、体に力が入らない……」

倒れたユーライの体を、ギルカが抱き上げる。

「あれだけ殺して、二人の人間を生き返らせて、反動が動けなくなるだけですか……。他に不調はないですか？」

「ん……大丈夫」

「良かったです。戦いも終わりましたし、城でゆっくり休むといいですよ」

「そうさせてもらう。あーあ……本当、もうこんな戦いはうんざりだよ……」

ギルカに抱っこされながら、ユーライは外壁の外に視線をやる。

地上にいた人間は、一人を残して全て消滅している。転がっているのは、元々死体だった者と、持ち主を失った武器や防具だけ。勢い余って精神操作していた魔物も消してしまったが、それは問題ない。スケルトンたちも消えているのは少し意外だったが、それも気にすることはない。

「散らばってる奴は、また不死者の軍勢を使って片付けるかな……」

「あれで清掃《せいそう》活動ですか……。なんともシュールな話です。いっそ町の清掃もあいつらに任せますか？」

「始めからそうしてればよかったかなー……。でも、細かい指示はできないから、家とか平気で壊しそう……。やっぱりそこは人力で……」

「わかりました」

ユーライとギルカが和《なご》んでいると、怒気《どき》を孕《はら》んだ声でエマが叫ぶ。

「お前！　一体どれだけの人を殺したんだ!?」

「あー、エマ、まだいたの？　つーか、しゃべれるようになってら。呪言の効果が切れてきたからかな……。まぁ、質問に答えてやるなら、少なくとも二万人は死んでるはずだけど、具体的に何人かは知らない」

「二万人……だと……？　兵士の数は元々一万程度だった。その中でまだ八千は生き残っていたはず。それ以外の人間までも殺したというのか……？」

「うん。兵士と聖騎士の親兄弟姉妹子供。全員死んでるはず」

「な、なんということを……っ。この戦いには全く無関係だというのに……っ」

「私だってそこまでするつもりはなかったよ。けど、クレアとリピアを生き返らせるのに必要になっちゃったんだから仕方ない」

「仕方ないで済むものか！」

エマはまだ体が動かないらしい。ぶるぶると震え、攻撃の気配を見せるが、動きはしない。

「そう怒るなよ。まぁ、冷静に考えるとやりすぎたかもな。でも、人類が絶滅したわけでもない。全体の一パーセントにも満たない数が死んだって、人類そのものにはなんの影響もないさ」

「お前は……一体何を言っているんだ……？　人類全体がどうとか、そんな問題じゃないだろ……。一人一人の命が、どれだけ大切で尊いものか、お前にはわからないのか……？」

「あー、はいはい。わかってるわかってる。安心しなよ。私だってこんなこと気軽に繰り返すつもりはない。そっちが私に手を出さないでいてくれれば、私は大人しくしてるよ」

「だとしても……っ。お前は……っ」

「私は自分が正義だと主張するつもりはない。たった一人を生き返らせるために、一万人を犠牲《ぎせい》にするのは正気じゃないこともわかってる。だけど、正義とは関係なく、譲《ゆず》れないことってあるだろ？　それだけの話。正義がどうのとか、今はなんの意味もないよ」

エマはまだ納得《なっとく》していない様子。

そこで、クレアが間に入った。

「エマ。あなたの憤《いきどお》りは、わからないでもない。けれど、今日はもう引き返して」

「クレア……っ。お前はまだ、この非道な魔物に味方するのか⁉　それはお前自身の意思なのか⁉」

「……ユーライが多くの人を殺したのは事実。でも、ユーライはただの悪ではない。ユーライが望むのは平穏な生活であって、世界を恐怖に陥《おとしい》れることなんかじゃない。それならば、あたしはユーライの隣に立つ。これは、あたし自身の意思」

「……相手は、魔物だ。平穏な生活を望むだと？　そんなわけあるか！」

「エマ。あなたは冷静じゃないし、思い込みでものを見てしまっている。それと……これは、今のエマに言っても伝わらないかもしれないけれど。人は、正義を成すために生きるんじゃない。正義は、人が人と生きるための手段の一つに過ぎない。神様の求める正義を成せば、世界が楽園になるわけでもない。あたしは、聖騎士としての正しさより、アンデッドとして生きることを選んで、そんなことを思ったよ」

「一体何の話を……っ」

「ユーライが魔物だとか、魔王だとかいう偏見《へんけん》を捨てて、ちゃんとユーライ自身を見てほしい。……けど、今はやっぱりそれは無理だよね。とにかく、もう帰って」

クレアが、まだ動けないエマの冑を取り去り、地面に落とす。そして、真っ直ぐにその目を見つめながら、エマの首に両手を添える。

「あなたが大人しく帰ると約束してくれないのなら、あたしはあなたの首を折る」

「クレア……」

「お願い。帰って。あたしは、エマを殺したくない」

エマは大きく顔を歪め、しかし、やがてその表情から力が抜ける。

「……もう、私たちは全く別の道を選んでしまったんだな」

「……そう。あたしたちの道は、きっともう交わらない」

「そうか」

エマの目に涙が浮かび、頬を伝って落ちる。

「今日は……もう大人しく帰るよ。私だけの力では、どうせお前たちには敵《かな》わない。……さよならだ、クレア」

「……さようなら、エマ。エメラルダにも伝えておいて」

「……わかった」

クレアはユーライたちに向き直り、儚《はかな》げな微笑《ほほえ》みを浮かべる。

「話はついた。あたしたちも、もう行こう。雪も降っているし……ここは寒いよ」

クレアが先に階段を下りていき、ユーライたちも後を追う。

エマはまだ体が動かないようだが、一時間もしないうちに回復するだろう。

「随分たくさんの人を殺しちゃったけど、これでもう、私の討伐は諦めてくれないかな？　討伐するより仲良くした方がマシだって思ってもらえたら、平穏な日々に近づくと思うんだけどなぁ……」

ユーライは溜息交じりに呟き、目を閉じる。

やがて眠気《ねむけ》が押し寄せて、ユーライはそのまま意識を手放す。

しんしんと雪が降るなか、ギルカの体温がとても温かかった。


ユーライは暗闇の中で目を覚ました。

何も見えないのに、自分が覚醒しているという感覚だけはある。

「……どこだ、ここ」

声は出た。ユーライは自分の体を触《さわ》ってみて、少なくとも体があるらしいことを確認。ただ、感覚が鈍《にぶ》く、生身ではないかもしれないとも思う。また、天地がわからず、無重力空間にぷかぷか浮いているような感覚だった。

「目が覚めたか？」

誰かの声が聞こえた。女性のようだが、声の高い男性の声だと言われたら、そうだと信じられる。

ユーライは辺りを見回してみるが、相手の姿は見えない。あるのはただ暗闇だけ。

「誰？」

「我は神だ」

「……へぇ。何の神様？　転生とかを司《つかさど》ってる感じ？」

自分を地球からこの世界に転生させた神様だろうか。ユーライはそう思ったのだが。

「転生は我の領分ではない。我はただの邪神だ」

「邪神……？　邪神って、具体的に何をしてる神様？」

「気まぐれに強大な悪を地上に産み落としたり、だな。概《おおむ》ねそれは魔王と呼ばれる」

「うわ、タチの悪い神様……。滅《ほろ》べばいいのに……」

「……お前は邪神相手に物怖《ものお》じせん奴だな」

邪神が呆《あき》れる気配。

「邪神って言われても実感湧《わ》かないもんで。とりあえずあんたが邪神だとして、色々訊《き》いてもいい？」

「ああ、いいぞ。どうせ我は暇《ひま》を持て余している腐《くさ》れ神だ」

（この邪神、あんまり威厳《いげん》とかないな……。話しやすくていいけど）

「……とりあえず、ここ、どこ？　私、死んでないよな？」

「ここは地獄といったところかな。だが、お前は死んではいない。近々また地上に戻る」

「それは良かった。それで、邪神様が私になんの用？」

「用はない。お前が神の領域に足を踏み入れたから、お前の魂が我と一時的に繋《つな》がっただけだ」

「神の領域……？　んー……あ、もしかして、私が反魂《はんごん》で人を生き返らせたこと？」

「まぁ、それもある。そもそも、お前の力量が神の領域に達しているという話でもあるがな」

「……あー、闇落ちしてるときの魔力、やたら高かったもんな……」

魔力量十万でも、地上では最強の部類。一千万に近いとなると、次元が違うということになるだろう。

人と神。それくらいの次元の違いなのだろう。

「お前の力があれば、地上を根本から作り直していくことも可能だ」

「そんなことするつもりはないよ。私は平穏に暮らしたいだけ」

「それだけの力を持ちながら、望むのは平穏のみか」

「うん。地上を作り替《か》えることも、地上を支配することも、私の望みじゃない」

「……妙な魂が紛《まぎ》れ込んだものだな。それもまた面白いか……」

ふむ、と邪神が頷く気配。

「あ、つーか、邪神様は、私が他の世界から来たって知ってるんだよな？　そもそも、なんで私は異世界にいるわけ？」

「……巻き添《ぞ》え、かな」

「巻き添え？」

「お前をこの世界に導いたのは我ではない。別の神だ。我を邪神とすれば、奴は善神か。まぁ、神で良かろう。その神は別の者をこちらに招き、その巻き添えでお前の魂もこちらにやってきた」

「……そういや、地球で死ぬ前に、女の子の死体を見た気がする。本来呼ばれたのはあの子だけで、私は巻き添えってこと？」

「そういうことだ」

「うわ、迷惑《めいわく》……。でも、死んで終わりよりは良かったのかな……？」

「お前にとっては良かったかもしれん。こちらの世界にとっては、万の人間を死なせる大災害になってしまったが」

「……私は別に殺したかったわけじゃないし。最初のは単なる事故で、二回目は敵が来るから迎《むか》え撃《う》っただけだし」

「事情は知っている。お前たちの戦いは、楽しく鑑賞《かんしょう》させてもらっているよ」

「邪神ってのは覗《のぞ》き魔なのか？」

「似たようなものかもしれぬ」

「……神様相手に覗くなっていっても無駄か。じゃあ……私がこっちに来たのは巻き添えだとして、その女の子は何でこっちに呼ばれた？」

「神が地上を支配しようとした……といったところか」

「地上を支配……？　具体的には？」

「魔物などの邪悪な存在全てを滅して、清浄なる世界でも作りたかったのだろう」

「……それ、本当に大丈夫なの？　こっちの世界、魔物がいないならいないで色々と不都合があるんじゃない？　魔法具の材料がなくなったりさ」

「ああ、不都合がある。魔物と人間は、ある意味共存していると言ってもいい。それに、魔物がいなければ人間同士の争いが増える。他にも、色々と都合が悪い」

「ダメじゃん」

「そうだな」

「……え、その神様って、バカなの？」

「バカかどうかは知らぬ。ただ、潔癖《けっぺき》だ」

「……あ、そう。ちなみに、こっちに呼ばれた女の子の力があれば、地上の魔物全部を滅することもできる？」

「神の目論見《もくろみ》通りなら、できたのかもしれぬ。しかし、異世界の魂を持ち込んだ歪みは、早々にお前という凶悪な魔物を生み出した。神が娘《むすめ》の魂に細工をし、どれだけ強力な戦士を地上に送り込もうと、もはや魔物殲滅は叶《かな》うまい。世界は清浄化を望んではおらぬのかもしれぬ」

「……まるで、世界そのものに意思があるみたいな言い草だな」

「きっとあるのだろう。世界を生み出したのは神でも、もはや神の手は離れている。詳《くわ》しいことは我にもわからぬが」

「ふぅん……。ちなみに、なんで私はこんなに強い力を持ってるんだ？　あの女の子は神様があえて強くするんだとして、私の場合は？」

「まず、異世界の魂は、この世界の枠組《わくぐ》みから外れている。本来は肉体にも魂にも強さの上限があるのだが、お前にはそれがない。鍛《きた》えれば鍛えるほど、殺せば殺すほど強くなる。その状態で二万人も殺したものだから、お前は規格外の強さを得た。言っておくが、お前はダークリッチとしても

「異常な強さだ」

「なるほど……」

「それと、お前は覚えていないだろうが、お前はこの世界で何度も生き死にを繰り返している。期間にすれば五年ほどだ。

　暗闇のダンジョンに囚《とら》われ、魔物として生まれ、冒険者に殺され、そしてまた魔物として生まれ、となな。まぁ、より正確には、殺されてもお前の魂は死なず、肉体の滅びと魂の再構成を繰り返した、ということだ。

　その間に、元々この世界で異物だったお前の魂は、さらに変質している。反魂《はんごん》などという、神域の力を扱えるようになったのはそのせいだ」

「……そうなのか。でも、全然殺された記憶なんてないな」

「元々、魔物として生まれたばかりの頃は自我もなかったのかもしれぬ」

「そっか……。あとは……その女の子、どこにいるの？」

「聖都だな。祝福の子供と呼ばれ、聖戦士として育てられている最中だ。まだ五歳だが、中身はお前と同じ。いずれ会うことになるだろう」

「そっか……。戦うことになるかな？」

「それは知らぬ。だが、もはやお前の敵ではなかろうよ」

「そう……。じゃあ、友達になれるかな？」

「それはお前次第だろう」

「なら、友達になれたらいいな」

色々なことを訊けて、ユーライとしては有意義な時間だった。相手は邪神だというが、邪悪な神という感じはないので、全くのデタラメを吹《ふ》き込まれたわけでもないだろう。

「……あ、最後に一個。私の名前、フィランツェルって、何？　誰が私に名前を付けたんだ？」

「その名を与えたのは我だ。邪神の加護とでもいったところか。お前が魔王として戦うとき、その名を名乗るがいい。闇落ちとは別の力を発揮できるようになる」

「……へぇ。まぁ、その気になったらやってみる」

「ああ、そうしろ。……そろそろお前は目覚める頃合いだな。まだ訊きたいことはあるか？」

「えっと、とりあえず思いつくところは訊いたけど、また話す機会はある？」

「ああ、あるさ。お前はもう、神の一種だ。望めば会話くらいはできる。いつでもとは言わぬが」

「話せるならいいや。またな」

邪神がクスリと笑う。

「邪神に向かって、なんとも気安いことだ」

「仕方ないだろ？　いまだに邪神っていう実感もないんだからさ。敬ってほしかったら、もうちょっと威厳を出してくれ」

「敬いなどいらぬさ。ではな」

ユーライの意識が薄《うす》れていく。

闇の中で意識が消失する。

それからまもなく、ユーライは領主城のいつものベッドの上で、再び目を覚ました。

名前：フィランツェル（ユーライ）
種族：ダークリッチプリンセス
性別：女
年齢：五ヶ月
レベル：三
戦闘力：三十四万五千
魔力量：二百五十二万
スキル：暗黒魔法　レベル×××、闇魔法耐性、聡明、死なず、邪神との対話
称号：暗黒の魔女、魔王、神域の怪物、邪神の寵姫《ちょうき》

邪神との対話を終え、ユーライが目を覚ましたとき、あの戦いから十日が経過していた。

ステータスも変動し、外見にも変化があった。十二歳くらいの体だったのが、今はさらに成長して十四歳くらいになっている。身長が少し伸《の》び、胸の膨らみもより明確になった。

「外見が成長するのはいいんだけど、ますます危険度が上がってるよなぁ。平穏に生きたいだけなのに、周りを怖がらせるばっかりだよ」

領主城三階の廊下《ろうか》。窓から城下の雪景色を眺めながら、ユーライはぼやく。時刻は午後五時過ぎで、夕方の日差しは弱々しい。

ユーライが軽く溜息をつくと、右隣のクレアがそっとユーライの手を握る。

「怖がらせるくらいがきっと丁度いい。誰もあなたに手を出そうとしなくなる。この十日間も平穏だった」

「その平穏がずっと続いてくれるといいな。そうすれば、私も誰も殺さないで済む」

しかし、まだ敵がいなくなったとは思えない。

（少なくとも、向こうには祝福の子っていう切り札もある。完全に敗北したとは思ってないだろうな。でも、同郷だし、話せばわかるんじゃないかな？）

ユーライが無駄な争いにならないことを願っていると、左隣のリピアがユーライに身を寄せながら言う。

「……ねぇ、ユーライは、たくさんの人を殺したこと、後悔《こうかい》している？」

「私は、別に。闇落ち状態のときのことって、全然罪悪感とか湧かないんだわ。私より、二人はどう？　自分が生き返るためにたくさんの人が犠牲になったこと、辛いと思う？」

先に答えたのは、クレア。

「その気持ちがないわけではない。けれど、そうなった原因は、無闇にユーライを襲った相手側にあると思う。何もしてこなければ、被害者《ひがいしゃ》はいなかったはず」

そして、リピアも答える。

「……あちしも同じかな。死んでしまった人に申し訳ないとも思うけど、そもそもあちしには殺される理由なんてなかった。あちしたちは悪くないんだから、向こうが勝手に犠牲者《ぎせいしゃ》を出しただけ」

「……ん。それもそうだ。けど……リピアはそれでも気に病んでるかな？　リピアは気にしなくていいんだぞ？　一万人殺してでも生き返らせるって決めたのは私で、実際に殺したのも私。リピアに責任はないよ」

「うん……」

（少しずつ心の整理もついてくるかな……。全部私がやったことなんだから、気にしなくていいのに……）

なお、アンデッドにした聖剣士アクウェルについては、まだふさぎ込んで部屋に引きこもっている。パーティーメンバー三人が必死に慰めているようだが、復帰はまだ先になりそう。

クレアもリピアも当初は似たような状態だったので、次第に落ち着くだろうとユーライは見込んでいる。

将来的にアクウェルまで自分に執着《しゅうちゃく》するようになったら面倒《めんどう》だとも思うが、いざとなったら精神操作で対応すればいいと、気軽に構えてもいる。

「ま、過ぎたことはもういいさ。それより、私はこの町を復興させたい気持ちが出てきたな。雪景色は綺麗《きれい》だけど、このままじゃやっぱり寂《さび》しいや。どうにかして人を増やそう」

「ユーライが命じるのなら、あたしは手伝う」

「あちしはいつでも手伝うよ！」

「ありがと、二人とも。それでさ、リピア。とりあえず、無眼族の人たち、ここに住まない？」

「いいの？　亜人《あじん》だよ？」

「私なんてアンデッドだよ。この町は、亜人だからダメとかいうのがない町にしたい」

「……そっか。里の人全員が来ることはないと思うけど、興味を持ってくれる人はいると思う。それと、無眼族だけじゃなくて、他の亜人にも声をかけていいかな？」

「ああ、いいよ。まぁ、上限は二万人くらいだろうけど」

「そこまで一気に増えることはないから大丈夫」

「そっか」

「ただ……ユーライは知らないかもしれないけど、亜人の外見は人間からするとかなり風変わり。あちしたちはまだ人間に近いけど、獣に近かったり、虫に近かったりする者もいる。それでも大丈夫？」

「私は気にしないかな。ただ、見た目云々《うんぬん》より、文化的な違いで衝突するのは避けたい。なるべく相性のいい種族を集められるといいな」

「ユーライは心が広いね！　ちょっと考えてみる！」

「ん。頼むよ」

復興していく町の姿を思い描き、ユーライは心を躍《おど》らせる。

ここは本来いるべき人たちから奪い取った町で、自由に作り替えてよいというわけでもないのかもしれない。

しかし、追悼《ついとう》だけしていても未来はない。

「これからいい町を作ろう。それを邪魔する奴は……殺すしかないのかなぁ」

平穏で、平和で、幸福な未来を願い、ユーライは薄く微笑んだ。

エピローグ

ユーライは一人きりの部屋で、姿見の前に立つ。

濁《にご》った白色の髪《かみ》は腰《こし》まで届き、肌《はだ》は病的に白い。黒い瞳《ひとみ》はユーライにとっては見慣れたものだが、この世界、あるいはこの地域においては比較《ひかく》的珍《めずら》しいらしい。

黒いワンピースから覗《のぞ》く手足はすらりと伸《の》びて、まだ十四歳《さい》程度の容姿ながら、美しくもあり妖《よう》艶《えん》でもある。胸はまだまだ成長の余地があるものの、これはこれで悪くないと、ユーライは思う。

身長は百五十センチもないだろう。小柄《こがら》さも魅力《みりょく》だが、いずれまた伸びる可能性あり。

「うーん……私、やっぱり結構可愛《かわい》いなぁ。スマホがあれば自撮《じど》りにはまってたかも」

ユーライは姿見の前でくるくると回り、少々あざといポーズを取ってみるなどする。

これで歌って踊《おど》れればアイドルにでもなれそうだが、残念ながらそのスキルはない。

「……歌って踊って、それで平穏《へいおん》な暮らしが手に入るなら、そうするけどな。まぁ、無理だな」

早々に見切りをつける。

「さっさと着替《きが》えて……午前中は町の清掃《せいそう》、午後からダンジョン探索《たんさく》って感じかな……」

パジャマ代わりのワンピースを脱《ぬ》ぎ捨てて、ブラウス、スキニーパンツ、真紅《しんく》のローブを着る。雰《ふん》囲気《いき》としては、女性用のパンツスーツの上に魔法使《まほうつか》いのローブを着ているような姿。

ローブは灼羊《しやくよう》の毛を利用しているそうで、真冬でも暖かい。また、穴が空いてしまった紅凰《こうおう》のローブには及《およ》ばないが、魔法耐性《たいせい》も高い。

「……ま、悪くないかな。ご飯食べいこー」

ダークリッチプリンセスとして目を覚ましてから十日。この世界で意識を取り戻《もど》してからは三ヶ月程度。姿見で自分の姿をきちんと確認《かくにん》するのも癖《くせ》になった。見た目が可愛い女の子だからか、自然と気を使うようになっている。

「おしゃれにでも目覚めてみるかなー。相変わらず男には興味ないし、自分で楽しむだけだけど」

自室を出て、ユーライは食堂へ。

「おはよー」

声をかけると、既《すで》に集まっているいつもの面子《めんつ》から挨拶《あいさつ》が返ってくる。クレア、リピア、ラグヴェラ、ジーヴィ、そしてセレス。

セレスはユーライの仲間ではないのだが、ここにいた方が面白《おもしろ》そうだからと居座《いすわ》り続けている。挨拶する程度には馴染《なじ》み始めた。

害はないから無理やり追い出すほどではない。また、いざとなったら精神操作で手駒《てごま》にもできるので、居座るならそれもいいと、ユーライは判断している。

（手駒にしないといけない事態にはなってほしくないけどさ）

朝食の並んだ長テーブルの一角。ユーライはクレアとリピアに挟《はさ》まれる席につく。

ちなみに、クレアとリピアとは、クレアの部屋で一緒《いっしょ》に寝《ね》ている。ただ、着替えなどをするとき、ユーライは自室に戻っている。

クレアの部屋で着替えをしてもいいのだが、少しばかりクレアの視線が気になるようになった。恋《れん》愛《あい》感情はないと言っていたはずだが、視線に欲情が混じっているように思えた。

（まぁ、クレアと結ばれたって構わないんだけど。そのときはそのとき。でも、クレアから何か決定的なことを言われる前に、変に惑《まど》わしたくもないよな）

そう思いながら、ユーライは右隣《みぎどなり》のクレアを見る。

深い青の髪は肩《かた》に届くくらいに伸びて、肌は青白い。黒い瞳はユーライを見つめていて、二人の目が合った。クレアが優《やさ》しく微笑《ほほえ》む。その瞳の奥《おく》にほんのりとドロッとしたものが滲《にじ》んでいるように感じられたが、ユーライは特に気にしない。

（蘇生《そせい》させてから余計に私に執着《しゅうちゃく》するようになったかも？　ま、味方だからいいけど）

ユーライは、今度は左隣のリピアを見る。リピアもユーライの方を向いていた。眼《め》はないのだが、注目するときには顔をその方向に向けるのが無眼《むがん》族。

小首を傾《かし》げてロングの青髪を揺《ゆ》らしつつ、リピアもにこりと笑う。唇《くちびる》の隙間《すきま》から尖《とが》った歯が覗いた。額から伸びる一本の黒い角も相まって、魔物に近い存在感がある。

（リピアもクレアと同じくらい私に執着してるよな……。そして、クレアとは微妙《びみょう》に仲が悪い……。この先、変な修羅場《しゅらば》にならなければいいけど）

「二人とも、待たせて悪い。ご飯、食べよっか」

「ええ」

「うん！」

ユーライが宣言すると、クレアとリピアが食事を始める。自分を待つ必要はないと伝えているのだが、この二人はいつもユーライを待つ。なお、他の面子は各々《おのおの》勝手に食事を進めている。

「なぁ、ラグヴェラ、ジーヴィ。里の人たちは、やっぱりこっちには来ないかな？」

食事をしながら、ユーライは二人に尋《たず》ねる。答えたのは剣士《けんし》のラグヴェラ。

「里に帰って何度か話はしてみてるんだけど、怖《お》じ気付いてこの町に近づこうとしないんだ……。ユーライは危険な魔物だと思ってる。それに、あちしたちも、ユーライに操《あやつ》られてるんじゃないかって疑われてる……」

「そっか……。まぁ、たくさん殺しちゃったもんな……」

町の復興を目指し、ユーライはひとまず無眼族を町に呼ぼうとした。ラグヴェラたちに勧誘《かんゆう》を依《い》頼《らい》しているのだが、上手《うま》くいっていない。

無眼族に被害《ひがい》を及ぼしたわけではないものの、ユーライが大量殺戮《さつりく》をしでかした魔物であることは変わりないので、警戒《けいかい》されてしまっている。

（逆の立場だったら、私も凶悪《きょうあく》な魔物が統治する町になんて行きたくないか……。外部から攻《せ》められる可能性も考慮《こうりょ》すれば、近づこうとしないのも自然だ）

「……他の亜人《あじん》たちも似たようなもん？」

「うん。里にいる人も誘《さそ》ってみたし、通信魔法で軽く他所《よそ》の里と連絡《れんらく》を取ってみたけど、まだユーライのことを信用できないって」

亜人の各種族同士では、薄《うす》くだが繋《つな》がりを持っているらしい。何かあったときに連絡し合うのだとか。

「……仕方ない。信用を得られるまで、なるべく大人しく過ごすしかないか……。私が亜人たちに会いに行っても怖《こわ》がらせちゃうだけだろうし……」

（グリモワの町の復興はまだまだ先になりそう。寂《さび》しい雰囲気が続きそうだけど、今は辛抱《しんぼう》だ）

「ま、勧誘は追々やっていくとして。近隣《きんりん》の町とか、世界の動きとかを知りたいな……。偵察《ていさつ》はそろそろ帰ってくる頃《ころ》のはずだけど……」

テレビもインターネットもないこの世界、情報を得るのは一苦労だ。

通信手段としての魔法具は存在するものの、こちらから連絡を取ろうとしても、他の町は応じてくれない。

ギルカの手下が近隣の町の様子を見にいっているのだが、往復するだけで十日ほどかかる。激しくはないが雪も降っているので、さらに時間がかかるかもしれない。

「私が自分で行った方が良かったかな？」

ユーライのぼやきに、クレアが応える。

「一度、各地を回ってみるのはいいかもしれない。ただ、ユーライが自分の存在を隠《かく》しても、町にはユーライに気づく者が一人くらいはいると思う。戦闘《せんとう》が必要になるかもしれないことも、下手をすればまた誰《だれ》かを殺《あや》めるかもしれないことも、考慮しておくべき」

「……戦いたいわけじゃないんだよ。ギルカの手下の報告次第《しだい》で、どうするか考えよう」

もうしばらくは現状維持《いじ》が続きそう。

町を片付けたり、ダンジョン探索しながら戦闘能力を高めたり。

（……邪神《じゃしん》と話したのは、まだ誰にも話してない。邪神と縁《えん》ができたとか言ったらドン引きされそうだし……。けど、聖都にいるはずの祝福の子にも一度会いたいんだよな……。私からすると敵組織の一員だけど、たぶん、話せばわかる。戦う必要はない。そうであってほしい……）

同郷の者同士で戦いたくはない。

余計な争いにならないことを願いつつ、ユーライは食事を続けた。

そして、食事が終わる頃、食堂に駆《か》け込《こ》んできたギルカから報告が一つ。

「おれの手下が捕《つか》まっちまいまして、解放してほしければダークリッチの首を差し出せ、と言っているそうです」

ユーライがギルカに詳細《しょうさい》を尋ねたところ。

ギルカは、グリモワの近くにあるユーゼフとルギマーノという町に、三人ずつ手下を向かわせた。

ユーゼフに行った三人は、ちょっとした喧嘩《けんか》に巻き込まれ、暴漢として捕まった。衛兵に取り調べを受けているところで、三人が極悪《ごくあく》非道の魔王《まおう》、ダークリッチの手先だと判明。

捕まった三人のうちの二人は人質《ひとじち》として町に捕《と》らえられ、一人だけ伝言役としてグリモワに返された。

返された男は全身に酷《ひど》い怪我《けが》をしていたが、それは置いておく。

そして、ユーゼフの暫定《ざんてい》領主が、『二人を殺されたくなければ、ダークリッチの首を寄越《よこ》せ』と言っている、とのこと。

「……それ、本気で言ってる？　どう考えても無茶な取引じゃない？」

ギルカの話を聞き、ユーライは首を傾げた。手下の命をボスの命と交換《こうかん》など、まずあり得ない。市民二人の命を救うために王様が命を捧《ささ》げるようなものだ。

「まぁ、おれも無茶な話だと思います。冷静に考えれば、末端《まったん》の手先のために、魔王が首を差し出すなんてありえません」

「なんでそんな取引持ちかけたんだか……」

「色々と理由はありそうですが、まず、ユーゼフを本来統治していた領主や権力者が、軒並《のきな》み死んでいるそうです。先日の戦いに血縁者《けつえんしや》が参戦していて、例の死の連鎖《れんさ》に巻き込まれたようで」

「あー……。それで、統治者不在になった？」

「不在ではないようですが、取り仕切ってるのが引退していた元ユーゼフ伯爵《はくしやく》で、息子《むすこ》と孫を殺された恨《うら》みで我を忘れているのだとか」

つまり、参戦していたのは元ユーゼフ伯爵の孫。元ユーゼフ伯爵からすると、子供と孫を殺されたことになる。それなら怒《いか》りで我を忘れることもあるだろう。

先に手を出したのはそっちだ、という意見など、おそらく聞く耳を持たない。

「……ま、あれだけ殺せば恨みも買うか。グリモワのときは町の人全部消しちゃったから、私を恨む人もそう残ってなかったと思うけど」

(強《し》いて言えば、この国のお姫様《ひめさま》だったらしい、エレノアの関係者か。いつか何か起きそう……。遺体はまだ地下室で冷凍《れいとう》保存状態だけど、下手に処分はしない方がいいかな。それはさておき)

ユーライは若干《じやつかん》逸《そ》れた思考を軌道《きどう》修正。首を傾げつつ、ユーライはギルカに言う。

「でもさぁ、復帰した伯爵さん、流石《さすが》に我を忘れすぎじゃない？　一万の軍隊を壊滅《かいめつ》させた魔物に、配下二人の命で交渉《こうしよう》しようだなんて」

「……普通《ふつう》に考えるとそうですね。しかし、どうも統治者だけでなく、町全体で異様な雰囲気があるようです。そもそも、治安がすこぶる悪化しているそうで……」

ギルカの手下曰《いわ》く。

兵士の数が激減し、領主にあまり力がないため、犯罪の取り締《し》まりも行き届かなくなってきている。

また、魔王が近くにいる恐怖《きょうふ》で、逃《に》げ出す者も多数。行く当てがなく、町にとどまっている者も、いつ自分たちが殺されるのかという恐怖でおかしくなっている。

さらに、家族や大切な人を奪《うば》われた者が、復讐《ふくしゅう》に燃えている。もはや自身の危険を顧《かえり》みることもしない。

「……なるほど。冷静な奴《やつ》らはもうほとんど町にはいないのか。残ってるのは半ば暴徒化したような市民ばかり……。それなら、統治者と一緒になってわけわかんないこともやっちゃうかぁ……」

「そのようです……」

「まぁ、状況《じょうきょう》はわかった。それで、ギルカはどうする？　手下のために私の首を取りにくる？」

ユーライが軽い冗談《じょうだん》のつもりで尋ねると、クレアが冷えた風を起こす。殺気が具現化したのではなく、単に魔法を使っているだけだとユーライは信じる。

「……ギルカ、まさかユーライに手を出すなんて言わないよね……？」

底冷えするクレアの声に、ギルカも苦笑《くしょう》。ユーライに向け、軽い口調で言う。

「おれは手下よりユーライ様の命を優先します。ユーライ様を傷つけたりしませんよ」

クレアから溢《あふ》れた冷気が消失。ユーライもひと安心。

ギルカは肩をすくめつつ、続ける。

「とはいえ、手下が捕まって何もせずにいるほど薄情《はくじょう》ではありません。元頭領として、あいつらをちょっと助けてきます」

「わかった。でも……私も行っていい？　救出はギルカ一人で十分だとは思うけど、私も顔を出した方がいい気がしてきた」

「どういうことですか？」

「私は他の人を脅《おど》かさないためにここにいるんだけど、向こうからすると正体不明の脅威《きょうい》になってるみたいで、それも良くないと思って。何を考えているのかわからないし、いつ他の町を襲《おそ》うかもわからないいんじゃ、恐怖しかないよな。だから、ここは私が姿を見せて、他の町を襲うつもりはないってちゃんと宣言しようと思う」

「……それもいいかもしれません。ただ、ユーライ様が赴《おもむ》けば、何かしらの争いは起きるでしょうね」

「うん……。なるべく誰も傷つけないようにするよ」

「……わかりました。では、取り急ぎご準備を。なるべく早く出立《しゅったつ》します」

「ん」

ギルカが去っていく。それを見送って、ユーライは左右の二人に確認。

「二人とも、行く？」

「……行く」

ためらいがちながら、先に答えたのはリピア。

「無理についてこなくてもいいんだよ？　たぶん、嫌《いや》なものも見ることになる」

「……でも、行く。あちしは、ユーライと共に生きていくんだから」

「そっか。わかった。クレアはどう？」

クレアは少し迷うそぶり。

「それは、ついてこいという命令？」

「んー……」

(別に命令じゃないけど……命令って言ってほしそう)

「……命令ってことで」

「それなら、仕方ない」

(このやりとり、いつまで続くんだろ？　もういらない気がするけど……クレアは元聖騎士《せいきし》だし、命令だから仕方なく従っているっていう言い訳がほしいのかもな)

「……じゃ、行こうか。あ、ジーヴィたちは好きにしておいて。セレスは……いい加減帰れば？」

「帰らねぇ」

「あ、そ。まぁいいや。あとは……アクウェルたちは放っておけばいいな」

ユーライは席を立ち、クレアとリピアを伴《ともな》って食堂を出る。それから取り急ぎ準備を済ませ、領主城を後にする。

雪化粧《ゆきげしょう》された広い庭を歩きつつ、ユーライはふと思う。

「……町を守れる人がゼロになるのは良くないか。一応、護衛を残しておこう。悪鬼召喚《あっきしょうかん》」

庭に禍々《まがまが》しい黒紫《くろむらさき》の魔法陣《じん》が生じる。

光が溢れた後、現れたのは、身長三メートル大の黒い鬼《おに》。厳《いか》つい顔の上には二本の角が生え、迫《はく》力《りょく》のありすぎる筋骨隆々《きんこつりゅうりゅう》の体が恐《おそ》ろしい。右手には巨大《きょだい》な戦斧《せんぷ》を持つが、防具はない。腰に巻いた布切れのみ。

戦闘力《せんとうりょく》は五万を超《こ》えているので、番犬としては十分だろう。

「侵入者《しんにゅうしゃ》がいたら捕まえろ。なるべく殺すな。町も壊《こわ》すな。そして、この町と住人を守れ」

指示を出すと、悪鬼がコクリと頷《うなず》く。会話はできないが、言葉の指示は伝わる。ただし、あまり知能は高くないうえ、戦い方は雑。殺すなと言っても勢い余って殺してしまうことがある。いざ戦闘となれば、町にも多少損壊《そんかい》が出るかもしれない。

「……全く守る奴がいないよりはマシかな」

その後、町の南区でギルカとも合流。

「移動はこれを使おう。不死者の軍勢、小」

再び黒紫の魔法陣が出現し、今度はスケルトンの馬が四頭現れる。ご丁寧《ていねい》に手綱《たづな》と鞍《くら》もついているので乗りやすい。

「はい、皆《みんな》、乗ってー」

ユーライは、一人一頭ずつスケルトンホースに跨《また》がるつもりだったのだが。

「ねぇ、ユーライ。あちし、馬の乗り方わかんない。ユーライと一緒に乗せて？」

「ん？　ああ、いいよ」

「やった！」

（生身の馬じゃないから、跨がっていればいいだけなんだけど……う、クレアの視線が冷たい）

クレアは聖騎士の鎧《よろい》を着ているが、冑《かぶと》は脱いでいる。その怜悧《れいり》な視線がリピアに向いていた。

「……クレア？」

「……何？」

「帰りは一緒に乗ろうよ」

「……ユーライが望むなら」

クレアの表情が和《やわ》らいだ。

（……バランスを取るのも大変だ。なるべくアンデッドは増やさないようにしよ……）

スケルトンホースを一体消した後、雪がちらつくなか、ユーライたちは町を出立した。

（何事もなくは終わらないだろうけど、悪いことが起きないことを願うよ……）

番外編　夢

クレアはグリモワの町を囲む城壁の上に立ち、雪の積もった平原を眺《なが》める。

平原ではユーライの召喚《しょうかん》した無数のスケルトンたちが、兵士たちや聖騎士《せいきし》たちの遺品や遺体を回収している。

午後一時過ぎ。雪のちらつく寒空の下、スケルトンたちは全く嫌《いや》がるそぶりもなく作業を進めてくれるのだが、残念ながら死者への敬意などというものはない。

『落ちている装備品は城の前へ、人間と魔物《まもの》の死体は城壁の外で一カ所に集めろ』

その指示を機械的に遂行《すいこう》するだけ。まだ残っている死体を平気で踏《ふ》みつけるし、引きずるし、装備品の扱《あつか》いも雑。回収すべきものがあまりにも多く、グリモワの住人だけでは人手が足りないという事情がなければ、やはり人の手で回収を進めたいところだった。

（せめて、聖騎士たちに関係するものは、あたしが先に回収するべきだったかな）

クレアは少しだけ後悔《こうかい》する。

ユーライが眠《ねむ》っている間、回収しようかと思ったこともあった。それでも結局何もしなかったのは、仲間だった者たちの死を実感するのが辛《つら》かったから。

聖騎士たちと道を違《たが》えたとはいえ、全く情が残っていないわけではない。こうしてスケルトンたちの作業を眺めている間も、懐《なつ》かしい日々のことを思い出してしまう。

「悪いな、クレア。私のスケルトン、雑な作業しかできなくて」

クレアの左隣《ひだりどなり》に立つユーライが、眉《まゆ》を寄せて申し訳なさそうに言った。

反魂《はんごん》を使ったユーライは、十日間ほど眠ることになった。その間に、十二歳《さい》くらいだった体が、十四歳程度に成長。少しだけ大人びた顔立ちに、憂《うれ》いを帯びた表情が美しく映《は》えた。

「……気にしないで。どうしても気になるなら、あたしが回収すればいいだけのこと。それをしないのだから、文句は言えない」

「そっか。ちなみに、聖騎士の装備品、回収したら、使いたい人が使っていい、とかでも大丈夫《だいじょうぶ》？　上等な品ばかりだし、ギルカの手下が欲《ほ》しがるかも」

　クレアは思わず眉をひそめる。

「……あたしに断る権利があるのなら、それは止めてほしい。聖騎士の装備を、元とはいえ盗賊《とうぞく》が使うなんて、あたしは好ましく思えない」

　クレアの率直《そっちょく》な言葉に、ユーライは優《やさ》しく微笑《ほほえ》みながら頷《うなず》いた。

「わかった。なら、クレアの希望通りにする。ギルカも、それでいいか？」

　この場にはリピアとギルカもいるのだが、ギルカは苦笑《くしょう》しつつ肩《かた》をすくめた。

「クレアがそう言うなら、おれから装備を寄越《よこ》せなんて言うつもりはありませんよ。代わりに、兵士の装備品でいいのがあれば貰《もら》っていいですか？」

「うん、それはいいよ。クレアも、それは別にいいだろ？」

「構わない。兵士たちの遺品については、あたしが口を出すことじゃない」

「ん。あ、リピアは、何か欲しいものとかありそう？　リピアになら、聖騎士装備も譲《ゆず》ってくれると思うけど。どう？　クレア」

「リピアなら……まぁ、構わない」

　クレアは時にリピアを疎《うと》ましく思う。けれど、それは嫌悪《けんお》感や忌避《きひ》感などではなく、単にユーライにまとわりつくことが気に入らないだけ。要は単なる嫉妬《しっと》である。

嫉妬を忘れれば、リピアは好ましい性格の少女だ。優しく、健気《けなげ》で、清らかな心を持つ、良い人間なのだ。

リピアはクレアとユーライに顔を向けた後、軽く横に首を振《ふ》った。

「あちしはいらないよ。欲しくなるものはきっとあると思うけど……使おうとは思わないかな。なんだか気が引けちゃう……」

リピアらしい答えで、クレアは少し心が和《なご》む。あまりにも多くの人が死に、心がどこか麻痺《まひ》している今、リピアの正常さのおかげで自分を保てる気がした。

やがて、死体集めと装備の回収が終わる。

人間の無数の死体については、炎《ほのお》魔法で速《すみ》やかに焼いた。数が多過ぎてクレア一人の魔力では到《とう》底《てい》足りなかったが、ユーライの補助があれば問題なかった。

残った骨は城壁の外にまとめて埋《う》めた。一応墓石も置いておく。一人一人丁寧《ていねい》に埋葬《まいそう》していないのは薄情《はくじょう》な話だが、名前も何もわからないので、妥当《だとう》な方法でもあった。埋められる物が残っているだけマシ……とは、死者たちに向けては言えない。

魔物の死体も焼いて、残った魔石だけ回収した。現状では使い道はないが、いつか有効活用できるかもしれない。

埋葬が終わったら、クレアたちは城の前庭に移動。大量の装備品が雑多に放り出されている。

ユーライがとことこと装備品の山の前に歩み寄って。

「とりあえず、聖騎士装備とかの上等なものは人力でより分けよう」

指示に従い、手分けして上等な品を選別していく。

なかなかに大変な作業で、途中《とちゅう》からはギルカの手下も手伝い始めた。

元盗賊が聖騎士たちの装備に触《ふ》れることに、クレアは若干《じやっかん》の抵抗《ていこう》を覚えた。しかし、全て自分一人でやると言える状況《じょうきょう》でもないので、ただ静かに見守った。

夕方までかかり、作業が一段落。

聖騎士の装備は武器庫へ、その他の上級品は一旦《いったん》ギルカの手下たちが持っていき、量産品の装備は倉庫に放り込《こ》まれた。

そして、装備品以外にも残った物があった。高価な魔法石がついた装飾品《そうしょくひん》などだ。魔法の効果が付与《ふよ》されたそれらはある意味装備品でもあるのだが、宝物庫へ入れることになった。

領主城の宝物庫は地下にある上、侵入《しんにゅう》を防ぐ結界魔法が張られていた。余所者《よそもの》が気安く出入りできる構造にはなっていなかったのだが、結界魔法はユーライの吸収で消滅《しょうめつ》した。鍵《かぎ》については、ギルカの鍵開け技術で開錠《かいじょう》できた。後にリピアが鍵を発見したけれど、普段《ふだん》は鍵《か》を掛けていない。

「鍵が開けっ放しなんて、相変わらず不用心ですね」

宝物庫の重厚《じゅうこう》な扉《とびら》を開きながら、ギルカが呆《あき》れ顔。

四人部屋くらいの広さの宝物庫には、大量の金貨や銀貨、宝石、貴金属、貴重な魔法のアイテムなどが収められている。以前ユーライが使っていた紅凰《こうおう》のローブなどはここから取ってきていた。

「欲しい物があれば勝手に取っていけばいいよ。ここに住んでいる人に渡《わた》るのは何も悪いことじゃない。外部からの侵入者がいたら困るけど、盗《と》られたところで大した問題でもないよ」

ユーライはのほほんと答えた。これも相変わらずだが、ユーライは物に対する執着《しゅうちゃく》が薄《うす》い。お金にも宝石にも魔法のアイテムにも、深い関心を示さない。

初めて宝物庫を見たときには少々高揚《こうよう》していたが、今ではこんなものだ。

「ユーライは富に興味がないね」

リピアが言うと、ユーライは軽く首を傾《かし》げる。

「興味がないってわけでもないよ。それなりに豊かな生活を送るのに必要な富はもちろん欲しい。けど、富ってのは集めることが大切なわけじゃなくて、どういう使い方をするかが大切だろ？　持ってるだけじゃ意味がない。私はどんだけ富を持ってても上手《うま》く使えないから、有効活用できる奴《やつ》に預けたいくらいに思ってるだけ」

妙《みょう》に達観したことを言う。

ダンジョン生まれで外の世界をあまり知らないはずなのだが、そうとは思えない発言もする。

（ユーライの過去については、きっと、あたしたちが知らないこともたくさんある。知りたいとは思ってしまうけれど、ユーライが話さないのなら、あえて問うべきじゃないかな……）

過去を問う代わりに、クレアは別のことを尋《たず》ねる。

「ユーライにとって、大切なモノって何？」

「質問を返して悪いけど、それは、ここにいる三人以外でってこと？」

クレアはもう、その答えだけでほぼ満足だった。

「そうね。あたしたち以外で」

（強《し》いて言えば順番を知りたいけれど、それを訊《き》くとユーライが困りそうだから止《や》めておこう）

一番に自分の名前を挙げてほしい。でも、きっとユーライはそんなことをしない。クレアと言っても、リピアと言ってもどちらかが嫉妬に駆《か》られるとわかっているから、クレアとリピアの二人とも一番、などと言うのだろう。その答えに意味はない。

「三人以外で大切なモノね……。ラグヴェラとジーヴィも次くらいには大切かな。あとは、平穏《へいおん》な暮らしも、住み慣れてきたこの町も大切……。セレスとかギルカの手下は、いなくなったらいなくなったで寂《さび》しいかも……」

「わかった。もういい。大丈夫」

「そう？」

ユーライの大切なモノが、富でも権力でも名声でもなく、身近にいる人であるならば。もうそれだけでクレアは安心する。ユーライの過去など、今すぐ知る必要はない。

持ってきた物を宝物庫に収めたところで、不意にカタカタと音がし始めた。クレアの近くにあった手鏡が揺《ゆ》れている。

その鏡の背面は黒塗《くろぬ》りで、白い線で人の目を模した不気味な模様が描《えが》かれている。見るからに怪《あや》しげな魔法具なのだが、その用途は不明だった。

「ん？　なんだ？　鏡が揺れてる？」

ユーライが不思議そうに鏡に近づき、それを手に取った。

「ユーライ、それ、あからさまに呪《のろ》いのアイテムだから、不用意に触《さわ》らない方がいい」

「あ、うん、そんな気はしたけど、私なら平気だろ」

「……まぁ、ユーライを呪える魔法具なんて存在しないとも思うけれど」

ユーライの圧倒《あっとう》的な力からすれば、この世のどんな魔法具も玩具《がんぐ》に過ぎない。

「けど、なんでいきなり揺れ始めたんだろ？」

「たぶん、持ち込んだアイテムの中に、呪いを払《はら》うような品があったんだと思う。それで、その鏡が反応した」

「なるほど。私と戦うために、対策として何か持ち込んでたんだろうな……」

ユーライは手鏡で自分の姿を眺める。普通の人間がやれば、それで何かの呪いが発動するのではなかろうか。今はただ、ユーライを映す通常の鏡として機能している。

「これ、なんの鏡なんだろ？」

「わからない。何かの呪いが掛かっているとしか」

クレアはリピアとギルカに視線をやる。二人とも首を横に振る。

「あちしにも、悪い魔力を帯びてるとしか……」

「正確にはわかりません。鏡という形状から予想するなら、魂が鏡の中に閉じ込められるとか、鏡の中の自分と入れ替《か》わるとかでしょうか」

「なるほど。ちょっと気になるけど、下手な真似《まね》はしない方がいいよな。けど、ここに置いておくとカタカタ揺れちゃうか……」

ユーライが手鏡から目を逸《そ》らし、置き場所を考え始めたところで、急に鏡から黒い煙《けむり》が立ち上り始めた。

「お？　なんだ？」

「ユーライ、鏡を離《はな》して！」

クレアはユーライの手から手鏡を払い落とす。しかし、もう遅《おそ》かった。

黒い煙は宝物庫内に充満《じゅうまん》し、クレアたち四人を呑《の》み込む。

外へ出なければ。

クレアはそう思ったのだが、体が動かず、そのまま意識を失った。


ムニムニと頬《ほお》を弄《もてあそ》ばれる感覚と共に、クレアは意識を取り戻《もど》した。

「クレア、聞こえる？　目を覚ませー」

ユーライの声も聞こえて、クレアは目を開く。仰向《あおむ》けに寝転《ねころ》ぶクレアを、ユーライが上から覗《のぞ》き込んでいた。黒い瞳《ひとみ》がクレアを見つめている。

「お？　起きたな。おはよう」

「おはよう、ユーライ……」

（ユーライ、可愛《かわい》い……。近くで見ると一層……。いや、今はそんなことを考えてる場合じゃない……）

クレアは自分が意識を失うに至った経緯《けいい》を思い出し、すぐに体を起こす。

「ここはどこ？　それと、剣《けん》もない……？」

クレアたちは城の宝物庫にいたはずである。しかし、今は何故《なぜ》か農村のような場所にいて、周囲にはたくさんの人が集まっている。倒《たお》れているクレアを心配しているようだ。また、クレアがいつも腰《こし》に差している雅炎《がえん》の剣《つるぎ》がないが、村人が盗ったわけでもないらしい。

「ここがどこなのか、私にもわからない。でも、たぶん幻覚《げんかく》か何かを見せられてる。霊視《れいし》で見た感じ、集まってる人たちには魂がない。日差しも鬱陶《うっとう》しく感じない。それと、武器の持ち込みは禁止されてるのかな？　クレアの剣は始めからなかったよ」

「幻覚……。あの手鏡の効果ってこと？」

「そうみたい。でも、クレアとリピアには魂があるから、幻覚じゃなさそうだ」

「リピアもいる？」

「うん。まだ倒れてるから、ちょっと見てくる」

ユーライがクレアから離れ、もう一つの人だかりへ。

ユーライが分け入ると、中心にリピアがいた。ユーライがまた頬をムニムニして、リピアを起こす。

（……リピアより先に私を起こした。まぁ、だから何って話ではあるけど）

自分が優先されたようで、クレアはほんのりと嬉《うれ》しくなった。

（それにしても……ここは、どこ？　見覚えがあるような……）

人口数百人規模の比較的《ひかくてき》小さな村。木造の家が立ち並び、小麦畑が広がっている。

季節は夏だろうか。冬のグリモワとは全く違《ちが》う、力強い太陽の光が降り注いでいる。厚手のドレスが全く似つかわしくないのだが、暑くてしょうがないということはない。幻覚だからか、アンデッドの体質なのか。

「お姉ちゃん、大丈夫？」

声を掛けてきたのは、まだ十歳くらいの女の子。くすんだブラウンの髪《かみ》をおさげにしていて、そばかすの浮《う》いた頬が可愛らしい。

「ええ……もう大丈夫。心配かけてごめんなさい」

「大丈夫なら良かった。わたしはニノ。お姉ちゃんは、クレアっていうの？」

「そう。あたしはクレア。初めまして、ニノ」

「初めまして、クレア！　ねぇ、お姉ちゃんたち、どこから来たの？」

「北の方にある、グリモワという町から」

「グリモワ……？　知らないところだね」

「遠いところだから。それで、ここはなんという村？」

「ここはね、キーナ村っていうんだよ！」

「キーナ村……？　え？　キーナ村⁉　本当に⁉」

「え、ど、どうしたの？　ここがキーナ村だったら、何かあるの？」

「そんな……なんで……？」

クレアはキーナ村に聞き覚えがあったし、実際に村を訪《おとず》れたこともあった。

ただし、クレアがやってきたときには、もうキーナ村は見る影《かげ》もなく滅《ほろ》んでいた。血染めの暴牛という盗賊団に襲《おそ》われたのだ。

クレアはその盗賊団を掃討《そうとう》するために派遣《はけん》された。まだ聖騎士になりたての、十五歳のときだった。

(ここがキーナ村だというなら、見覚えがあるのも無理はない。見覚えがあるどころか、あたしの記憶《きおく》を基《もと》にキーナ村の幻覚が作られてる？)

おそらく、この予想は正しい。そして、これから起きることも、なんとなく予想がついた。

あの手鏡はあからさまに呪われていた。きっと、目を覆《おお》いたくなるほどに醜悪《しゅうあく》な光景でも見せるつもりなのだろう。具体的には、この村が盗賊に滅ぼされる光景を見せられることになる。

あの手鏡はそうやって人の心を蝕《むしば》み、最後には人を殺すのだ。

（……ユーライの精神汚染《おせん》の劣化《れっか》版のような物かな。でも、劣化版でも危険な魔法具。なんのために宝物庫に保管していたんだか。さっさと壊《こわ》してしまえばよかったのに）

拷問《ごうもん》にでも使ったのだろうか。密《ひそ》かに死刑《しけい》以上の刑罰《けいばつ》として使われていたのかもしれない。

「クレア、キーナ村って知ってるのか？」

ユーライがリピアと共にクレアの方へ歩いてくる。リピアがユーライの手を握《にぎ》っていることは、ひとまず忘れる。

「あたしはここを知ってる。これから何が起こるかも予想はついた。普通ならどうしようもなかっただろうけれど……ユーライがいれば、どうにかできるかもしれない」

「うん？　どういうこと？」

ユーライは首を傾げる。一方で、クレアは僅《わず》かに微笑みを浮かべた。

（ユーライの力を超《こ》える魔法具なんて存在しない。ユーライの力を借りれば、あのときのやり直しも、きっとできる。……やり直したところで、実際の過去が変わるわけもないのだけれど）

クレアは小さな溜息《ためいき》を漏《も》らした。


クレアたちが意識を取り戻し、立ち上がって会話を始めると、集まっていた者たちもやがて去っていった。

「先に確認《かくにん》だけど、ギルカはどこ？　姿が見えないようだけれど」

　クレアが尋ねると、ユーライは首を横に振る。

「わからない。私、クレアとリピアみたいに気絶することもなくて、ずっと意識はあったんだけど、始めからギルカはいなかった」

「そう……。ギルカだけいない……。あたしたちと何か違いがあるとすれば、アンデッドか生きているかってことかな」

「うん。そうだな。あの手鏡がアンデッドだけを対象に呪いをかけるってことはないと思うから、ギルカだけ他のところに閉じ込められたのかも。私たち三人は結びつきも強いから同じ場所にいる、とか」

「そうかもしれない。ギルカだけ別の場所に閉じ込められているなら、少し不憫《ふびん》……」

「不憫？　どういうこと？」

　クレアはユーライとリピアに状況を説明。

　すると、ユーライは軽い調子で言う。

「滅びるとわかってる村にいるのも嫌だな。ギルカも何か嫌な幻覚を見せられているなら、解放してやりたい。この世界、終わりにしたければ終わりにできると思うけど、どうしよう？」

「え？　どういうこと？」

「たぶん、私が軽く魔力を解放したらこの世界は壊れる。あの手鏡も壊れて、私たちは元の世界に戻れる。私がここにいるだけでも、ミシミシ軋《きし》んでるような感じもするんだ」

「ああ……そう……」

「流石《さすが》はユーライ……だね」

クレアだけでなく、リピアも呆れてしまった。

とはいえ、意外な話ではない。ユーライの力を考えると、ユーライをここに閉じ込められただけでも奇跡《きせき》のようなもの。

（まぁ、普段のユーライはのんびりしてるから、不意打ちで何かされると防げないところはあるかな）

恐《おそ》ろしい力を持つくせに、どこか世話の焼ける女の子。ユーライのギャップが可愛らしくもあった。自分がユーライの側《そば》にいる意味も、感じられた。

だからといって、今回のようにいつでもユーライを守りきれるわけでもないのだが、いないよりはきっといい。

「……ねぇ、ユーライ、とリピア。もう少しだけ、この幻覚に付き合わせてもいい？　あたし……実際には何もできなかったけれど、もしやり直せるのなら、この村を救いたい。何の意味もない、自己満足に過ぎなくても」

クレアは自嘲《じちょう》気味に笑う。一方で、ユーライは明るい笑顔を見せた。

「じゃあ、やり直そう！　意味があるとかないとか、そんなのやってみないとわからない。案外何かの発見があるかもしれないし、クレアの心の整理になるかもしれない。これは意味のある行動だってわかってることだけ積み重ねれば幸せってわけでもない。やり直してみたいと思ったなら、そうすればいいよ」

ユーライの言葉で、クレアは少し前向きになれる。

（魔王のくせに、人を不幸にするどころか、人を明るい方へ導いていく……。その本質がちゃんと認められれば、今後、誰《だれ》かが犠牲《ぎせい》になることなんてないのに……）

クレアは少しだけ緩《ゆる》やかな気持ちで笑みを浮かべられた。

「ありがとう、ユーライ。リピアも、少しだけ付き合ってくれる？」

「うん。いいよ」

即答《そくとう》して、リピアも微笑む。

（あたしに対して対抗《たいこう》意識があるとしても、それであたしの全てを否定するわけじゃない。リピアはそういう懐《ふところ》の広さがあるから、あたしも嫌《きら》いにはなれない……）

しばしこの幻覚に付き合うと決めたところで、ユーライが言う。

「この世界の行く末を見届けるとして、ギルカがどうなってるのかは気になるな……。ギルカなら多少嫌な幻覚を見せられたところで平気だろうけど、意外と繊細《せんさい》なところもあるからなぁ。精神汚染の後はすっかり大人しくなっちゃったし……」

「ユーライ。精神汚染はこれと格が違いすぎる。比べるものじゃない」

「あ、そう……？」

クレアも精神汚染に苦しめられたことがあるからわかる。あれは人の精神を一切《いっさい》の容赦《ようしゃ》なく破壊《はかい》する魔法。今のように平和な場面など一瞬《いっしゅん》とて存在しない。

気色悪い虫型の魔物の群れの中に放り込まれ、体中を貪《むさぼ》られたり頭の中に侵入されたり卵を産みつけられたりすれば、正常な心など保てない。思い出すだけでも吐《は》き気がしてしまう。

「ギルカは大丈夫。一般《いっぱん》の呪いに負ける柔《やわ》な精神はしていない」

「なら大丈夫かな。まだ盗賊は来ないみたいだけど、しばらく村を見て回ろうか？」

「いいと思う」

「うん。あちしも見てみたい」

何か変化が起きるまで、クレアたちは村を見て回ることにした。

実際の村であれば、いきなり現れた余所者に対し、村人たちはもっと警戒心《けいかいしん》を見せるのかもしれない。

しかし、これは魔法具の見せる幻覚であり、クレアの思い描いた理想のようなもの。村人たちはごく平然とクレアたちを受け入れている。

良い村だと、クレアは思った。それはユーライたちも同じで、村人に貰った串焼《くしや》きを食べながら嬉しそうに呟《つぶや》く。

「ずっと住んでたら、案外退屈《たいくつ》だとか思うことはあるのかもしれない。けど、少なくとも今の気持ちで言うなら、私はこういう平穏な場所が好きだな」

「うん。あちしも好き。まぁ、平穏過ぎると退屈しちゃうっていうのは確かにあるかも。あちしとラグヴェラたちがたまにダンジョン探索《たんさく》してたのも、退屈だったからだし」

「多少の娯楽《ごらく》は必要かな。帰ってくる場所としてはやっぱりいいなぁ」

いつまでも見ていたい平穏な風景。クレアのイメージでは、滅びたキーナ村にあったはずのもの。

本当にこんな村だったのかはわからない。実際には、飢饉《ききん》に苦しむ貧しい村だったのかもしれないし、近隣《きんりん》の村といがみ合うギスギスした村だったのかもしれない。

それを確かめることは、もうできない。

実態がどうだったかにかかわらず、クレアがあの日に感じた喪失感《そうしつかん》や無力さは、いつまでも残っている。

(……この村の滅びを嘆《なげ》くくせに、昔の仲間を含《ふく》め大勢の人を殺してしまったことに、あまり罪悪感もない。アンデッドになった今、あたしの心は以前と変わってしまっているのかな……。殺《あや》めた人の数が多過ぎて感覚が麻痺しているだけ？　いつか、罪悪感に苛《さいな》まれることもある？)

ユーライとリピアはどうだろうか。二人とも、常人から大きく逸脱《いつだつ》した残虐《ざんぎゃく》な精神はしていない。ユーライは強大過ぎる力を持ってしまった普通の女の子で、リピアはむしろ普通の人より優しい心を持っている。

(あたしたちの背負った罪は重い。あたしたちはただ自分たちを守るために戦ったにすぎないとしても。

頭ではわかっているけれど、心は案外醒《さ》めてる。この二人もそうなんだろうな……。あたしたちは同罪で、そして、どこか歪《いびつ》な精神を宿している。そこに繋《つな》がりも感じる。あたしたち以外には理解しがたい、血塗《ちまみ》れの絆《きずな》……)

クレアはそれ以上考えることは止めた。同じ罪を背負うことを、絆などと美化するようなものではないだろう。

(あたしたちは共犯者。それだけ)

「クレア、どうかしたか？　なんか考え事？」

ユーライがのほほんとした雰囲気《ふんいき》でクレアに声をかけてきた。大量殺人を犯《おか》した者の片鱗《へんりん》は、そこにはない。

「……あたしたち三人は、きっとずっと一緒《いっしょ》なんだろうなって思っただけ」

「うん？　どういうこと？」

「いつか、話したくなったら話す」

「そう。なら、今はいいや。あ、向こうに小川がある。ちょっと遊んでかない？　冬のグリモワじゃできないことだしさ」

無邪気《むじゃき》に誘《さそ》ってくるユーライ。クレアもリピアも、もちろん反対などしない。ユーライを先頭に、村はずれにあるキラキラと輝《かがや》く小川へと向かう。

（魔王だと思って見なければ、ユーライはただの女の子。それに気づいていれば、あたしは始めからユーライと敵対なんてしていなかったのかもしれない。そしたら……あたしは、アンデッドになることもなく、ユーライと共にあることも、なかったのかな……）

ユーライと共にあることが幸せか。

あるいは、聖騎士として生きることが幸せか。

その答えはまだ見えそうにない。

ただ、今更《いまさら》考えても仕方ないことだとも思う。

ユーライと共にあることしか、もうできないのだから。

クレアたちは小川に足をつけ、パシャパシャと歩き回って遊ぶ。夏の空気にひんやりした水が気持ちいい。

ちょっとした水遊びで終わるかと思いきや、ユーライが言う。

「こんな季節なら、いっそ水浴びとかしてもいいよなー。隠蔽《いんぺい》魔法を使えば他の人から見えないようにもできるし。つーか、魔法は使えるかな？」

ユーライが右手の人差し指をクルクルと回す。すると、クレアたちの周囲を半透明《はんとうめい》の膜《まく》のようなものが覆った。

「お、ちゃんと魔法も使えるんだな。これで誰にも見られる心配ないし、脱《ぬ》いじゃおっと」

「ユ、ユーライ⁉」

「本当に脱ぐの⁉」

クレアとリピアが止める間もなく、ユーライはさっさと服を脱ぎ捨ててしまった。自分が女だという自覚がないかのように、あまりにも潔《いさぎよ》い脱ぎっぷりである。

出会った当初よりは幾分《いくぶん》成長した裸体《らたい》が日の下に晒《さら》される。陽光を浴びて輝く肌《はだ》が美しい。未成熟な肉体ゆえに醸《かも》し出せる淡《あわ》い色気が、悪魔的な魅力《みりょく》を宿してもいる。

「解放感があっていいな！　二人も脱いじゃえば？」

クレアがまだためらうが、リピアは思い切りが良かった。

「ユーライが脱ぐならあちしも脱いじゃおっ」

リピアまで脱いでしまった。

クレアはリピアの裸身に特別な関心はない。ああ、裸《はだか》だなぁ、という程度。そのくせ、その隣にいるユーライにはどうしても興味を示してしまう。

二人は水遊びを始めて、お互《たが》いに水を掛け合う。ユーライの肌や髪を伝う水滴《すいてき》が、妙に艶《なま》めかしい。

「……って、あたしは、何を……」

クレアは天を仰《あお》ぎ見る。

（……全く、女同士で何を考えているんだか。ユーライの体が成長してから、あたしはちょっとおかしい。ユーライの体に関心があるというわけじゃなくて、ユーライに宿った膨大《ぼうだい》な魔力に惹《ひ》かれてしまっているのだと思うけれど、今までのように平静でいられないのは確か……。あの肌に触れて、抱《だ》きしめて、ずっと離したくないだなんて……）

自分の気持ちがわからない。

わからないけれど、不快というわけではない。

（……まぁ、いい。とにかく、二人だけで楽しそうにしているのはなんだか気に入らない）

クレアも服を脱ぎ捨てる。屋外で堂々と裸になるのは初めてで、妙に気恥《きは》ずかしい。けれど、同時に解放感もあって心地《ここち》好い。

「お、クレアも脱いだか」

「……どうせ幻覚だから」

「解放的でいいよな！　にしても……改めて見るとやっぱり……」

ユーライがクレアの胸をじろじろと見つめてくる。一緒にお風呂《ふろ》に入ったこともあり、裸を見られるのは初めてではないのだが、じっと見つめられると少し気恥ずかしいものがあった。同時に嬉しくもあり、困惑《こんわく》する。

クレアが体を隠《かく》す前に、リピアがユーライの顔を自分の方に向ける。

「クレアばっかりじゃなくて、あちしも見て？　クレアのみたいに大きくないけど……」

「これはこれで可愛らしくていいと思う」

「そう？　ユーライなら、ずっと見ててもいいよ？」

二人のやり取りがなんとなく気に入らず、クレアは二人に向けて水を蹴《け》る。

「うぁっぷ！　遠慮《えんりょ》ないな！　そっちがその気なら！」

ユーライがクレアの方を向き、水を飛ばしてくる。リピアは不満そうだが、クレアは満足だ。

それから、三人共童心に返り、少々大人気なく暴れ回った。

呪いの魔法具に見せられている悪夢のはずなのに、しばらくは賑《にぎ》やかな笑い声が辺りに響《ひび》いていた。


そして、水遊びを終えた夕暮れ時。

クレアたちが村の中心部に戻ると、あのニノという女の子と再会。夕食の当ても泊《と》まる場所もないと話したら、彼女《かのじょ》の家に誘われた。食事も寝床《ねどこ》も用意してくれるらしい。その言葉に甘《あま》えることにした。

ニノの家は、村の中では比較的大きな三階建ての木造住居だった。ニノは村長の孫娘《まごむすめ》なのだとか。

家の中に案内され、ニノの家族に挨拶《あいさつ》。お世話になる代価を払いたいところだったのだが、クレアたちは何も持っていないため、できるだけ家事を手伝うということで話をつけた。

夕食のとき、ニノは村の外の話を聞きたがった。生まれてから一度も村の外に出たことがなく、どうなっているのか興味が尽《つ》きないらしい。

ユーライもリピアもあまり外の世界のことに詳《くわ》しくないので、主にクレアが話をした。クレアは聖騎士として各地に派遣された経験もあるので、多少は外の世界に詳しい。

「へぇ！　外の世界には色んな人がいて、色んな文化があって、楽しいこともたくさんあるのね！　わたしも行ってみたいなぁ！　っていうか、わたしもいつか村の外に出る！　一人でも生きていけるように強くなって、クレアみたいに色んな町に行く！」

ニノの明るい笑顔。まるで本当に命があるかのように錯覚《さっかく》してしまう。クレアは密かに胸を痛めた。

（あたしが守りたかったもの。そして、守れなかったもの。あたしの記憶を基にしているから、的確にあたしの後悔を見せつけてくる……。趣味《しゅみ》の悪い魔法具だ）

その後も、ニノはクレアの話にコロコロと表情を変え、大いに楽しんでいた。

（……たとえ夢でも、ニノをもう死なせたくない）

夕食も終えて、クレアたちは来客用の一室に案内される。都合の良いことに三人分のベッドがあり、部屋はゆっくりくつろげる広さ。

「ここまで何もなかったけど、普通に寝ていいものかな？」

ユーライが疑問を口にした。クレアにも正確なことはわからないが、首を横に振る。

「……そろそろ盗賊が来ると思う。あたしのイメージ通りなら夜襲《やしゅう》してくる」

「そっか。じゃあ、備えないとな。クレア、これ使って」

ユーライが空中で何かを掴《つか》む動作をすると、その手には雅炎の剣が現れた。

「え？　どうやったの？」

「んー、なんかできそうだったからやってみたら、やっぱりできた」

「……あ、そう」

あまり詮索《せんさく》しても意味はなさそうだ。ユーライならば並の呪いを支配下に置くことくらい容易《たやす》い、というだけの話。

クレアはユーライから剣を受け取る。握った感じも重さも本物と変わらない。性能が同じであればいいが、それは使ってみなければわからない。

「ちなみに、私が一人で戦えば終わるっていう話ではあるんだけど、私が魔法を使いすぎるとたぶんこの幻覚が壊れる。ほどほどにしか戦えないから、皆《みんな》で協力して戦おう」

「……そうね」

「……頑張《がんば》ろう」

ユーライを相手にする呪いも不憫なものだ。

ユーライはリピアにも癒神《ゆじん》の杖《つえ》を渡しつつ、付け加える。

「あ、それと、もう一つ。……クレア、今回は、戦えって命令しなくてもいい？」

「……しなくていい。今回は、あたしの勝手で戦うことになっただけだから」

「そっか」

三人で戦う覚悟《かくご》を決めて、深夜になる。

「……来たよ」

探知魔法で周囲を警戒《けいかい》していたリピアが、緊張《きんちょう》した面持《おもも》ちで告げた。

クレアたちは外に出て、盗賊たちがやってくる村の西側へ移動。待ち伏《ぶ》せのため、ユーライの隠蔽魔法で存在を隠しておく。

盗賊の数は三十人程度。数百人規模の村を襲うには少人数だが、盗賊側に数人でも戦闘力《せんとうりょく》の高い者がいれば覆《くつがえ》せる差だ。

「……それで、ギルカはそっちにいたのね」

まだ遠目だが、盗賊たちの先頭に立つ獣人女性には見覚えがありすぎた。薄暗《うすぐら》い月明かりの下でも見間違えることはない。

クレアは軽く溜息。ギルカを相手にするのは骨が折れる。

ユーライも肩をすくめ、リピアは眉をひそめる。

「なんでギルカだけ敵側なんだろ？」

「ギルカさんだけはアンデッドじゃない生身だったから、呪いに支配されちゃったのかも」

「ああ、そっか。クレアとリピアは、あの呪いも効きづらかったのかもな」

おそらくはそういうことなのだろう。

徐々《じょじょ》に近づいてくるギルカの表情は、今のような穏《おだ》やかなものではない。出会った当初にあった、いかにも盗賊らしい獰猛《どうもう》さが宿っている。

「……ユーライ。あたし、ギルカとちょっと戦ってみたい、かな。リピアと二人で他の連中の相手をお願い」

クレアはギルカと本気で戦ったことがない。どちらが強いのかなんてあまりこだわることでもないのだけれど、せっかくこういう状況なら、確かめてみてもいい。

「わかった。それでいい。幻覚の世界だとしても死んだらどうなるかわからないから、死なないように、死なせないように注意して」

「うん」

「リピア。私が弱めの傀儡《かいらい》魔法でギルカ以外の動きを制限するから、攻撃《こうげき》を頼《たの》む」

「うん。やってみる」

それぞれの役割を決め、ユーライが隠蔽魔法を解いた。

「あん？　なんだこいつら？　急に現れやがった」

ギルカが不審《ふしん》そうに言って剣を抜《ぬ》く。両手に剣を握るだけで威圧《いあつ》感が跳《は》ね上がった。

（……ギルカはあたしたちのことを覚えてない。これは、全力で殺しにくる）

クレアも剣を抜き、構える。

「あなたの相手は、あたし」

その様子を見て、ギルカがどこか愉快《ゆかい》そうにニヤリと笑う。

「へぇ……ただの村人ではないし、平凡《へいぼん》な冒険者《ぼうけんしゃ》ってわけでもなさそうだな。それなりに名のある剣士か？」

「……あたしはクレア。元、聖騎士」

「へぇ！　元聖騎士！　こいつは面白《おもしろ》い奴が出てきた！　今夜は運が良い！」

「運が良い？　村を襲うのに、あたしは邪魔《じゃま》なだけじゃない？」

「そんなことはねぇさ。おれはただ奪《うば》いたいだけじゃねぇ。強敵がいるなら、戦いを楽しみたくなるんだよ」

「……そう。その気質があるなら、盗賊よりも冒険者になればいいのに」

「は！　今更そんな真っ当に生きていけるわけもねぇさ！」

自嘲気味に笑ってから、ギルカはいよいよ臨戦態勢になる。

以前聞いた二つの魔剣の名前は、一閃鬼《いっせんき》と戦獄夜叉《せんごくやしゃ》。

一閃鬼は血色の禍々《まがまが》しい剣身を持ち、一日に五回、相手の魔法による防御《ぼうぎょ》を無視して攻撃できるらしい。防御魔法を付与した鎧《よろい》を身に着けていれば脅威《きょうい》だったかもしれないが、今はそもそも鎧を着ていないので関係ない。

戦獄夜叉は、闇《やみ》色の刃《やいば》が妖《あや》しい雰囲気を醸し出す。非常に頑丈《がんじょう》な上、もし破壊されても魔力を与《あた》えれば回復するそうだが、それは大したことではない。最も注意すべきは、あの剣に使用者の能力を飛躍《ひやく》させる力があること。一時的に普段の数倍の力を発揮できるのだとか。ただし、体への負担が大きく、下手をすると骨折や肉離《にくばな》れの危険もあるため、どうしても勝たなければならないとき以外は使わないと言っていた。

（本来の雅炎の剣なら、あの二本の剣を破壊することくらいできる。でも、この幻覚の中でどこまでの力を発揮できるかは未知数。剣の力に頼《たよ》るのではなく、自分の技量で勝つことを考えるべきか）

雅炎の剣は、素《す》の状態でも鋭《するど》すぎるほどの切れ味を誇《ほこ》る。鋼鉄はもちろん、魔法で加工された魔鉄さえも紙切れのように斬《き》る。さらに、魔力を込めることで切れ味を増す。かと思えば、使い手が斬りたくないと思ったときには何も斬れないという不思議な性質もある。

もう一つ、膨大な魔力を消費することでどんなものも焼き尽くす炎を生み出すのだが、消耗《しょうもう》が激しすぎるため、クレアはまず使わない。

この性能がある程度再現されていることを願いつつ、クレアは剣を中段に構える。

ギルカは手下の盗賊たちに声をかけ、ユーライたちの相手を任せる。ユーライたちが雑多な盗賊に後《おく》れを取ることはありえないので、クレアはギルカに集中。

そして、戦いが始まる。

ギルカの踏み込み。速いが、クレアはこの程度の速度には慣れている。

（エマもこれくらい速かった）

かつての友を思い出したのは一瞬で、クレアは剣でギルカの二連撃を軽くいなす。雅炎の剣の性能も確かめたかったが、いきなり武器破壊をしようとは思わなかった。あっさり終わってしまってはつまらない。

「まぁ、これくらいは防ぐよな！」

「当然」

「面白くなってきた！」

ギルカの猛攻《もうこう》。正規の訓練など受けていない粗野《そや》な太刀筋《たちすじ》だが、人間ではなく魔物を相手にするような戦いにくさがある。

しばし防御に徹《てっ》していたクレアは、ギルカが疲労《ひろう》で一瞬鈍《にぶ》ってきた隙《すき》を突《つ》き、反撃に出る。

ギルカが刺突《しとつ》を仕掛けてきたところで、それを読んで回避《かいひ》。同時に袈裟《けさ》に斬りつけ、ギルカの腹部に浅い傷を作る。

もっと深く切り裂《さ》くつもりだったのだが、ギルカは反撃のタイミングに感づいて回避行動を取っていた。あの体勢でよく回避に転じられたものだと、クレアは感心してしまう。

ギルカは飛び退《の》いてクレアから距離《きょり》を取る。

「……防御で手一杯《ていっぱい》かと思いきや、反撃の機会をじっくりうかがってたか」

「人間、全力の攻撃をいつまでも続けられるわけもない。隙ができた瞬間、たった一度でも致命的《ちめい》な傷を与えられれば十分」

「確かにな。まぁ、おれには合わない戦い方だがな！」

ギルカが再び攻《せ》めてくる。二本の剣を使った猛攻は非常に厄介《やっかい》だが、防御に専念すればやり過ごせる。

ただ、これではさっきまでと同じことの繰《く》り返し。なんとなくまずは剣技での力比べをする流れになったが、それも終わりにしてよいだろう。

五分ほど剣をぶつけ合った後、クレアが魔法を使う気配を見せると、ギルカは敏感《びんかん》に察知してクレアから距離を取る。

「……剣技では互角《ごかく》ってことにしておくか。おれも戦い方を変えよう。まだ死ぬんじゃねぇぞ？」

ギルカの姿がすっと闇夜に溶《と》けて消える。お得意の隠密《おんみつ》スキルだ。

(厄介なスキル。でも、奇襲《きしゅう》や暗殺でないのなら、対処はできる)

クレアも魔法を解禁。風魔法で荒《あ》れ狂《くる》う竜巻《たつまき》を起こし、全方位を同時に攻撃。

姿は見えなくとも、存在が完全に消えるわけではない。風の流れでギルカの居場所はすぐにわかった。クレアの後ろ、四メートル。

なお、クレアの風魔法は一般的にはそれなりの威力なのだが、ギルカにダメージはない。ギルカは剣術スキルを持っており、魔刃という技《わざ》を覚えていて、『それなり』程度の魔法であれば切り払えるのだ。

そして、居場所が察知されても、ギルカは止まらずに攻めてくる。

（すぐ近くにいるのなら、隠密を使われても問題ない）

スキルとしての気配察知ではなく、戦闘経験を積んで身に付けた、周囲の気配を探《さぐ》る力がクレアにはある。これはかなり珍《めずら》しいことらしいのだが、とにかく、剣の届く範囲《はんい》であればだいたいのものは把握《はあく》できる。

クレアはその力を駆使《くし》し、ギルカの攻撃を避《よ》け、反撃をした……はずだった。

（え？）

クレアの剣が空を斬る。

思考の一瞬の空白。

そして、背後に嫌な気配。

クレアはとっさに体を左に倒す。直後、右肩《みぎかた》から先が切り落とされた。

何が起きたのか、クレアはわからなかった。

とにかく、ギルカから距離を取ろうとする。

しかし、ギルカは今を好機として執拗《しつよう》に追撃してくる。左腕《ひだりうで》だけでその攻撃を受けきるのは難しく、クレアの体に徐々に裂傷《れっしょう》が増えていく。

（ギルカには、まだあたしの知らないスキルがあった。お互いに手の内を全部晒したわけではないから当然か……）

ギルカの猛攻は止まない。

アンデッドの回復力が発揮され、出血がすぐに止まるのはありがたいが、片腕で対応するのは辛い。

（こちらも、持てる全てを駆使して）

クレアは雅炎の剣の力を解放する。どんなものでも切り裂く刃で、まずは黒の刃、戦獄夜叉を破壊。

それに動揺《どうよう》したか、ギルカがクレアから離れる。

「ちっ。ただの剣じゃねぇとは思ったが、とんでもない代物《しろもの》だな」

姿を現したギルカが、忌々《いまいま》しそうに吐き捨てる。

「そうね。反則級の剣。それにしても、あなた、姿を消すだけじゃないのね」

「姿を消すだけなら対策はいくらでもあるからな」

「何をしたの？　なんて訊いて、答えてくれる？」

「……陽炎《かげろう》。実質的な戦闘力はないが、分身を作り出すスキルだ」

「ああ、なるほど。でも、素直《すなお》に答えてよかったの？」

「別にいいさ。使い方は一つじゃないし、手の内を知られていたとして、すぐに対応されるわけでもない」

「それもそうね」

隠密スキルは強力だ。相手がどこにいるのかわからない、あるいはわかりにくいというだけで、戦闘は非常に困難になる。

もし、分身を何体も作れるのだとしたら、クレアには対処しきれないだろう。

（……この戦い、負けるかな）

クレアは最強を目指して鍛練《たんれん》してきたわけではない。強くなることは目標の一つだけれど、そのためだけに生きているわけではない。

自分に敵《かな》わない敵がいるとしても、それはそれで構わないのだ。少し悔《くや》しいだけで。

「クレア！　頑張れ！　負けるな！」

ユーライの声が聞こえた。

チラリと視線をやると、ユーライたちはとっくに雑多な盗賊たちを倒していた。

「……はぁ」

別に、ギルカに負けたところで問題はないのに。

（……ユーライが応援《おうえん》してくれてる。そして、ユーライが見てる。なんか、負けたくない……かも）

どうしてこんな衝動《しょうどう》が湧《わ》き起こるのか、よくわからない。そういうことにしておく。とにかく、ユーライには情けないところを見せたくない、ような気がする。

クレアはもう一度剣を構える。動くのは、利《き》き腕でもない左手一本だけ。ギルカの強さを考えれば、もう負けはほぼ確実。

でも、負けたくない。気がする。

「ほう？　一瞬覇気《はき》が消えたかと思ったが、持ち直したな」

「……別に。そんなことはない」

「ふぅん。まぁいい。それじゃ、その首、もらおうかね！」

ギルカは姿を消さないままクレアに迫《せま》る。隠密での攻撃は止めたらしい。

一閃鬼一本での、ギルカの猛攻。手数は減ったが、一撃一撃が鋭くなった。また、クレアに致命傷を与えようとする攻撃ではなく、クレアの左手を切り落とそうとする攻撃。雅炎の剣の切れ味を警戒しているのが見て取れる。

クレアは、辛《かろ》うじてギルカの攻撃を受け流していく。

しかし、左手の防御に意識が集中し始めた頃《ころ》、ギルカの剣が予想よりも下を走る。クレアの左足が大きく切り裂かれた。痛みは耐《た》えられるが、骨を断《た》たれ、クレアは立つこともままならない。

真っ赤な刃が今度はクレアの首を狙《ねら》う。

それを避けようとして、クレアは思い止まる。

敗北の一歩手前まで追い込まれた極限の集中の中で、クレアはギルカの体がほんの少しダブっているように感じられたのだ。

そして、ギルカの刃がクレアの首を通り過ぎる。やはり、実体のない幻《まぼろし》。あれを防いでいたら、ギルカの次の攻撃で胴体《どうたい》を両断されていただろう。ギルカは陽炎で自分に重なる分身を生み出し、一瞬の時間差攻撃を使うことで、確実に致命傷を与えようとしていた。乱雑な剣技に似合わない、器用な戦い方だ。

クレアは、一瞬遅れて振るわれた本物の刃の存在を察知し、剣で受け止める。

同時に。

間近に迫っていたギルカの頭に向け、体当たり気味に頭突《ずつ》きを見舞《みま》う。自滅《じめつ》気味に風魔法で加速した、強烈《きょうれつ》な一撃だ。

骨と骨がぶつかり合う、鈍い音がした。

ギルカが仰《の》け反る。クレアに追撃の余裕《よゆう》はない。

しかし、ギルカも相当なダメージを負ったらしく、仰向けに倒れた。

「いってぇえええええええええ！」

クレアとしては、アンデッドであることを活《い》かした、捨て身で容赦ない頭突きだった。生身の人間であるギルカからすると、途轍《とてつ》もない威力だっただろう。

クレアはそのままうつ伏せで倒れる。これ以上の戦闘は不可能。

ギルカも痛みに呻《うめ》くばかりで、今は動けない様子。

（これは、引き分けと言っていいのか……。少なくとも負けてはいないから、それでいいかな……）

クレアは安心して一息つく。

ユーライがすぐに寄ってきて、クレアに魔力を流し込む。少しばかり淫猥《いんわい》な心地好さと共に、傷が回復していく。

「お疲《つか》れ様。ま、今回は引き分けかな。でも、ほぼ負けみたいな状態からよくやったよ。すごいな」

「……次は勝つ」

「意外とギルカに対抗心燃やしてるんだな。どっちが強いかなんて、どうでもよさそうにしてたのに」

「そういう気分のときもある」

「そっか。そういうこともあるよな」

傷が回復したら、クレアは体を起こして立ち上がる。ギルカはまだ立ち上がれないらしく、悔しげに呟く。

「……くっそ。元聖騎士とは引き分けか……。しっかし、結局はおれたちの負けだ。おれたちを殺すのか？」

ユーライが、やれやれと呆れながら答える。

「いい加減目を覚ませよ、ギルカ。ここは幻覚の世界で、ギルカはもう私の仲間だろ？」

「は？　なんのことだ？　しかも、なんでおれの名前を……」

「ま、これでクレアの目的も達成できたことだし、そろそろこの幻覚を壊しちゃってもいいかな。クレア、どう？」

「……うん。もう、いい。あの日できなかったことを、ちゃんとできた」

「ん。なら、終わりに……」

急に。

なんの前触《まえぶ》れもなく、場面が切り替わった。

クレアの前に広がるのは、燃え盛《さか》るキーナ村。

足元に転がる小さな焼死体。

その遺体は、クレアの直感が正しければ、ニノのものだった。

「……は？」

クレアは茫然《ぼうぜん》とする。

すぐ側で、ユーライ、リピア、ギルカも呆然《ぼうぜん》としていた。

「……盗賊を倒して、村を救って、あのときの後悔を少しでも和《やわ》らげる……。それだけでよかったのに……」

クレアは力なく呟く。

ここが夢の中のようなものだとは理解していた。正しく時間が流れているようで、実のところそんなものは保証されていないのだと。

わかっていたのに、まさか、ここまで強引《ごういん》に最悪の結末まで持っていかれるとは思っていなかった。

相手は呪いの魔法具。その理不尽《りふじん》さを、きちんと理解していなかった。

クレアは深く溜息をつき、そのまま地面に膝《ひざ》をつく。

すぐ近くに転がる、顔が半ば焼けただれた遺体を見つめ、気づく。

「ああ、そうだった。あたしは、あなたを知っている……」

壊滅したキーナ村にやってきたとき、クレアはたくさんの死体を見た。その中にニノもいた。

そして、自分の無力さと、世の理不尽さに涙《なみだ》して。

盗賊などこの世から全て消えてしまえばいいと呪って、盗賊を無条件で嫌悪するようになった。

「……クレア。ごめん、いきなりの展開過ぎて、私にも何もできなかった」

ユーライが背後からクレアを抱き締《し》める。

アンデッド同士だから伝わる温《ぬく》もりが、クレアの心を慰《なぐさ》める。

「ユーライは何も悪くない。あたしが、呪いの力を甘く見ていただけ……。それに、こんなのは、ただの幻だから……」

ただの幻だけれど。

目の前の光景に、何もできなかったあの夜を思い出す。

涙がこみ上げる。我慢《がまん》する気も起きなくて、そのまま素直に泣いた。

「……むかつくなぁ、あの魔法具。クレアを泣かせやがって」

ユーライの苛立《いらだ》ちに呼応するように、世界が軋む。

ユーライの体から魔力が漏れ出ており、それにこの世界が耐えられないのだ。

「この終わり方は気に入らない。どうせただの幻覚だとしても」

ユーライの気配が変わる。世界が、その気配に怯《おび》えたように震《ふる》え始める。

「幻覚だっていうなら、せめて楽しい幻覚を見せろよ。こんな終わり方、許さない」

世界が黒く染まる。燃え盛る村も消えた。

クレアが感じるのは、ユーライの体温のみ。

何が起きているのかわからない。

「……ユーライ？」

「少し待ってな。今、この魔法具を支配してる」

「どうやって……？」

「苦痛付与《ペイン》で魔法具を攻撃して、呪いの意思を殺してる」

「そんなこと、できるの？」

「霊視の力で、私には見えてたよ。手鏡に宿ってた怨霊《おんりょう》みたいなもの。それなりに強い怨霊なんだろうけど、私にとっては小動物くらいの脅威だ」

世界が悲鳴をあげている。声が聞こえるわけではないのだけれど、その気配を確かに感じる。

もう止めて、許して、もう悪いことしないから。

本当のところはわからないが、小さな女の子がむせび泣きながら許しを乞《こ》う姿が思い浮かんだ。

「ねぇ、ユーライ。怨霊は、どんな姿をしているの？」

「色んな姿をしてる。幼い女の子だったり、青年だったり、老婆《ろうば》だったり。きっと、最初は一つの魂だったんだろうけど、呪い殺した色んな魂を取り込んで、人格も融合《ゆうごう》して、明確な自我もない、そして誰でもない怨霊に成り果ててる」

「……哀《あわ》れだね」

「うん。哀れだ。私が聖女だったら救ってあげられるのかもしれないけど、私には呪い返すことしかできない」

「その怨霊、どうなるの？」

「どうにもならない。私が痛めつけたところで救えるわけもない。強いて言えば、私が食べちゃえば、この世から消えられる。他人を呪うだけの哀れな存在をやめられる」

「……そう。でも、もしかしたら、その怨霊もギルカのように変わることはない？　嫌な幻覚を見せるのではなく、幸せな幻覚を見せるようになるとか」

「あー、どうだろう？　ちょっとは期待してみるか。まぁ、幸せな幻覚を見せるっていうのも、人を堕落《だらく》させる呪いになりかねないけどな」

「確かに。それはそれで恐ろしい」

「ひとまず、あの怨霊は食べないでおこう。お仕置きはこのくらいにしてやるか」

真っ暗な世界が終わる。

急に眩《まばゆ》い日差しが降り注ぎ、クレアは目を細めた。

光に慣れた視界に入ってきたのは、まだ滅びる前のキーナ村。

村人たちも生き返っていて、ニノの姿もあった。

「……全部が元通り。怨霊が改心でもした？」

「いや。私が無理やりこういう世界に戻させただけ。幻覚の世界でくらい、こういうことがあってもいいだろ？」

「そうね」

「せっかくだし、もう少しのんびりしてから、この幻覚を終わらせようか」

「……うん。もう少しだけこの幸せな幻覚に浸《ひた》ってから、帰ろう」

笑い合うクレアとユーライ。

一方、リピアとギルカは突然の変化に驚《おどろ》くばかり。

ユーライが状況を説明すると、呆れながらも納得《なっとく》していた。

なお、村の光景が元に戻ると同時に、ギルカは記憶を取り戻していた。呪いに支配されるなんて面目《めんぼく》ない、と申しわけなさそうにしていたが、ユーライは責めもしなかった。あれはあれで面白かったと笑うばかり。

（ユーライが大きな罪を犯したのは確かだけれど、決して横暴で身勝手な魔王じゃない。あたしは、これからもユーライの隣にいる）

そして、いつか、この村のような平穏な場所を作り上げる。

クレアは幻覚の中に、目指すべき未来を見た。


クレアが目を覚ますと、自室のベッドに寝かされていた。少し離れてリピアが寝ていたが、クレアとリピアの間にいるはずのユーライの姿がない。

（……ユーライが隣にいないだけで、変な喪失感。なんて、バカバカしい）

クレアはベッドから起き上がり、自室を出る。廊下《ろうか》でも城の中は暖かく保たれているけれど、窓の外は雪景色。ついさっきまで夏の日差しが眩しい場所にいたので、急な変化に少し戸惑《とまど》う。

今は昼過ぎだろうか、と見当をつけていると。

「お、クレアも起きた？　体に不調とかある？」

ユーライがのんびりと歩いてくる。先に起きてどこかに行っていたようだ。

「大丈夫。何も問題ない」

「よかった。私たち、向こうで過ごしたのと同じくらいの時間、眠りっぱなしだったんだってさ。昨日、ジーヴィたちが探しにきてくれなかったら、宝物庫で凍《こご》えてたかも。あそこは寒いからな。ちなみに、私たちはクレアの部屋に運ばれて、ギルカは別の部屋だよ」

「そう。あたしたちはともかく、あのままだとギルカは風邪《かぜ》を引いていたかもしれない」

アンデッドは寒さに強い、というか死ににくいので、寒い中に放置されても問題ない。一方、ギルカは生身なのでそうもいかない。獣人は体温が高いし比較的体が丈夫とはいえ、気温零度《れいど》以下でなんの防寒もせず眠り続ければ、危《あや》うい。

「ジーヴィたちがいてよかったな」

「そうね。助かった。ちなみに、セレスならあたしたちが眠りっぱなしの原因があの手鏡だって気づいたと思うし、問答無用で呪いを解くこともできたと思う。セレスは見てるだけだった？」

「うん。魔王がこんなちんけな呪いに負けるわけない、起きないならあえて起きないことを選択《せんたく》してるだけだ、とか言ってたらしいよ。あいつ、よくわかってるよなー」

「そうね。まぁ、最近は大人しくなってきたから、ここにいさせてよかったのかも」

「初めは無愛想だったけど、案外普通になったよな」

「うん。ジーヴィとラグヴェラのおかげ、かな。一般人の二人に対してまで、セレスも敵意を向け続けることはなかった。そして、二人は普通に善意をもってセレスを気遣《きづか》ったり食事を用意したりするから、セレスも気勢が削《そ》がれていった」

「このまま、何かあればセレスが助けてくれるようになればいいんだけどな」

「あまり期待はしていない」

セレスはまだユーライへの敵意をなくしたわけではない。ユーライのために動くことを期待できないし、むしろ、何か不利益なことをしそう。そんなセレスのことを、クレアは好ましく思っていない。

「……クレア、セレスのこと、嫌い？」

「どちらかといえば、嫌い」

「……盗賊とセレス、どっちの方が嫌い？」

クレアは眉をひそめつつ、答える。

「その二つなら、盗賊の方が嫌い。セレスは、少なくとも一般人を無闇に襲うことはない」

もう一度見る羽目になった、残酷《ざんこく》な光景を思い出す。盗賊とは、あんなことを平気でしでかす連中だ。

クレアの拳《こぶし》に力が籠《こ》もる。その拳を、ユーライがそっと握ってきた。

「……私たちが幻覚の中で誰かを救ったとして、過去が変わることはない。けど、クレアが盗賊を嫌う理由は少しわかった。聖騎士って華々《はなばな》しいイメージあるけど、力を持つ分だけ、嫌なものもたくさん見せられてきたんだよな」

「……うん。そう。色々、あったなぁ……」

凶悪《きょうあく》な魔物に襲われ、無残に散らばった無数の死体。

闇の儀式《ぎしき》で犠牲になった嬰児《えいじ》たち。

凶悪な殺人鬼《さつじんき》とその犠牲者たち。

……できれば知らずに過ごしていたかった、この世界の暗い一面。

「過去は何も変えられないけど、クレアのことをもっと知る機会になったから、私としてはよかったよ」

「……うん」

(ユーライに自分のことを知ってもらえるの、嬉しい、かも)

クレアはほんのりと思って、表情には出さない。

「クレアはもう聖騎士には戻れない。こっち側に引っ張ってきちゃったの、悪いなって思ってる。けど、私はクレアがいてくれてよかったと思ってるし、クレアのこれからを、嫌な思い出ばかりにするつもりもない」

「……うん」

「私にとっても、クレアにとってもいい未来にするために、一緒に頑張ってほしいな」

「……それは、命令?」

ユーライはフッと微笑んで。

「うん。これは命令」

「命令なら、仕方ない」

ユーライと共に生きていく。

それがいいことなのかどうか、わからない。

少なくとも今は、それでいいと思えている。

たくさんの仲間を失っても。

友を敵に回しても。

これがアンデッド化の影響《えいきょう》なのか、自分の本心なのかもわからない。

(……ただ、もしかしたら、あたしは聖騎士であることに少し疲れていたのかもしれない。神様のために全てを捧《ささ》げるような生き方は、できない人間だったのかもしれない)

聖騎士から解放されて、それは時折思う。

重い肩書のない今の生活は、以前よりも楽しい、かもしれない。

自分の心と向き合えている、かもしれない。

そこまで考えて、背後からバタバタと慌《あわ》ただしい足音。

「ユーライ！　先に起きてたんだね！　体は大丈夫⁉」

リピアが、クレアとユーライの間に割って入ってきた。わざわざそこに来なくてもいいだろうに、とクレアは若干苛立つ。

「私もクレアも大丈夫。リピアはどう？」

「うーん……ちょっと目眩《めまい》が……。ユーライ、肩を貸してぇ……」

リピアがわざとらしくユーライにもたれかかる。その振る舞《ま》いにクレアはまたイラッとして、リピアの腕を引っ張る。

「目眩がするならベッドで寝ていればいい。あたしが運んであげる」

「ちっ」

リピアがたっぷりと敵意を込めて舌打ちした。

そっちがその気ならと、クレアも少々強めに腕を掴んでリピアを引っ張り、部屋に連れて行く。

「あなたはあと十日くらい寝ていなさい。心臓辺りに刃を刺《さ》しておけば、自然に目覚めることはないはず。ゆっくり休める」

「ユーライ、助けて！　クレアに拷問される！」

「……あんまり喧嘩《けんか》するなよな。クレア、リピアを放してやれ。命令だ」

「……ユーライの命令でも、それはかりはちょっと聞けない」

「どんだけ怒《おこ》ってるんだよ！　クレア！　落ち着け！」

ユーライがクレアの前に回り込む。どうどう、と猛獣《もうじゅう》を落ち着かせるように振る舞ったところで、クレアも少し落ち着いた。元々、本気で苛立っていたわけではない。

クレアはリピアの腕を放した。

「……起きて早々賑やかですね。まぁ、楽しそうで何より」

ギルカもやってきた。顔色も悪くなくて、不調はなさそうだ。

「ギルカも無事でよかった！　ギルカはお腹空《なかす》いてるだろ？　今、ジーヴィたちが用意してくれてるから、ご飯にしよう！」

助かったーという顔のユーライが、クレアとリピアの手を引き、食堂へ誘う。

四人で歩きながら、リピアがクレアに向け、イーッと威嚇《いかく》。クレアはただ殺意を込めて睨《にら》み返したが、無眼《むがん》族にどれだけ意味のある行動なのかは不明だ。

（……やれやれ。まぁでも、こんなくだらないことをする日常は、嫌いではない、かな）

束《つか》の間の平穏かもしれないが、今はその平穏を味わおう。

そう思いながら、クレアはユーライの隣を並んで歩いた。

あとがき

本書を手に取ってくださりありがとうございます！

ファンタジー小説では明るく楽しい作品が多い中、主人公が人を殺しまくるこんなお話が書籍化《しょせき か》されるなど、作者としても驚《おどろ》きです！　え、これ出版して大丈夫《だいじょうぶ》？　なんてビビリながら、書籍化作業を進めておりました。

少々暗めの内容も含《ふく》まれておりますが、主人公は虐殺《ぎゃくさつ》を楽しむヤバい人ではありません。それに、人がたくさん死ぬような世界じゃないと見えないこととか、わからないこととか、考えないこととかもあると思うので、これはこれでありではないかと思っています。

以下、謝辞です。

読者の皆様《みなさま》、素晴《すば》らしいイラストを描《か》いてくださったituca《いっか》様、無知な私に一から色々とご指導くださった担当編集様、語彙《ごい》力の高すぎる校正様、その他私が把握《はあく》しきれていない様々な関係者様、本当にありがとうございます！　皆様のおかげで、こうして書籍を出版することができました！

春一《はるいち》

本書は、二〇二三年にカクヨムで開催された「第9回カクヨムWeb小説コンテスト」でカクヨムプロ作家部門特別賞を受賞した「『暗黒の魔女』に転生してうっかり二万人ほど殺したら、魔王の称号を得ちゃった。平穏に過ごしたいのに、敵がたくさんいるから戦うしかないや。《TS》」を加筆修正し、改題のうえ書籍化したものです。

DRAGON NOVELS
ドラゴンノベルス

不死の魔女は万の命を犠牲にしてもありきたりな願いを叶えたい。

2025年5月5日　初版発行

著　　者　春一《はるいち》

発 行 者　山下直久

発　　行　株式会社 KADOKAWA
〒102-8177　東京都千代田区富士見 2-13-3
電話 0570-002-301（ナビダイヤル）

編　　集　ゲーム・企画書籍編集部

装　　丁　たにごめ かぶと（ムシカゴグラフィクス）

D　T　P　株式会社スタジオ２０５ プラス

印 刷 所　株式会社ＤＮＰ出版プロダクツ

製 本 所　株式会社ＤＮＰ出版プロダクツ

DRAGON NOVELS ロゴデザイン　久留一郎デザイン室＋YAZIRI

ISBN978-4-04-075927-2　C0093

◇◇◇